SV

Julia Kissina

Elephantinas Moskauer Jahre

Roman

Aus dem Russischen
von Ingolf Hoppmann und
Olga Kouvchinnikova

Suhrkamp Verlag

Die Originalausgabe erschien 2015 u. d. T.
Elefantina ili Korablekrušencija Dostoevceva
in der Zeitschrift *Zvesda* 2015/3.
Für die deutsche Ausgabe hat die Autorin
den Text stark überarbeitet.

Erste Auflage 2016

Satz: Satz-Offizin Hümmer GmbH, Waldbüttelbrunn
Druck: CPI – Ebner & Spiegel, Ulm
Printed in Germany
ISBN 978-3-518-42532-9

Elephantinas Moskauer Jahre

Abscheu vor dem Theater

Alles begann in Venedig. Im Jahre 1519, als er gerade die Arbeit an seiner »Assunta« beendet hatte, erhielt Tizian einen neuen Auftrag: Die Familie Pesaro bestellte ein großes Gemälde für eine Seitenkapelle der Basilica dei Frari. »Die Madonna der Familie Pesaro« sollte das Andenken des Admirals Jacopo Pesaro bewahren, welcher im Jahre 1502 mit der Flotte Papst Alexanders IV. einen bedeutenden Sieg über die Türken errungen hatte.

Nun denn, die Madonna sitzt auf einem hohen Thron (eine Reminiszenz an die »Treppenmadonna« – dieses Motiv griff viele Jahre später auch Marcel Duchamp auf). Zu Füßen der Jungfrau lehnt der Apostel Petrus, auf der rechten Seite des Bildes stehen die Schutzheiligen Franziskus und Antonius von Padua. Links, neben dem heiligen Georg, kniet Jacopo Pesaro. Georg schaut zu einem Türken, der sich im Schatten verbirgt. Das Gemälde ist voller Pathos. Schwupps sind da auch ein paar ganz reizende, erfrischend lebendige Motive eingeflochten: Der kleine Jesus versucht, tapsig und übermütig, Maria das weiße Tuch vom Kopf zu ziehen. Neben den älteren Mitgliedern der Familie Pesaro sehen wir mein durchgeistigtes Gesicht im Alter von zwölf Jahren, das uns nachdenklich anschaut.

Ja, das bin ich, so erkenne ich mich immer wieder!

Weitere enigmatische Beschreibungen dieses Bildes in Büchern oder im Internet. Zum Beispiel:

Die Komposition des Altarbildes der Pesaro-Madonna lässt eine klare, tiefe Durchgeistigung spüren. Die ausdrucksvolle Charakterisierung der dargestellten Personen schlägt

den Betrachter in Bann. Besonders entzückend ist der Kopf des kleinen Jungen!
Tatsächlich, damals sah ich noch wie ein Junge aus. An der Malschule wurde ich »Madonna Pesaro« genannt. Später nicht mehr. Später sah ich ganz anders aus, aber das war schon im 20. Jahrhundert, und auch nicht mehr in Italien, sondern in der ruhmreichen Stadt Kiew.
Hier, in einer von Sonnenstaub durchschwirrten Wohnung in einem alten, windschiefen Betongebäude, ertönte jeden Morgen das fabrikmäßige Rattern einer Schreibmaschine. Das war mein Papandrelo. Er schrieb Stücke für ein schmutziges Theater in der Bolschaja Wassilkowskaja. Bei den Premieren applaudierte das Publikum wie auf dem Broadway. Samstags machten sich die Damen der Stadt festlich herausgeputzt auf den Weg ins Theater, überquerten ein großes Stück Brachland, staksten über Hundeleichen und Konservendosen, um nach der Aufführung mit Plastikfächern zu wedeln und zu sagen:
»Es war einfach umwerfend!«
In der Stadt gab es noch ein anderes Theater – einen erhabenen Monolithen aus grauem Stein, der sich an einer laubgelockten Straße befand. Um das graue Theater herum herrschte fieberhafter Betrieb, vor allem damals im September, als man »Richard III.« aus Tiflis brachte. Shakespeare, der große georgische Dramatiker! Das wurde nur noch von den »Saisons russes« in Paris übertroffen! Zuchthausfilz und Pappkronen beherrschten die Bühne! Shakespeare wurde zu Brecht!
Stunden vor Öffnung der Theaterkasse begann die Schlacht. Das Publikum prügelte und würgte sich, trat und schubste, fluchte und spuckte. Ingenieure in verwaschenen Socken und hungerleidende Ärzte trieben Schwarzhandel mit Eintrittskarten.
Und die jungen Leute? Wie kamen die in die Vorstellungen?

Sie krochen durch die Keller- und Toilettenfenster, sickerten in die Ziegelmauern ein und rieselten als Goldregen auf die düstere Galerie herab. Ach, goldene Zeit der großen Taten! Manchmal kletterten sie sogar mit Bergstock und Karabiner an den Steilwänden des Theaters empor und drangen durch das Dach ins Innere. Das war wie im fernen Colorado, wo verwegene Hitzköpfe vereiste Wasserfälle hinaufkraxeln. Manch einer stürzt dabei ab. Im Frühling findet man sie dann – jung und nackt: Wer nicht zerschmettert wurde, ist erfroren. Es kommt auch vor, dass solche Alpinisten erst dreißig Jahre später von ihren erwachsenen Kindern und gealterten Ehefrauen entdeckt werden. Mit dem Theater ist es wie mit den Bergen: Wer einmal hinter die Kulissen fällt, der liegt dort bis in alle Ewigkeit.
Die Vorstellung hatte immer schon begonnen, wenn wir endlich in den Tempel eingedrungen waren. Aber dort oben auf dem Schnürboden zu stehen, auf dem Olymp, wo die Götter weilen, und in den Abgrund hinabzublicken, zu den winzigen Schauspielerfigürchen auf der beleuchteten Bühne – das war atemberaubend!
Eines Tages im Herbst war es aus damit. Ein Dichter stürzte von der Brandmauer, ein Dichter, wie es ihn bis heute nicht wieder gegeben hat! Er war siebzehn Jahre alt.
Da sagte ich mir:
Von nun an gehört mein Leben nicht mehr der Malerei und auch nicht dem Theater, sondern der Poesie!
Und was ist mit der Malschule? Mit den Landschaftsstudien, den neuen Barbizons, der Madonna Pesaro? Wir waren weder Mädchen noch Jungen, unser Geschlecht hatten wir einer wichtigen Sache zuliebe abgelegt und waren eine Armee von Buckligen geworden, verzauberte Käfer, die Holzkästen auf dem Rücken schleppten. Das Ritual, mit Malkästen auf die Hügel zu wandern, war wichtiger als die Sache selbst, für die wir es taten. Dort, auf den Steilhängen des

Dnepr, auf dem Gipfel der Glückseligkeit, auf dem Gletscher der Träume, stellten wir unsere Staffeleien auf, Insekten mit Aluminiumbeinen, und schmierten bunten Ölfarbenkot auf unsere Leinwände. Das Ganze nannte sich dann »plein air«.

Aber die Wirklichkeit war um einiges feierlicher als unsere jämmerlichen Versuche, sie im Bild festzuhalten.

Zu Ehren jenes siebzehnjährigen Toten, der mir nie vor die Augen gekommen war, schrieb ich ein Poem.

»Wenn du mit der Literatur ernst machst, werden dich Selbstzweifel und Geldmangel quälen. Bist du dazu bereit?«, fragte Papandrelo mich eines Tages.

Um großer Ziele willen war ich sogar bereit, mich in das tiefste sibirische Schlammloch zu stürzen.

Jahre später erst fiel mir auf: In der Familie meiner Mitschülerin Scherwinskaja waren alle Historiker gewesen, das heißt Inhaber nutzloser Berufe, Gipfelstürmer der Exzellenz, geistige Avantgarde!

Scherwinskaja selbst war eine raffinierte Klugscheißerin, die ihre kastanienbraunen Augen gekonnt aufblitzen ließ.

»Die Zunge ist ein Säbel. Das Blut des Feindes muss von ihm herabtropfen!«, orakelte sie.

Ich betrachtete ihre reifenden Brüste und dachte an Entscheidungsschlachten.

An Energie mangelte es uns nicht. Wir wollten den Alltag in die Luft sprengen, der Welt den Kampf ansagen: Zu diesem Zweck simulierten wir Ohnmachtsanfälle im öffentlichen Nahverkehr! Wir geschlechtsreifen Komsomolzinnen nannten uns damals ganz altmodisch Fräulein. Besonders lieb ist mir die Geschichte von dem Korsett, das in einem morschen, der Revolution durch ein Wunder entgangenen Großmutterschrank der Scherwinskis gefunden wurde. Ein solcher, jeden Bezug zur Gegenwart entbehrender Gegenstand wie ein Korsett musste bei halbwüchsigen Mädchen

zwangsläufig zu geistiger Umnachtung führen. Wie trugen das Korsett abwechselnd, unter der trostlosen Schuluniform, bis es eines Tages, als die Dickste und Gefräßigste von uns es anhatte, mit einem martialischen Geräusch platzte, mitten im Unterricht, als wir gerade die Geschichte der Kommunistischen Partei durchnahmen.
Scherwinskaja brachte Pausenbrote mit in die Schule. Der Belag glich einem säuberlich aufgebügelten, schwarzen Filz mit blassen Milchglasstückchen aus angetautem Speck.
»Mit dieser Salami ist der Boden in der Basilica San Marco ausgelegt. Sag bloß, du weißt das nicht? Logisch, woher auch. Ihr seid ja keine Adligen oder Weißgardisten, nicht einmal Kosaken. Die haben die Wurst mit ihren Säbeln – zack – in der Luft zerschnitten, dass es nur so pfiff, als die osmanischen Kanonen damit auf sie feuerten im Russisch-Türkischen Krieg! Und den gleichen Belag findest du in der Basilius-Kathedrale!«
Ich ging weiterhin zu den Scherwinskis, um teilzuhaben am Allerhöchsten. Ihre Maman war das Inbild gezügelter Leidenschaft und guten Geschmacks. Ihr Großvater fragte uns ab:
»Also was ist, Mädels, seid ihr bereit zum Musendienst? Ihr wisst ja, der Kampf ist unvermeidlich: Mann gegen Mann, der Künstler gegen die Menge!«
Er hatte eine schnittige Kopfform und glatt geöltes Haar, wie ein pomadisiertes Stachelschwein. Immer wieder zog er seine Parade vor uns ab.
»Das Leben des Künstlers ist sagenhaft schwer. Und es soll auch schwer sein, er ist schlechterdings dazu verpflichtet! Man muss die Zähne zusammenbeißen und durchhalten. Denn justamente wir, das sowjetische Volk, sind die Aristokraten des Geistes! In dieser Situation, da alles Materielle in den Staub getreten und geschändet ist, bleibt uns keine Wahl. Und wenn wir uns schon vom Geist ernähren,

sind wir auch echte Engel mit Flügeln. Vor allem ihr, Mädels!«

Unter dem Einfluss dieser grausigen Großväter und Janitscharen verfassten wir ein Künstlermanifest, das folgendermaßen lautete:

Niemals auf die Meinung anderer hören.

Sich dem Werk opfern.

Keine Lehrer akzeptieren, immer den eigenen Weg gehen.

Die allgemeine Ordnung in Frage stellen.

Allen Einflüssen und Autoritäten Widerstand leisten.

Sich niemals verlieben!

Das letzte Gebot war das wichtigste.

Diesen Schwur legten wir eines schönen Herbsttags auf dem Steilhang im Park des Ruhmes ab, in der Nikolajewskaja-Einsiedelei, im ugrischen Hain, auf Askolds Grab, direkt an der Rotunde, auf totem, blindem Laub, und besiegelten ihn mit Blut, indem wir unsere verschorften Wunden aufeinanderpressten. Und als wir unseren Schwur taten, dort oben über dem mächtigen Flusse, schlug uns der Wind ins Gesicht, die Vögel verschwanden unter der Erde, und die Sonne wurde zu Blei. Es war wie im Film.

Sehr bald schon brachen wir unseren Eid, vor allem das letzte Gebot.

Dann trat ein sehr wichtiges Ereignis in unser Leben. Wir beschlossen, uns im Dienste der Kunst Pseudonyme zuzulegen. Scherwinskaja dachte sie sich aus, einen ganzen Sack voll. Brontosauria Stepanowna L'amourmour, zum Beispiel, oder Slonowia Sachs. Mir dagegen fiel überhaupt nichts ein, und deshalb signierte ich fürs Erste mit Havaria Dostojewzewa. Aber Scherwinskaja zog mein Pseudonym kurzerhand aus dem Verkehr und sagte, ich solle mich Slonowia nennen, genau wie sie, nur auf Englisch. Seitdem heiße ich Elephantina.

Das war totaler Schwachsinn!

Die Weisheit der Bisamratte

Das ganze Jahr 1981 hindurch liefen endlose Verhandlungen über die Begrenzung der strategischen Rüstung. Ronald Reagan wurde Präsident der Vereinigten Staaten. Die Kommunistische Partei Chinas verurteilte die Ehefrau Mao Zedongs zum Tode. Die Amerikaner warfen der UdSSR Unterstützung des internationalen Terrorismus vor. In Chile kam Pinochet an die Macht. Ein mongolischer Kosmonaut flog in den Weltraum. Die UdSSR erklärte die polnische Solidarność für illegal. In Libyen herrschte Bürgerkrieg. Die Kommunistische Partei Bulgariens wählte Todor Schiwkow zum Vorsitzenden. Die UdSSR gewann die Eishockey-Weltmeisterschaft. Prinz Charles und Prinzessin Diana feierten Hochzeit. Es gab eine totale Sonnenfinsternis. Die USA starteten das Weltraumprogramm »Space Shuttle«. Die ersten Fälle von Aids wurden registriert. IBM brachte den ersten PC auf den Markt. Islamisten ermordeten den ägyptischen Präsidenten Sadat. Mauretanien verbot die Sklaverei. Elias Canetti erhielt den Nobelpreis »für sein schriftstellerisches Werk, geprägt von Weitblick, Ideenreichtum und künstlerischer Kraft«.

Zur selben Zeit diagnostizierte man bei mir Verdacht auf Poesie. Ich musste zu allen möglichen windigen Spezialisten rennen und mein Geschreibsel vorzeigen. In der Regel lief das so, dass Papa einen Kumpel anrief und dann so nebenher die Frage einflocht, ob er nicht mal einen Blick auf meine Gedichte werfen wolle: »Sie hat's nämlich jetzt mit dem Dichten.« Es war ihm furchtbar peinlich. Jeder dieser Spezialisten durfte eine Diagnose stellen wie ein Arzt. Wo-

bei diese Diagnosen jedes Mal komplett unterschiedlich ausfielen. Dieses Mal vereinbarten meine Eltern, mich zu einem alten und verdienten Poeten zu schicken.
Meine Gedichte gefielen ihm, aber das machte mich erst recht wütend.
Damals sahen die Schriftstellerhäuser überall im Land gleich aus: sattbraune Blöcke, wie große Schokoladentafeln. Die Erdgeschosse der Schokohäuser waren mit Gedenktafeln verziert, die in der Nachkriegszeit ein eigenes Genre bildeten. Aus ihnen hat sich später der erhabene Friedhofsstil entwickelt. Vermutlich, weil sie aus echtem Grabmarmor hergestellt wurden.
Ich stieg die Treppe hinauf. Mein Herz begann heftig zu schlagen. Auf dem Gipfel des Kenotaphs erwartete mich eine Bisamratte. Dieser Archetypus kommt allein im Schriftstellerverband vor: große, rauhpelzige Greise, im Ring ergraute Kämpfer, erfolgreiche Karrieristen. Sie wussten, wie man sich in Szene setzt. Die komplette Bewohnerschaft der Schokohäuser schien nur aus solchen Greisen zu bestehen.
Der Sekretär des Schriftstellers nahm mich in Empfang – ein gebückter Leisetreter im bestickten Bauernkittel. Die ganze Wohnung war mit hohen gotischen Stühlen vollgestellt. An einer frisch tapezierten Wand hing ein Kupferprägedruck: Maxim Gorki mit Nietzsche-Schnurrbart. Es roch schwer nach Staub und Bohnerwachs. Ich erinnere mich nicht mehr genau, was die noble Bisamratte zu meinen Gedichten sagte. Die meiste Zeit ritt er darauf herum, dass er in seiner Jugend einmal Boris Pasternak begegnet sei und genauso vor ihm gestanden habe. Der Vergleich kränkte mich tief. In meiner Phantasie stand ich auf einmal splitternackt vor ihm, und er peitschte mich mit einer Reitgerte. Aber in Wirklichkeit bemerkte er meine jugendliche Nacktheit gar nicht, weil er sich immer noch an seinem

schmirgelnden, haltlosen Greisengeschwätz labte. Er geriet dermaßen in Wallung, dass ihm der Speichel von den lila Lippen sprühte. Schließlich schleppte er mich zum Fenster und zeigte nach unten auf die Straße, damit ich mich davon überzeugte, dass jeder einzelne Fußgänger seine eigene Gangart hatte:

»Siehst du, so muss auch jeder Dichter seine eigene Gangart haben!«

Sein Gefasel war mir auf einmal unerträglich. Pasternak verdrückte sich unter ein Regal und gab mir Zeichen, »zu tinten und zu weinen«. Meine Angst verwandelte sich in den Wunsch, zu gähnen oder zu pupsen, und ich presste Mund und Pobacken fester zusammen. Aber der Literat fing plötzlich an, mit seinen Schaufelpfoten zu wedeln, als wollte er einen Adler darstellen, und ich ließ vor Wut einen fahren.

Damals kam ich zu der Einsicht, dass es nichts Widerwärtigeres auf der Welt gibt als einen Schriftsteller.

Die Literatur hingegen war etwas völlig anderes, sie existierte losgelöst von ihrer Produktion und dem literarischen Prozess. Eine Metapher konnte mich tief erschüttern, und ich begann die Wörter scharf anzuschauen, die Buchstaben, das Papier, ich hielt mir das Buch dicht unter die Nase, um ihrem magischen Mechanismus auf die Schliche zu kommen. In solchen Momenten glich ich jenen Piloten, die Gott hinter den Wolken suchen. Aber weder in den Buchstaben noch in den Papierfasern fand ich Sinn oder Geheimnis. Doch dann loderte in meinem Inneren etwas auf, das man mit Worten nicht beschreiben kann, und das Verstehen kam. Etwas winzig Kleines und Hilfloses wurde dort drinnen geboren, wuchs heran und füllte mich schließlich vollkommen aus. Das war sie, die Literatur.

Der Tomatenguru

Eines Tages erzählte mir ein Bekannter, der Zauberer und Literat Kolja Lisogub, es kämen ein paar schrecklich berühmte Dichter zu uns nach Kiew.

»Das sind sehr begabte Leute. Avantgardisten! Die haben etliche Schulen und poetische Strömungen begründet! Alles Underground!«

Das war mal ein frischer Wind!

Eine Woche lang haben wir auf sie gewartet. Die ganze Welt, so dachten wir, würde sich mit einem Schlag verwandeln, sobald sie auf unserem miefigen Bahnhof erschienen, wir würden uns fühlen wie in den Zwanzigerjahren. Vor allem würden wir endlich Herren und Schöpfer unseres Lebens sein, nicht nur jämmerliche, zweitklassige Schmarotzer der Geschichte.

Ich wusste, dass der Dichter den Dingen Sinn verleiht. Nicht der Philosoph, sondern der Dichter! Davon bin ich noch heute überzeugt. Man muss den Dingen einen emotionalen Sinn geben. Einen anderen Sinn gibt es nicht und wird es nie geben. Alles andere kann man meinetwegen »Werte« nennen. Aber jetzt kommen sie, und der Sinn geht los!

Die ganze Woche lang habe ich geschmort und geschmachtet, auf die Dichter gewartet und mit verträumten Teenageraugen in die Welt geglotzt.

Endlich ruft Kolja an: »Es ist so weit.«

»Was, sie sind da? Jetzt schon? So schnell?«

»Komm vorbei, wir fahren zusammen in die Altstadt. Ich stell dich vor.«

Er empfing mich im Kreise seiner drei kleinen Söhne. Es

herrschte Hektik. Die Kinder starrten mich mit ihren dicken Brillen an wie sechs kleine Fernsehbildschirme. Wir hängten die verrotzten Zwerge ihrer Oma über, flüchteten in den grauen Griesel und stiegen in die Straßenbahn.
Wir fuhren schweigend. Die Fensterscheiben waren beschlagen, die Straßenlaternen schimmerten orange in der Dämmerung. Auf einmal sagte Kolja:
»Ich will alt sein! Uralt! Ich will, dass alles möglichst schnell zu Ende ist. Das Leben ist eine Hölle.«
Seltsam, wie tief mich das berührte. Oder vielleicht berührte es mich auch nicht. Wenn wir uns an die besten Momente unseres Lebens erinnern, klammern wir uns an solche Details, wir schreiben ihnen eine Schärfe und Deutlichkeit zu, wie man sie nur im Augenblick der Katastrophe erlebt. Vielleicht hat es diese Details gar nicht gegeben, aber aus irgendeinem Grund sind es immer sie, die unserer trügerischen Erinnerung in Großaufnahme erscheinen, wie ein Brotkrümel auf der riesigen Kinoleinwand.
Wir landeten in einem lausigen Hotel. In ranzigem elektrischem Licht ersoffen gelbe Tapeten und ein Tisch voller Bierflaschen. An einer Wand hing die Kopie eines bekannten Bildes. Auf dem Sofa saßen die drei berühmten Dichter. Einer hatte einen Buckel, an den zweiten kann ich mich nicht erinnern, der dritte war ein interessanter junger Mann, der ein Leuchten um sich verbreitete. Das Leuchten verbreitete dieser junge Mann auch in den folgenden Jahren, es wurde sogar heller und heller, aber damals war es einfach nur ein gleichmäßiges Leuchten.
Die Dichter tranken uringelbes Bier. Nach jedem Schluck leckten sie sich die Lippen, grunzten und schnauften, sie benahmen sich überhaupt ein bisschen wie Tiere. Ich trank nichts, ich war ja nur ein blasses Schönchen mit schlankem, zartem Hals – dichterischer Nachwuchs. Das Herz schlug mir bis in die Ohren!

Ich saß auf einem Stuhl, der jeden Augenblick unter mir zusammenbrechen konnte, deshalb versuchte ich, möglichst wenig zu atmen. Das Hotel kam mir wie ein wunderschönes mittelalterliches Schloss vor. Die Gäste tranken englisches Bier. Es handelte sich um Byron, Polidori und Shelley. Von Zeit zu Zeit kamen ein Butler (der besoffene Wachmann) und eine Bedienstete (eine Putzfrau in schmutziger Kittelschürze) herein und baten darum, nicht zu schreien und nicht mit den Flaschen zu poltern. Außerdem gab es Gespenster und Spukerscheinungen wie in jedem Schloss. Sie pochten unablässig an die Decke und an die Wände. Kein Zweifel, Mary und Percy Bysshe Shelley verabredeten sich zu einem Rendezvous.
Wir, das heißt sie, sprachen über den Dichter Welemir Chlebnikow. Wenn man sie so sah, hätte man denken können, sie redeten über Fußball, aber das lag nur daran, dass sie so leidenschaftlich bei der Sache waren. Jedes Mal, wenn wieder einer von ihnen den großen Chlebnikow zitierte, wurde mir ganz flau, und auf meinem Gesicht erschien ein Ausdruck ekstatischer Verzückung. Vermutlich sprachen sie auch noch über andere Dinge, aber ich hörte immer nur – Chlebnikow. Am Anfang redeten alle gleichzeitig, dann sprach jeder einzeln, dann wieder alle durcheinander.
Es ergab sich, dass ich nur mit dem Leuchtenden redete, er verströmte Photonen, die heller waren als jede elektrische Lampe. Er war hässlich wie ein Wildschwein und schrecklich charmant. Zwischen seinen breiten Vorderzähnen klaffte eine riesige Lücke. Ich dachte an meine praktische und welterfahrene Mama, die für jede Lebenslage einen Spruch parat hatte: »Ein Mann sollte ein klein wenig schöner sein als ein Affe.« Dieser Typ hier, der Leuchtende, war selbstverständlich schöner als jeder Affe.
Dann trugen die Dichter, wie es sich gehört, der Reihe nach ihre Gedichte vor: Kolja Lisogub, der Bucklige, der Un-

scheinbare und der Leuchtende. Anschließend las ich, mit stockendem Herzen, von dem Blatt, dass ich in weiser Voraussicht eingesteckt hatte.

»Kein Fallstrick, kein Lasso, keine Schlinge,
Sondern des Raumes und des Sehens Ringe …«

Meine Stimme zitterte vor Aufregung.
»Kluger Mäche, oh! Begabter Frau, ah!«, sprachen die Moskauer Genies mit kaukasischem Akzent, nachdem sie meine Gedichte gönnerhaft angehört hatten.
Damals haben wir gelernt, dass der Mensch sich weiterentwickeln muss, und ohne einen Guru vermag er das nicht. Guru war ein zentraler Begriff in unserem Leben. Unsere Gesellschaft wurde zusammengehalten von einer Kette aller nur denkbaren und undenkbaren Arten von Gurus, die ihr heiliges Wissen weiterreichten, wie bei einem Staffellauf, der lückenlos vom Affen bis zu Schopenhauer führte.
Deshalb habe ich blitzschnell den Leuchtenden zu meinem Guru gemacht.
Er trank irrsinnig viel und war ganz rot und verschwitzt. Schon damals gefielen mir rote, verschwitzte Männer, die mich an fröhliche Gemüsetomaten und Kürbisse auf einem orientalischen Basar erinnerten. Dieser Typ hier sah aus wie ein Gemüse: eine Kreuzung aus Tomate und Kürbis. Allerdings war er ungewöhnlich scharfsinnig, ein Verstand wie ein Rasiermesser, und ich hörte ihm mit offenem Munde zu. Es war wie ein griechisches Gelage, eine Orgie flammender Geister, eine Schamanengaudi.
Irgendwann hörten die drei magischen Persönlichkeiten aus Moskau auf, wie die Engel zu schweben, und touchierten wieder den Erdboden. In diesem Moment bekamen sie Namen. Der Bucklige hieß Boris, der Unscheinbare Sewa, und mein leuchtender Tomaten-Guru hieß Andrjuscha.

Auf dem Rückweg saß ich in einer unmenschlich ratternden Straßenbahn, es roch nach Metall, rohen Pelzmänteln, Tabak und Kälte. Unaufhaltsam zog die Nacht die Stadt in ihre öde Schlinge und schleifte sie am Fenster vorbei. Da ertappte ich mich bei dem kaum greifbaren, dennoch unabweisbaren Vorgefühl einer vollkommen neuen, strahlenden, nie gekannten Freude. Sie umloderte mich und zog wie ein Kometenschweif hinter der Straßenbahn her. Nasser Schnee fiel, und in jedem einzelnen Tropfen, der an der Fensterscheibe herunterlief, zitterte magisch das Abbild dieses Tages.

Am nächsten Morgen wollten wir Kolja abholen. Er wirkte blass und blutarm. Mit seinen dicken Brillengläsern sah er aus wie ein großer Fisch. Während wir Tee tranken, zog er die Kinder um. Strumpfhosen, Reisbrei, Sabber sausten wie die Wilde Jagd durch das enge Arbeitszimmer des völlig verzweifelten und resignierenden Familienvaters, und Schuhe, Klo, Schal, Schnürsenkel, Rotz, Tränen kamen wieder zurück. Koljas Zimmer war in Wirklichkeit ein umfunktionierter Abstellraum. Die schwarze Pirateninsel seiner Schreibmaschine erhob sich in einem Meer von Manuskripten und Kinderbüchern, leeren Bierflaschen und Keksen, die den ganzen Fußboden bedeckten. Andrjuscha und ich zogen uns taktvoll zurück.

An diesem Tag liefen wir durch die weißen, frisch verschneiten Straßen, in denen einst die Helden Bulgakows umherspaziert waren. Es herrschte leichter Frost. Wir wärmten uns in fremden Treppenhäusern auf, verbrannten uns den Mund an heißem Kakao, und wie in einer Trojka mit klingenden Glöckchen fuhren wir mit der Straßenbahn in die Altstadt.

Zuerst erzählte er mir von seiner Kindheit im Süden der Ukraine und wie er sich als Waisenkind der Kultur auf

dem heißen staubigen Basar herumgetrieben hatte. (Zu jenen Zeiten befanden sich die Ukraine und Russland noch im heiligen Stand der Ehe.) Schon aus dem kleinen Jungen schimmerte der spätere Prophet hervor. Es war absolut evident, was für ein Prophet das war: kein anderer als Jesus Christus, nur mit einem Rucksack voll reifer Tomaten auf dem Rücken. Dann erzählte er mir von den Wundern des Südens, und allein schon das Wort »Süden« ließ alles um mich herum leuchten wie Honig und duftenden Speck. Er nannte mich seine liebe Elephantina, und jedes Mal, wenn er das sagte, fiel mein Herz in eine tiefe Schlucht.
Dieser Tag wird in die Geschichte der Literatur eingehen, dachte ich, er wird zu einer frostigen Seite im Lehrbuch der Literatur werden, aus der ein frischer Wind hervorweht. Aber dann werden wir, mein Tomatenguru und ich, längst in unseren Särgen den Fluss des Vergessens hinabschwimmen.
Denn wir lebten nicht unser Leben, sondern das Leben der Toten aus den Zwanzigerjahren, die längst verwest und vermodert waren und trotzdem weiterdiskutierten. In unserem Bewusstsein sind sie niemals verstummt und bringen unentwegt Wunder und zähneknirschende Wahrheiten hervor.
Auf dem Höhepunkt unserer frost- und glückseligen Schneewanderung verkündete mir mein geliebter Dichter, er sei verheiratet. Später hat mir noch dieser und jener erklärt, er habe Frau und Kinder. An jenem Tag aber passierte es mir zum ersten Mal, und das war sehr befremdlich, denn nachdem wir zwei Stunden lang herumspaziert waren, wurde plötzlich aus dem Guru ein Mensch, ohne dessen Gegenwart ich zu Asche zerfallen würde.
Der Wind zwirbelte Schneegebinde – einen feinen Zopf aus silbrigem Pulverschnee, der über das Eis fegt oder über dem Weg schwebt. An diesem Tag war es sehr hell und glatt.

Der Himmel war furchterregend blau, wie gemalt. Und ich, die Kopfverdreherin, sensibel, erfüllt vom Bewusstsein meiner Außergewöhnlichkeit, dem Stolz und der Schande meiner Auserwähltheit, ging mit dem großen Dichter aus Moskau im knirschenden Schnee spazieren. Und während wir gingen, taute und zischte die Schneedecke unter unseren Füßen.

Damals wusste ich noch nicht, dass seine Frau eine extrem kluge und ernste Person mit Brille war, die er sehr respektierte. Und dass all diese Gespräche mit jungen, ehrfürchtigen, unerfahrenen und schüchternen Wesen wie mir, all die Gespräche über Verehrung und Respekt gegenüber den Ehefrauen nichts waren als Schreie einer von Ehrgeiz, Geltungssucht, Selbstzweifeln, Alkohol und Wollust zerfressenen Dichterseele.

Zu jener Zeit hatte ich langes, glänzendes, kastanienbraunes Haar, das ich auf dem Scheitel zu einem Knoten zusammenband. Dass mein faszinierendes Porzellanprofil ganze Legionen um den Verstand bringen konnte, davon ahnte ich nichts.

Als ich erfuhr, dass er verheiratet war, wurde ich unsagbar traurig, ich wäre fast gestorben. Der Tag schwebte über uns, prägte sich mir mit fotografischer Genauigkeit ein. Von den Dächern stob Schneepuder und verbrannte mit einem Regenbogen in der Sonne. Dann war es so weit: Wir mussten Abschied nehmen. Und da funkte etwas zwischen uns ... etwas, das uns gleichsam fürs ganze Leben zusammenschweißte.

Am Tag, nachdem sie in einem Club aufgetreten waren, lösten sich die drei ephemeren Genies im säuerlichen Dunst des Kiewer Bahnhofs auf, und ich trat zurück in meine kindliche Einsamkeit.

In den Nächten träumte ich von meinem Tomatenguru. Er schrieb mir atemberaubende Briefe. Mein Herz verglühte vor süßer Angst, es öffnete sich wie eine Feuerblume, erklomm die höchsten Klippen – und stürzte entkräftet in die Tiefe. Kurz, es benahm sich, medizinisch ausgedrückt, wie eine Gebärmutter beim Orgasmus.
Während ich am Baum der Erkenntnis heranreifte, schleppte mich Kolja unter ständiger Vernachlässigung seiner Vaterpflichten ins Institut für Parapsychologie. Dieses Etablissement befand sich in einem Haus ohne Schild in einer Straße ohne Namen. Alle Fenster waren fest verrammelt. Auf den Fußböden lagen Turnmatten, an den Wänden gähnten schwarze Meditationskreise, Castañeda ging von Hand zu Hand. Später traten wir einer literarischen Vereinigung bei. Dort schrieb man Tankas und Haikus und machte auf Zen-Buddhist. Als ich auf allerlei Umwegen versuchte, mit Kolja ein Gespräch über die drei geheimnisvollen Personen aus Moskau anzufangen, lächelte er nur über den Brillenrand hinweg das Lächeln eines zum Tode Verurteilten.

Ich ging weiter zur Schule. Dort roch es nach Lederbällen und weißem Staub, der überall in dünnen Fäden aufstieg, vor allem an heißen Tagen, wenn die Lehrer mit ihrer Kreide an die dunkelgrünen Tafeln klackerten. Im Unterricht gab es eine Oberwelt – die Crème de la crème, sprich Mathematik –, dort herrschte der immerzu nickende kleine Kopf der Musterschülerin Beresnik mit den Augen eines bekifften Lemuren, und es gab die Unterwelt unter den Tischen und unter den Röcken. Hier klebten die Pausenbrote an den Knien, Epitaphe auf Lebende wurden geschrieben, Stricknadeln klapperten, man las Diderot und Alexandre Dumas.
Jeden Tag wartete ich ungeduldig auf Post aus Moskau. Damit sie Papandrelo nicht in die Hände fiel, konfiszierte ich

den Briefkastenschlüssel. Kam ein Brief, riss ich ihn auf und fiel kopfüber in eine geheimnisvolle Welt. Ich las die Briefe wieder und wieder, bis sie vollkommen zerfleddert waren und ich jedes Wort auswendig kannte.

Mein Tomatenmentor nannte mich Geheimschrift, Quelle. Am Ende fügte er immer noch hinzu: »Schlaf jetzt!«, als wollte er mir befehlen, die Zeiträume zwischen seinen Epiphanien zu verschlafen. Aber mein Schlaf war zerrissen, die freudige Unruhe, die mich mit jedem Brief überkam, wurde nach und nach zur Qual. Für diesen Zustand gab es keinen Namen, er war eine Maschine, die eine besondere, tief im Inneren hochkonzentrierte Welt produzierte, ein Zustand extrem geschärfter Wahrnehmung, in dem man vor jedem Eindruck fliehen will. Was schrieb er? Dass es in dieser Welt mehr Schönheit als Gerechtigkeit gibt. Er sprach von Dingen, die äußerlich ruhig, aber von einer unsichtbaren Spannung erfüllt sind. Ich schrieb zurück, verstreute wie im Fieber völlig unzusammenhängende Wörter aufs Papier und malte in Schönschrift mein »Elephantina« darunter.

Den ganzen Frühling über lebte ich nur von einem Brief zum nächsten, arbeitete an mir und schrieb ohne Unterlass die immer gleichen Gedichte. Die brachte ich zu Kolja. Während seine Kinder Brei an die Wände schmierten, fällte er ein strenges Urteil.

»Der Logos des Buchstabens und der Logos der Überlieferung sind das Wesen der historischen Affinität. Sie sind in my humble opinion untrennbar. Ich sehe kein höheres Ziel. Wo ist das Konzept?«

»Aber das sind ja nur Experimente, wachstumsbedingt«, entgegnete ich, durch den Sumpf des Koljaschen Bewusstseins watend.

»Ich denke«, nörgelte Kolja, »dazu habe ich eine ambivalente Meinung.«

»Aber versteh doch! Das ist die Koppelung des paradig-

matischen Kontextes an die transzendentale Semantik des herrschaftsfreien Diskurses!«, entgegnete ich in Anspielung auf die Moskauer Genien.
Kolja, Ungutes ahnend, runzelte die Stirn, er warnte und mahnte, wurde finster und verstummte.
Damals wusste ich noch nicht, wie dieses schwindelerregende und herzbeklemmende Gefühl hieß, das mir den Schlaf raubte und mich zwang, manche Zeilen wieder und wieder zu lesen.
Offenbar war mir das Wichtigste entgangen. Dieses Entgangene suchte ich in den Büchern. Jeden beliebigen Text, jede Erzählung nahm ich wahr, als wären sie speziell und ausschließlich für mich geschrieben. In jeder Beschreibung fand ich den Widerhall meiner Gefühle, in jeder Geschichte erkannte ich meine eigene. Diese multiple Identität verschlang sich zu einem Knäuel, verknotete sich, schnürte mir den Atem ab. Die Literatur wurde zur Erweiterung der Briefe, und schon bald konnte ich die Grenze nicht mehr spüren, weil alles ineinanderfloss.

Eines Tages hatten die Götter Erbarmen mit mir: Mein lockiger Gemüsegott erschien wieder in unserer guten, alten Stadt, um seine Gedichte in der schäbigen »Eisenbahner-Genossenschaft« zu lesen.
Ich weiß, dass die Menschen einander suchen wie Hunde. Ständig schnüffeln sie am Strom fremder Gedanken. Sie finden einander durch zufällige geistige Absonderungen, die an allen möglichen Ecken der Stadt zurückgelassen werden. Wie Hunde, die Pfötchen heben und auf Straßen-Facebook schreiben: »Ich war hier, das ist mein Revier«, markieren auch die Dichter ihre Orte, ihre Ereignisse und ihre Menschen. Vielleicht sind wir uns deshalb begegnet. Wir haben uns einfach gerochen.
Am nächsten Tag zog ich mein schwärzestes langes Kleid

an, und nach der Lesung lud ich ihn zu uns ein. Er nahm die Einladung an, wahrscheinlich nur, um etwas zu essen zu bekommen, denn er war damals schon, mit sechsundzwanzig, immer hungrig und immer zynisch.
Während wir durch die Stadt gingen, sprach er über den Futurismus und die totalitären Ziele der Avantgarde, er sagte, es gebe in der Welt nichts Absurdes, sondern nur eine Kette von Verwandlungen. Nicht weit von meinem Haus entfernt, an der polnischen Kirche, blieb er stehen und schaute mir in die Augen.
»Hör mir zu mit deinen weichen klugen Ohren. Ich sage dir jetzt etwas, was ich noch nie jemandem gesagt habe, etwas sehr Wichtiges. Aber stell mir keine Fragen. Mit der Zeit wirst du alles selbst verstehen.«
Ich nickte und spürte, wie mir ein Schauer über den Rücken lief.
»Ich schreibe jetzt auf vollkommen neue Art. Ich habe mich fast völlig von der scheiß Verslehre befreit, die uns russischen Literaten von Kindesbeinen an als unverrückbares Muster der Vollkommenheit gepredigt wurde, dieses Dogma, das uns Peter der Erste aus dem progressiven Westen mitgebracht hat.«
Wieder nickte ich gehorsam, warf mich freiwillig der Angst und der Ehrfurcht zum Fraß vor.
»In der Zeit, als ich mich gewandelt und mein Schreiben umgestaltet habe und ein neues Sprachempfinden entdeckte, hat sich auch die Welt verändert, hat sich mein Körper verändert. Mir war die ganze Zeit speiübel! Du kannst dir vorstellen, was ich durchgemacht habe!«
Seine Worte schwebten über den Häusern. Er war unnachahmlich, phantastisch, irreal! Vor meinen Augen verwandelte sich mein lyrischer Held in einen Revolutionär. Und mein Herz rutschte mir in die Kniekehlen.
Wir stiegen in den winzigen, nach Katzenpisse stinkenden

Fahrstuhl und fuhren zu unserer Wohnung hinauf. Meine Mutter (die angeblich so erfahrene, mit allen Wassern gewaschene) und die Nachbarin Violetta Tarassowna, die ständig ihren Rüssel zwischen ihre dicken Brüste steckte und gackerte, waren von meinem zauberhaften Verseschmied nicht im mindesten beeindruckt.

»Was hast du denn da für einen komischen Kauz mitgebracht«, giggelte Violetta Tarassowna spöttisch und spuckte mir ins Ohr. Mit abgespreiztem kleinen Finger rückte sie ihre Brille zurecht. Meine Mutter stimmte zu, er sei ja nicht gerade ein Alain Delon, und machte mir ein Zeichen mit dem Fuß und mit dem Auge.

Aber ich verschwendete keinen Gedanken an physische Schönheit, ich dachte über höhere Materien nach. Unser Gast aß eine deftige Gemüsesuppe mit Huhn und Kartoffeln und erzählte vom Leben der Moskauer Intelligenzia, wobei er das Wort »Soziometrie« einflocht. Schließlich waren meine gute Mama und Violetta Tarassowna doch noch zufriedengestellt. Und Mama sagte, er könne gern wiederkommen.

Am Morgen gärte mir ein süßer Schmerz im Magen und zerfraß die Welt. Die Sonne brachte mir mit Katzenkrallen kleine Schrammen bei, von denen sich leckere Krusten lösten. Wie wunderbar war doch das Leben! Den Rest der Woche liefen wir an den Steilhängen des Dnepr entlang, machten uns Gedanken über die Literatur, kuddelmuddelten geistreich und aßen Eis. Jedes Wort, geboren aus dem Anfang des vor mir liegenden Weges, brannte wie Feuer in mir.

Jahre später habe ich versucht, jene Tage in meinem Gedächtnis zu rekonstruieren, die mir damals so besonders, so schicksalhaft erschienen waren, aber jedes Mal stieß ich auf ein unüberwindliches Hindernis: Die Eindrücke waren so grell, dass alle Einzelheiten in ihrem Licht verglühten. Niemals mehr habe ich empfunden, was ich damals empfand.

Der Samstag zerfiel in zwei Hälften. Es roch nach Astern, Benzin und Bier. Ich brachte ihn zum Bahnhof. Auf dem Vorplatz saßen Zigeuner, Schuhputzer hantierten in ihren Buden. Da sagte er mir, er wisse nicht, wann er wiederkomme, überhaupt, er habe in Kiew eigentlich nichts verloren.

»Aber du darfst deshalb nicht beleidigt sein, denn man kann sagen, was man will, Kiew ist die schönste Stadt der Welt, sogar schöner als Rom und Paris, schöner als ein Fest und ein Traum.«

Seltsamerweise fing meine Nase an zu jucken, ich hob den Kopf, damit mir die Augen nicht überliefen, sie hatten sich mit Flüssigkeit gefüllt wie flache Untertassen.

Er sah mich nicht an oder tat zumindest so.

In dem riesigen, hallenden Bahnhofsgebäude roch es nach Sauerkraut und ungewaschener Kleidung.

Aus Angst vor der entschwindenden Nähe betrachtete ich das Landvolk. Von der Sonne braungebacken, klammerten sie sich mit erdschwarzen Fingernägeln an ihren Plunder, klebten an den Bänken oder dösten auf ihren Säcken.

Schweigend standen wir in der Schlange an der Kasse, danach suchten wir den richtigen Bahnsteig. Aber sosehr ich auch versuchte, ihm ins Gesicht zu schauen, sein Blick entglitt dem meinem immer wieder und ging ins Leere. Als wir auf dem Bahnsteig standen, küsste er mich schmatzend auf die Stirn. Damit hatte er mir den Stempel des Zölibats aufgedrückt.

»Meine kleine Elephantina, du bist eine sehr hübsche und kluge Prinzessin. Und als Dichterin machst du Fortschritte, also, ich erwarte von dir ein Wunder«, sagte er beim Abschied.

Der Zug erzitterte schwer, blies Dampf aus den Nüstern und stieß einen Pfiff aus. Krähen stoben erschrocken auf, Zigarettenstummel flogen ins Gleisbett. Es roch nach Dieselöl. Ich blieb allein auf dem leeren Bahnsteig zurück.

Das letzte Jahr in der Kunstschule brach an. In den langen Korridoren waren die bemühten Bleistiftstudien römischer Cäsaren ausgestellt, reizlose Konterfeis von Greisen, die den Studenten Modell standen. Es roch nach Graphit und Lösungsmittel, es roch nach Durchzug. Die Mädchen kreischten, sobald sich ein Junge in ihrer Nähe zeigte.
In diesen Tagen verbrannte ein Lehrer im Skulpturenatelier, weil er betrunken mit seiner Zigarette eingeschlafen war. Die ganze Schule ging auf die Beerdigung. An den Boulevards trieben die Kastanien erste Knospen. Die Sonne zitterte auf den Fensterscheiben.
Über Malerei machte ich mir kaum mehr Gedanken, sie hatte längst aufgehört, mich zu quälen. Ihren Platz nahm die Poesie ein. Geblieben war mir nur der Geruch des Ateliers: der Geruch von Leinöl und frischem Holz, den die Keilrahmen verströmten, der Geruch der Pinsel, sanfte aus dem Fell von Waldtieren, grobe aus Schweineborsten. Geblieben war die beschauliche Langsamkeit, ohne die man keinen exakten Pinselstrich ziehen kann.
Jetzt lagen die Leinwände in der Ecke, von den Rahmen genommen und aufgerollt. Kostbarer Staub senkte sich auf sie nieder. Es waren die ersten Frühlingstage, eine Zeit, in der selbst das tote Holz der Treppenhäuser (vor Feuchtigkeit oder weil die Elementarteilchen durch die Beschleunigung aller Prozesse und Gefühle schwerer werden) und all die hölzernen Geländer, Fensterrahmen und lackierten Möbel plötzlich Antwort geben auf das, was in der Natur geschieht, als würden sie ein Echo zurückwerfen. Das war nur einmal im Jahr so, und nur für wenige Tage. In den Hausfluren kehr-

te ein besonderer Holzgeruch ein, als ob jetzt alles Wurzeln und Knospen triebe. Schon wenig später, wenn der Frühling fest auf beiden Beinen stand, verschwand dieser Geruch: Totes Holz trägt keine Früchte.

Dafür fingen die Bäume um das Kloster herum an, sich aufzubauschen. Bei jedem Windhauch bebten ihre Kronen über dem Fluss, blähten sich rhythmisch auf, als atmete in den Hügeln eine riesige Lunge.

An diesem Tag erschien Scherwinskaja in neuen Schuhen bei mir, sie blinzelte durch die feinen Strahlen des einfallenden Tageslichts, beäugte die zusammengerollten Leinwände und sagte, sie habe beschlossen, die Kunst an den Nagel zu hängen.

»Das ist alles kompletter Quatsch, ich habe keine Lust, mein Leben zu verplempern, wie mein Großvater seins verplempert hat und alle sonstigen Vertreter der ...«

An dieser Stelle machte sie ein verächtliches Gesicht und spuckte das Wort »Intällägänzia« aus.

»Ich studiere Medizin.«

Das war für mich ein Schlag vor den Kopf.

»Wieso denn das auf einmal? Und unsere Ideale? Unser Schwur im Park des Ruhmes, in der Nikolajewskaja-Einsiedelei, im ugrischen Hain, auf Askolds Grab?«

Da sang sie mit ihrer hohen, klangvollen Stimme:

»Es ist höchste Zeiiiit, erwachsen zu werden, du Transuse!«

Sie schnippte mir mit dem Finger gegen die Stirn. Früher hätten wir jetzt einfach laut losgelacht und ein schreckliches Geschrei veranstaltet und aus dem vierten Stock auf die Passanten runtergespuckt. Aber diesmal meinte Scherwinskaja es ernst.

»Adieu, Mademoizilla! Mich siehst du nicht wieder.« Und mit einem verächtlichen Schwung ihres dreisten Hinterteils verschwand sie im Treppenhaus.

Wenn man jung ist, hat man einen besonderen Sinn für den

eigenen Wert, seine Einzigartigkeit. Man wird getragen von arkadischen Wellen, die nach und nach versteinern, je weiter man nach oben kommt. Alle scheinen nur auf dich zu warten. Du aber taumelst zwischen Unbekanntheit und Unsicherheit hin und her und fragst dich: Warum will mich keiner haben? Ich stehe hier inmitten meiner Glorie, aber keiner kriegt es mit. Doch das Schlimmste ist, dass niemand mich versteht! Das ist Verrat!
Zu Scherwinskajas Verrat kam noch das qualvolle Heranreifen der Abschlussprüfung: der Widerstand der Physik, die Taubheit für mathematische Formeln. Aber es musste sein. Ich wollte in Moskau studieren, das hatte ich meinem Tomaterich ja schon geschrieben. Und er hatte meinen Entschluss gebilligt – genau, meinte er, es bringt ja nichts, in der Provinz zu hocken.
Ich schob Scherwinskaja in die hinterste Ecke meines Herzens und versenkte mich in die Sahne-Eclairs meiner schon so oft entflammten Gefühle.

Im Unterschied zu den meisten literarischen Mitläufern schrieb mein Gemüserich keine romantischen Gedichte über Schiffe-Regen-Bahnhöfe oder den Moder der Natur, ganz im Gegenteil, er analysierte die Form der Sprache, die Zusammenhänge, die Klänge, befasste sich gründlich mit der Dialektik, der Paradoxalität, der »existenziellen Authentizität« und der »Aberration der Wahrnehmung«. In meiner literarischen Arbeit folgte ich ihm nach und erschloss mir die Explosivstoffe, die aus den chemischen Verbindungen in der Sprache entstehen.
Ich konzentrierte mich so sehr auf diesen Unsinn, dass mir das Wichtigste entging: der Frühling, die Straßenbahnluft, die feucht und gläsern war, eine inspirierende Luft voller Wärme und Unruhe, eine Luft, die nur an zwei dünnen, wackligen Nägeln hing und unter den Nasenflügeln vibrier-

te. Luft für die Liebe lachlustiger Liebender, für lausbübische Liebesfrätzchen, für nackte Frühlingspärchen. Aber diese Seite des Lebens war mir damals noch verborgen, und die Frühlingsnacktheit ging an mir vorbei!
Ich lebte wie eine Skulptur im Museum, wie eine verstaubte Rarität. Aber ich wollte wahnsinnig gern nach Moskau, in das wahrhaft neue Paris. Dort würde sich das Mysterium des neuen, magnetisierenden Lebens vollziehen. Dort würde ich anfangen zu leben, endlich aufwachen, Rauchen lernen! Ich hatte mir auf dem Flohmarkt schon ein Bernsteinmundstück gekauft und stellte mir vor, wie schön das wäre: den Zauberstab zwischen den Fingern, die Augen halb geschlossen, Rauch auf einer Fotografie. Mit einem Wort, die ganze aufgeladene Vulgarität der Zwanzigerjahre.
Endlich hatte ich die letzten Prüfungen hinter mich gebracht, indem ich akkurat von den tadellosen Spickzetteln abschrieb, die sich die plötzlich ungewohnt freundliche Scherwinskaja mit Stecknadeln unter dem Rock befestigt hatte. Ich erhielt mein Reifezeugnis. Obwohl die Reife ja noch rund dreißig, wenn nicht hundert Jahre entfernt war. Aber es hieß nun mal so. Das zweifelhafte Zeugnis war ein jämmerliches Blatt Papier voll albernem Gekritzel. Es ist mir im Laufe der Zeit abhandengekommen oder in irgendeinem Klo gelandet.

Bewaffnet mit einer schwerleibigen Schreibmaschine, in die ich meine Gedichte hämmerte, brach ich auf nach Moskau, zu meinem mopsigen Liebsten.
Ich fuhr mit dem Zug. Ich bin später noch oft und mit allen möglichen Zügen gefahren, ich entwickelte sogar einen richtigen Hass gegen diese Bewegungsform. Aber damals fand ich es wahnsinnig schön. Mir gefielen die Gerüche unterschiedlicher Menschen, die Vielzahl von Eindrücken. Mir gefiel, dass alles um mich herum fremd war, als wäre

ich mitten in einen Film geraten und könnte jetzt still und heimlich den Gang des Geschehens verändern. Das Klopfen der Räder gab der Fahrt Sinn, als würde jemand die Minuten auf die Eisenbahngleise nageln. Viel später erst empfand ich jede Entfernung, jeden Zwischenraum als Kampfansage, die ich mit dem Wunsch beantwortete, diesen Raum unverzüglich zu überwinden, das heißt zu vernichten. Aber damals vernichtete ich den Raum nicht. Heute würde ich sagen: Ich war kein Terminator des Raumes. Im Gegenteil, weil die Welt für mich so rätselhaft war, so reich an verheißungsvollen Eingängen, Schlupflöchern und Schlüssellöchern, war Distanz eine Möglichkeit wonnevoller Annäherung an die Ritzen und Spalten des Unbekannten.

In meinem Abteil saß eine stark parfümierte Madame, die der Überzeugung war, wer in so einem altmodischen Kleid reiste, müsse Schauspielerin sein. Ich ließ sie in dem Glauben. Dann fragte sie, was in dem Koffer sei, in dem sich die Schreibmaschine befand. Vorsichtshalber erklärte ich ihr, ich spielte Akkordeon.

»Es hat bloß eine sehr seltene Form«, fügte ich hinzu und strahlte die erlogene Hochnäsigkeit eines verzogenen Teenagers aus.

Natürlich glaubte die Madame mir nicht, aber sie stellte auch keine Fragen mehr. Dann erlosch das Licht im Abteil, und wir tauchten in einen Tunnel aus Dunkelheit ein.

Die ganze Nacht wiegte mich das monotone Klopfen, als führe der Zug nicht auf Rädern, sondern auf den klopfenden Herzen Verliebter, auf roten Paprikaschoten, auf Tomatensoße. Morgen holt mich der große Dichter ab, und dann trägt er meine schwere Schreibmaschine namens Olympia. Das machte mich stolz.

Orpheus steigt in die Unterwelt

Am nächsten Morgen waren da der Geruch und das Licht eines neuen Lebens. Ich blickte in die Menschenmenge. Ein gusseiserner Bahnhof mit vielen fremden Gesichtern rollte mir entgegen. Männer schrien, Frauen mit Kopftüchern liefen herum, die Gepäckwagen ratterten.

Mein pausbäckiger Geliebter war an diesem Morgen nicht auf dem Bahnsteig erschienen. Vielleicht hatte es ein Missverständnis gegeben?

In Moskau riecht es nach Staatsapparat. Im Zentrum befinden sich Pentagons, zwischen den Pentagons Konditoreien. Panzer und Pralinen, Torten und Raketen! Elephantina, bist du noch bei Sinnen? Der Granithimmel mit seinen Reliefwolken könnte dir auf den Kopf fallen. Da oben auf diesen Wolken finden Sitzungen, Versammlungen und Engelsbesprechungen statt. Und frühmorgens fährt Ilja, der Prophet im Flammenwagen, direkt aus dem Kreml in den Himmel auf, schützt uns vor Amerika und geistiger Verarmung. Die Kuppeln der Kirchen riechen nach Zwiebeln. Hier unten auf der Erde sind Bahngleise, Zeitungsredaktionen, Wohnungsämter, Meldestellen, Maschinenbauerzeugnisse und Verbrennungsmotoren. Und Smog, der aus dem Westen kommt, denn in der russischen Sprache gibt es nicht mal das Wort, Smog aber gibt es. Und verwaschene Kleidung, Berge von Zigarettenasche, Beamte und Chauffeure.

»Elephantina, du bist eine Vollidiotin!«, sagte Moskau zu mir.

Ich streckte der Stadt die Zunge raus.

Aber dann dachte ich mir: Warte, dir werde ich es zeigen!

Ich werde etwas Niedagewesenes machen, dass allen die Luft wegbleibt! Ich höre mit dem Gedichteschreiben auf und knie mich in die Theaterarbeit. Die Zuschauer werden wie auf Schaukeln ins Bühnenbild fliegen und in überirdische Tunnel entschwinden! Genau wie damals bei jener Aufführung, als es zum ersten Mal auf der Bühne regnete. Eine technische Innovation. Die Menschen im Saal schauten zur Decke und klappten ihre schwarzen Regenschirme auf. Ja, an diesem Tag saß ich im Parterre und atmete den Ozongeruch ein, der von der Bühne aufstieg.

Plötzlich trat scheu ein Hirsch aus dem Wald. Und als auch noch eine Fledermaus, vom Lärm des Orchesters geweckt, von der Galerie auf die Bühne herabflog, fielen Menschen in Ohnmacht, einige starben sogar. Über das Theater waren eine Menge verrückter Geschichten im Umlauf: von Pferden und Panzern auf der Bühne, von Schwerbehinderten, die in klassischen Stücken auftraten, von Morden und öffentlicher Leichensektion! Von Striptease – dem Auswickeln ägyptischer Mumien – Eintritt für Frauen verboten! Aber mein größter Wunsch war, im Theater Feuersbrünste und Erdbeben zu veranstalten; dass die Schauspieler auf die Bühne treten und im Chor sprechen: Ihr kotzt uns alle an!

Die Einrichtung, an der ich Bühnenbild studieren wollte, hatte einen würdevollen, eleganten, verwegenen Namen: Studio-Schule des Künstlertheaters!

Ich fand mich unversehens mitten auf einer monumentalen Müllhalde, im Herzen von Sodom. Papas Schwester Marisemjonna, bei der ich mich für die erste Zeit einquartiert hatte, nahm sich meiner intensiv an. Sie hatte sich in den Kopf gesetzt, mir zuerst Moskau zu zeigen und mich anschließend in möglichst großer Nähe zur Regierung unterzubringen, bei einer »sehr kultivierten Frau«.

Mir war es, ehrlich gesagt, ziemlich egal. Was auch geschieht, am Ende wird es regnen, dann hageln, dann geht

ein Schneesturm los, die »drei Schwestern« kriechen aus den Schützengräben und ballern mit schweren Maschinengewehren durch den »Kirschgarten«. Alles geht den Bach runter.
Ich mageres Etwas mit den kraftlosen, gleichgültigen Händen wurde zu der erwähnten kultivierten Frau gebracht. Sie hatte einen sehr merkwürdigen Beruf: Klassifikatorin der Gehaltsklassen.
Ihre Wohnung sah aus wie das Bühnenbild für ein Ostrowski-Stück: Deckchen, Chinoiserien, geblümte Tischläufer, mit einem Wort, der komplette Matrjoschka-Horror. Als wir ihre »gute Stube« betraten, löste Olga Leopoldowna gerade Kreuzworträtsel. Ein Mensch, der Kreuzworträtsel löst, war für mich der letzte Bazillus auf dem Leib der Menschheit.
»Sieh an, Marussenka, das ist also Ihre Nichte aus Kiew? Aber sie ist ja nur noch Haut und Knochen! Das arme Hascherl! In Kiew gibt es doch Speck! Sehen Sie sich nur mal ihre Arme an – wie Stöckchen! Und so blass! Wie ein Bandwurm! Marisemjonna, Ihre Nichte ist krank, man muss sie mit Milch aufpäppeln!«
»Mit Milch?«
»Also, mein Kind, damit du gleich Bescheid weißt: Auf die Toilette nur auf Zehenspitzen! Die Spülung funktioniert nicht. Es steht ein Eimer da.«
»Scheren Sie sich zum Teufel, Olga Leopoldowna, Ihre widerlichen Kotzworträtsel sollen im Lokus absaufen auf Nimmerwiedersehen!«
»Um halb zehn bist du zu Hause. Später lasse ich dich nicht mehr rein, dann kannst du auf der Straße übernachten.«
»Stecken Sie sich Ihren Schürhaken in den Arsch, setzen Sie sich auf die glühende Pfanne und klimpern Sie den Flohwalzer auf Ihrem verstimmten Klavier!«
Und da begann auf einmal ein Orchester zu spielen, das Ra-

dio plärrte los, die Porzellantänzerinnen auf dem Büfett fingen an, sich zu drehen, und ich raste aus der Wohnung.
In der Gorki-Straße war es sonnig und staubig. Ein endloser Strom von Autos zog vorbei. Fahnen. Schaufenster. Im Geruch des Benzins lag die ganze vaterländische Literatur, alles war erfüllt von Sinn, vergiftet von Sinn, verseucht von Sinn und Doppelsinn. Meine geliebten Trolleybusse, die direkt zum Roten Platz fuhren! Und ich, ein eigensinniges Mädchen, das es kategorisch ablehnte, bei einer kultivierten Frau einzuziehen!

»Ich habe ein wunderbares Zimmer für dich gefunden, direkt im Zentrum. Eine hochintelligente Frau, eine ehemalige Schauspielerin!« Marisemjonna konnte sich gar nicht beruhigen.
Diesmal fuhren wir quer durch das bäuerliche Dritte Rom und begaben uns zum Wohnsitz der ehemaligen Schauspielerin.
Inga Borissowna war ein winziges Großmütterchen, das aussah wie eine Rosine. Sie hatte nur noch ein Bein und ein zerknautschtes Affengesichtchen, wie es bei sehr alten Menschen vorkommt. Immerhin begutachtete sie mich nicht wie eine Ware. Eigentlich schaute sie die ganze Zeit in die Ecke, als säße dort jemand, mit dem sie sich unterhielt, ein Unsichtbarer. Sie bewegte sich mit einem Metallschlitten vorwärts, den Marisemjonna Stellage nannte.
Das Großmütterchen verschwand mit ihrem Schlitten wer weiß wohin, aber zurück kam sie aus jener Ecke, der ihr Bewusstsein gerade einen Besuch abgestattet hatte.
»Besprechen Sie alles mit meinem Neffen«, sagte sie kaum hörbar und versank in sich selbst.
Marisemjonna besprach alles mit dem Neffen.
In der lautesten Straße einer der lautesten Hauptstädte der Welt herrschte Hundestille. Das einzige Geräusch war das

Rascheln des Papiers, auf dem ich mit einem Finger Telegramme an den Herrgott tippte.
»Inga Borissowna, soll ich Ihnen das Nachtgeschirr bringen? Möchten Sie einen Apfelsaft?«
Für gewöhnlich knarzte das Großmütterchen dann etwas kaum Hörbares, woraufhin ich in ihr Zimmer sauste, mir das Megaphon schnappte, das neben ihr auf dem Fußboden stand, und meine Frage wiederholte. Zermürbt von der Schreierei und dem Entleeren der Bettpfanne kehrte ich in meine Gruft zurück. Ich konnte der Alten nicht böse sein.
In späteren Jahren, in denen ihr Bild fast ganz aus meinem Gedächtnis verschwand, lebte sie irgendwo in meiner Nähe und piepste leise in den Heizkörpern, in der Wasserleitung, in den Fallrohren und in den Wänden, zwischen denen ich hauste. Und davon gab es in meinem Leben sehr, sehr viele.
Um den wahren Sinn meiner Reise nach Moskau zu vertuschen, bereitete ich mich auf die Aufnahmeprüfung an der Studio-Schule des Künstlertheaters vor. Manchmal las ich einen der geheimen Briefe. Das richtete mich auf. Ich wählte die Nummer meiner Sehnsucht. Mal war die eine, mal die andere zänkische Frauenstimme dran. Vor Schreck ließ ich den Hörer fallen. Die Informationen aus meinen Lehrbüchern vermischten sich heillos mit den Gedichten, die mich auf die Straße jagten. Dort zirkulierte ich in der dantesischen Hölle des Gartenrings, immer in der vergeblichen Hoffnung, irgendwo in der Menge würde eine braune Jacke, ein orangerotes Gesicht mit schwarzen Augenperlen auftauchen. Die Menschenmenge strömte mir entgegen, sie dünstete Feuchtigkeit aus, im Gehen aßen die Leute getrockneten Fisch, tranken Bier dazu. An den Kiosken versammelte sich die Jugend zu den Klängen Brechreiz erzeugender Schlagermusik und freute sich ihres unverdienten,

sinn- und fruchtlosen Lebens. Und in meinem Kopf verflochten sich die Reime.

Auf den Boulevards lebten die Alten, durch ihr Greisentum vom Rest der Menschheit abgesondert. Sie schlüpften aus ihren Larven, brachen aus den Baumstämmen hervor und usurpierten die Bänke. Die Alten und die Todkranken nehmen das Leben besonders intensiv wahr, dank der Gabe der Agonie.

Eines Tages sprach mich so ein halbtoter alter Gockel an. Sein graues Haar fiel ihm in die Stirn wie ein toter Hering.

»Möchten Sie Theater studieren? Der Herrgott hat mich geschickt! Ich werde Ihnen helfen!«

Der Alte log.

Ich büffelte gewissenhaft die Prüfungsbögen.

Bogen Nummer eins:

Guten Tag, Gemüseobst! Endlich habe ich verstanden, dass jeder Mensch die ganze Evolution durchlaufen muss, vom Brontosaurus bis zur Avantgarde, vom Bakterium bis zu Malewitsch.

Bogen Nummer zwei:

Oh, mein Geliebter, mein Elends-Rote-Bete-Würmchen, in deiner Nähe wird die Oberfläche der Erde, die schützende Erdkruste, durchsichtig, und die unermessliche Tiefe schimmert zu mir herauf, wimmelnd von Schrecken und Freuden, erleuchtet von den Tiefseefischen des Glücks.

Bogen Nummer drei:

Ich glaube, ich habe verstanden, warum du die Futuristen nicht magst – Lenin, Marinetti, Majakowski und so weiter. Das sind alles totalitäre Arschlöcher.

Er aber sagt:

»Verehrte Elephantina, Sie haben sich das ganze Prüfungsmaterial vorbildlich eingeprägt. Dafür bekommen Sie ein Pentakel. Unterschreiben Sie.«

Da drücke ich meine Nase an seinen dicken Hals und fange an zu weinen. Er aber fasst meine Schulter und schiebt mich ein wenig von sich weg, damit er mich anschauen kann, und sagt zärtlich und mit gespieltem Spott:
»Habe ich Sie nicht schon mal irgendwo gesehen, Fräulein? Kommen Sie beim Denken nicht vom Hölzchen aufs Stöckchen! Sonst dürften Sie Ihre Knochen bald einzeln aufsammeln. Und die Futuristen, ach, zum Teufel damit.«

Delikatessen

»Warum bin ich da nur hingegangen? Warum nur?«, fragte ich mich. Bestimmt nicht zum Einkaufen. Überhaupt, wer geht denn in so ein Geschäft einkaufen? Nur Idioten kaufen bei Jelissejew Delikatessen ein, mit seinen schmutzigen historischen Fliesen. Wer klug ist, geht in dieses Geschäft wie in einen Tempel. Als ich dieses Jelissejew-Elysium zum ersten Mal betrat, war ich total überwältigt von seiner Architektur, seiner phantastischen Inneneinrichtung. Ich weiß nicht, was damals in mich gefahren ist, aber ich bin beharrlich jeden Tag hingegangen. Der großartigste Delikatessenladen aller Zeiten ist ein Schiff, das aus einer anderen Epoche herabgesunken ist.

Die Geschichte besagt:

Ende des achtzehnten Jahrhunderts beauftragte ein Staatssekretär von Katharina der Großen den Architekten Matwei Kasakow, ein Schloss für seine Frau Kosizkaja zu bauen. Später ging dieses Schloss an die Tochter, und deren Enkelin eröffnete dort schließlich einen literarischen Salon. Alexander Puschkin, Jewgeni Baratynski, Adam Mickiewicz trugen hier ihre Gedichte vor; Abraham zeugte Isaak, Isaak zeugte Jakob, zeugte Aram, zeugte Salomon, David; Salomon, Josapath, Josaphat aber zeugte den Kaufmann Jelissejew. Und eben dieser Kaufmann Jelissejew erwarb Ende des neunzehnten Jahrhunderts jenes Haus und eröffnete hier den »Jelissejew-Feinkostladen und Kellerei russischer und ausländischer Weine«.

Stundenlang stand ich da wie verzaubert. Auf dem Friedhofsmarmor der Verkaufstresen spross Meerkohl. In großen Aquarien planschten tote Heringe. In den Spiegeln aber schwamm meine blasse Physiognomie mit den dunklen Haaren, glatt wie ein Stein, und meine salzigen Augen, bei deren Anblick mir schlecht wurde.

Logisch, dass nur Dummköpfe zum Einkaufen hierherkommen!

Im Jelissejew-Delikatessengeschäft dachte ich, wenn ich mich jetzt umdrehe, steht da der bedeutende Mann in der Schlange, jener, der die Geschichte unserer Literatur nicht minder stark geprägt hat als Mandelstam und Pasternak, und räsoniert darüber, dass ihn »in Moskau gegenwärtig nicht mehr die Bohemiens interessieren, denn sie sind ausgelaugt und blutarm, sondern die Kreml-Höflinge«. In der Hand hält er einen Zwanziger. Da hüpfte mein Herz wie ein geköpftes Huhn.

Man stieß mir den Ellenbogen in die Seite. Man trampelte mir auf die Füße. Man trat mich. Man stützte sich auf mich. Man wickelte Heringe in mich ein.

»Grüß dich, Gemüseobstler, ich habe zufällig Prüfungen in der Nähe. Darf ich zu dir in die Schlange?« In Gedanken stellte ich mich neben ihn.

Er erlaubt es, weil er sehr lieb ist.

»Grüß dich, Elephantina. Ich komme hier wegen der Inspiration her. Das Bier und der Trockenfisch sind nur Camouflage.«

Ich stellte mir so intensiv vor, wie er das Geld zur Kasse reichte, dass ich tatsächlich wie angewurzelt vor dem Fensterchen stehen blieb und die Kassiererin anstarrte.

Die Kassiererin (ein goldener mechanischer Kiefer) sagte: »Ihr Wechselgeld, junger Mann«, und gab ihm das Geld.

Als ich mich zu ihm umdrehte, verwandelte er sich sofort in einen fremden, ekelhaft unscheinbaren Bürger, den ich hätte umbringen können, bloß weil er nicht der war, der er hätte sein sollen!

Die sieben Stufen des Todes

Moskau hatte mich endlich angenommen, mit seiner quakenden, kantigen Sprache, seiner Rücksichtslosigkeit, seinem Dünkel und seiner schlechten Erziehung. Man konnte sich kaum eine andere Stadt vorstellen, die so sehr der Regeln des guten Tons entbehrte. So habe ich sie lieben gelernt, als eine Stadt ohne Regeln, vielmehr mit einer einzigen Regel – verhalte dich wie ein Kampfhahn. Und ich fing an, mich wie ein Kampfhahn zu verhalten.

Es war mitten im Hochsommer. Und es schneite. Eine rauhe Zeit. Je weiter die quälende Besteigung der hauptstädtischen Klippen voranging, desto häufiger dachte ich an die Vergangenheit. Ich erinnerte mich an den Sommer, der fröhlich und sorglos gewesen war, dachte daran, wie unser Hund sich einmal im Schnee wälzte und laut lachte (Papandrelos Lebensabschnitte bemaßen sich nach den Lebensspannen von Hunden und Katzen, seiner vierbeinigen Freunde).

Wenn Schnee fiel, begannen sie in meinem Inneren zu hüpfen, die verrückten, Schabernack treibenden Heuschrecken. Die Luft um mich herum füllte sich mit Milch, mit Wasserspritzern, mit Lachbällchen, und die Sonne roch nach Eis!

Auf dem Twerskoi Boulevard sprach mich der »Heringshaarschopf« an, der agonische Greis.

»Komm mal her, du kleines Trampeltier, ich hab hier ein Buch für dich, von Swedenborg. Bevor du anfängst, richtig zu leben, musst du erst mal dieses geniale Zeug lesen.«

»Lebe ich etwa nicht richtig?«

»Schwer zu sagen. Ich denke, die Grundkenntnisse sind vorhanden, deshalb sollte das Korn auf fruchtbaren Boden fallen. Davon bin ich überzeugt.«

Zuerst brachte ich diesem Buchgeschenk einiges Misstrauen entgegen, weil der Alte selber mir kein Vertrauen einflößte. Trotzdem, als ich wieder zu Hause in der Twerskaja-Jamskaja-Straße war, machte ich mich umgehend an die Lektüre. Gleich auf den ersten Seiten wurde ich von einer fiebrigen Erregung ergriffen und fiel einfach hinein in Swedenborgs Himmel.

»Die Engel heißen zusammengenommen der Himmel, weil sie ihn ausmachen.«

Ich lief durch mein Zimmer und breitete die Arme aus wie die Flügel eines durchgeknallten Flugzeugs!

»Es sind drei Himmel und diese untereinander völlig geschieden. Der innerste oder dritte, der mittlere oder zweite, und der unterste oder erste; sie folgen aufeinander und bestehen untereinander, wie das Oberste des Menschen, welches das Haupt heißt, sein Mittleres, welches der Leib, und das Unterste, welches die Füße sind.«

Das ist ja Wahnsinn! Total abgedreht! Ich muss unbedingt auch einen Traktat schreiben. Titel: »Die sieben Stufen des Todes«! Ich rannte zurück auf den Boulevard. Ich musste ihm sofort von Swedenborg erzählen, unbedingt, von den Engeln und den sieben Stufen!

Die Heringstolle saß immer noch auf der Bank.

»Die ersten Stufen, so wie ich es verstehe, erfahren wir noch im Laufe unseres Lebens! Die anderen nach der Initiation und dem Graboskop!«

Ich war überzeugt, dass ich die erste Stufe schon hinter mich gebracht hatte und gerade dabei war, die nächste zu erklimmen. Die Sieben Stufen waren für mich natürlich identisch mit den Sieben Himmeln.

»Und dabei gibt es den Tod überhaupt nicht!«

»Wie meinen Sie das?«

»Es gibt nur das, was vorher ist, und das, was danach kommt! Verstehen Sie?«
Nichts passte besser zu diesem frostigen, gläsernen Sommer, der in dem unterirdischen Polygon der Megapolis herrschte, als so ein Traktat. »Die sieben Stufen des Todes«. Ein lebensbejahendes und todesbejahendes Werk! Ein echter Dünnschiss-Saurier mit allen Schikanen …
In jener Zeit dachte ich in einem Anfall von rauschhafter Begeisterung: Komme, was wolle – und wählte die Tomatennummer! Inga Borissowna lag in ihrem Zimmer und machte sich ans Sterben. Die bekannte Stimme antwortete. Ich war so aufgeregt, dass ich kein Wort herausbekam. In diesem Moment wurde die Alte plötzlich munter und rief mit schriller Stimme nach mir, wobei sie meinen Namen unerwartet laut und deutlich artikulierte. Mit ganzer Kraft presste ich den Hörer auf den Telefonapparat, drückte und presste ihn noch eine halbe Stunde lang, so stark ich konnte, als könnte ich so meine Scham erdrücken. Wenn er das jetzt gehört hatte? Die ganze Nacht hindurch stellte ich mir vor, ich wäre an seiner Stelle. Das Telefon klingelt. Im Hörer erst Stille, und dann …

Er wohnte am äußersten Rand von Moskau, in einem tristen Plattenbauviertel. Selten fuhr dort mal ein Ikarus-Bus. Sogar im Sommer lagen noch Schneewehen. Wenn es einen langweiligeren Ort auf der Welt gab, dann nur den Nordpol. Aber ich stellte mir seine Behausung beharrlich als eine Art verlassenen Gutshof vor. Ich war sicher, dass die Wände des Dichters mit dem Dung des Einhorns verkleidet waren. Tauben spazierten durch die Zimmer und im Schrank wohnte ein Kuckuck.
An den darauffolgenden Tagen traute ich mich kaum, ans Telefon zu gehen. Wie in Zeitlupe hob ich den Hörer ab, ich fürchtete mich, als Erste zu sprechen. Man kann sich

vorstellen, was für einen Eindruck mein Grabesschweigen auf die Person am anderen Ende der Leitung machte. In der Regel riefen mich ja Leute an, die mir nichts Böses getan hatten, meine neuen Bekannten, die ich zu hassen begann, dafür, dass sie nicht er waren!
Inga Borissowna bekam keine Anrufe, weil sie taub war. Dafür kamen während meiner Abwesenheit Neffen, Ärzte, Putzfrauen und allerlei andere Galane bei ihr vorbei.

Die Aufnahmeprüfungen rückten näher, unaufhaltsam wie Kettenfahrzeuge. Mit verzweifelter Gleichgültigkeit ging ich alle Exerzierplätze des Lehrstoffs durch. Endlich hingen die Listen der Prüfungskommission aus, auf denen mit großen Buchstaben die Namen der zukünftigen Studenten standen! Mein Name, der kürzeste und unscheinbarste, war am unteren Ende nachträglich hinzugefügt worden, ganz klein und schief. Jeder sah, dass er großer und schöner Buchstaben nicht würdig war!
Inzwischen bis zum Skelett abgemagert, hatte ich es geschafft: ich war angenommen worden. Marisemjonna gratulierte mir mit großem Trara und fütterte ihren kleinen Schlaukopf, ihre Nichte, ihr wahres Prachtmädel mit Borschtsch! Und aufgrund der außergewöhnlichen Umstände bewegte sogar ihr Mann San Sanytsch seinen Hintern vom Fernseher weg. Nachdem er mir gratuliert hatte, fragte er: »Sag mal, weißt du zufällig, wer die aktuelle Liebhaberin von Karel Gott ist? Du studierst doch Theater, oder?«
Ich zuckte die Achseln, und er schnalzte militärisch mit der Zunge: »Egal, bist trotzdem ein tüchtiges Mädchen!«
Dann hatte ihn der Fernseher wieder, mit Haut und Haaren, nur seine Fersen ragten aus dem Bildschirm, und die Frage nach Karel Gott blieb eine der wenigen Äußerungen, die in meinem Leben unter dem Abschnitt »San Sanytsch« abgespeichert sind.

Les Poètes Maudits

Im Jahre 1982 geriet Europa in eine Krise. Die IRA und die Roten Brigaden trieben ihr Unwesen. Syrien kämpfte gegen seine muslimischen Brüder. In Polen wurde die Solidarność verboten. Die USA verhängten ein Import-Embargo gegen libysches Erdöl. Der ägyptische Präsident Mubarak ließ Fundamentalisten hinrichten. Kanada erlangte die Unabhängigkeit von Großbritannien. Die Bevölkerung Chinas überstieg die Milliardengrenze. Ein Priester versuchte, den Papst zu erstechen. Der Krieg zwischen Iran und Irak dauerte an. Die USA und die UdSSR kämpften um die Vorherrschaft im Kosmos. Argentinien erlitt auf den Falklandinseln eine Niederlage. Der Libanonkrieg brach aus. Italien gewann die Fußballweltmeisterschaft. In Großbritannien wurde der sowjetische Spion Geoffrey Prime verhaftet. Die UdSSR unterstützte Kamputschea. Der Bundestag wählte Helmut Kohl zum Kanzler. Die ersten Compact Discs kamen auf den Markt. Krieg in Afghanistan. Der 61-jährige Barney Clark erhielt das erste Kunstherz. Das TIME-Magazin ernannte den Computer zur Person des Jahres. Breschnew starb. Juri Andropow, Chef des KGB, wurde sein Nachfolger!

Gegenüber von meiner Theaterschule befand sich das Zentrale Telegraphenamt. Vielmehr befindet diese Lehreinrichtung sich auch heute noch schräg gegenüber vom Zentralen Telegraphen, nur durch eine Straße getrennt, die allerdings die wichtigste Verkehrsader der Stadt ist. Sie führt vom Weißrussischen Bahnhof zum Manege-Platz. Der Telegraph – das ist der Eingang zur Hölle.

Im Zentralen Telegraphenamt gingen die Uhren rückwärts. Von hier aus konnte man, wenn man sich sehr große Mühe gab, direkt in den Weltraum starten. Das wusste aber kaum jemand. Die ganze Erscheinung dieses Gebäudes drückte aus: Hier ist der Eingang auf das freie Feld des Unwissens! In den dreißiger Jahren wurden hier die Sendekabinen des Sowjetischen Rundfunks installiert. Von hier aus wurde der Beginn des Zweiten Weltkrieges verkündet. Jahrzehntelang gab es auf dem Telegraphenamt eine Beleuchtung in Form bewegter Bilder. Aber was das Wichtigste ist: Das Land wurde gar nicht vom Kreml, sondern vom Zentralen Telegraphen aus regiert! Auch das wussten nur die wenigsten, weil in Moskau alles geheim gehalten wird!
Als man mich an der Theaterschule angenommen hatte, fieberte ich fast vor Stolz. In meinem Inneren schien eine elektrische Glühbirne zu leuchten, nein, was heißt Glühbirne, eine Festbeleuchtung aus prächtigen Kronleuchtern illuminierte meine Rippen, in denen sich die Logen befanden. Im Parkett, das heißt in der Magengrube, saßen die Zuschauer. Sie waren aufgeregt und tuschelten, aber ich hörte alles.
»Sie studiert jetzt.«
Sie – das war ich.
»Sie geht demnächst zum Theater.«
Und da betrete ich, die Studentin, auch schon die Bühne im Inneren meines Bauches. Gleichzeitig gehe ich die Gorki-Straße entlang. Ich gehe die Straße hinauf und wieder hinunter, die Nase hoch erhoben. Ich laufe Ski in der Loipe, ich fliege auf einer Schaukel. Neben mir rast der öffentliche Straßenverkehr. Aus den Trolleybussen starren mich die Leute an. Die ganze Straße befindet sich in heller Aufregung:
»Guckt mal, da ist die dumme Elephantina. Die ist weder Junge noch Mädchen. Aber ähnelt sie nicht den wunderbaren Porträts von Tizian?! Die Ärmste, was ist sie doch

unglücklich! Niemand versteht sie! Sie sieht aus, als wäre sie gerade aus dem Grab gehüpft: Ihr Hals schwarz von Staub, das Haar voller Sägemehl, Erde unter den Fingernägeln und im Herzen eine Pistole!«

Und eines Tages besaß ich die unerhörte Frechheit und wählte Andrjuschas Nummer.

»Wer ist da? Julia? Julia Afrikanski? Nein? Julia Schwadronirski? Kennen wir uns? Sie schreiben Gedichte? Woher? Ach, die Julia aus Kiiiiiew! Aaah!«

Er war freudig überrascht zu hören, dass ich in Moskau studierte. Das war die erste Stufe auf dem Weg zur hauptstädtischen Konkubine. Er lud mich zu einer Dichterlesung ein, und ich verging fast vor Glück. Endlos lange kämmte ich mir die Haare, steckte sie hoch, auf sehr altmodische Art, zog mein finsterstes Kleid an und machte mich auf den Weg zur angegebenen Adresse.

Ada und Eva, die infernalischen Zwillinge, wohnten in einer geräumigen Wohnung am Gartenring. Ich war der erste Gast und setzte mich als bescheidener Hering in eine Ecke, um die Ankunft des Heiligen Geistes zu erwarten. Als ich aus dem Fenster auf einen ausgestorbenen Kindergarten schaute, wo ein Alki auf einer Bank pennte, ging in meinem Bauch die Sonne auf.

Die Gastgeber flitzten durch die Wohnung, tuschelten miteinander und schielten immer wieder zu mir herüber. Schließlich kamen sie neben mir zum Stehen.

»Woher sind Sie eigentlich?«

»Wir haben Sie hier noch nie gesehen.«

»Was schreiben Sie?«

»Werden Sie ebenfalls lesen?«

Sie wussten schon, dass Tomaterich mich eingeladen hatte.

»Ja, ich habe vor, ein paar Gedichte zu lesen.«

»Oh, wie aufregend.«
»Finde ich auch.«
»Was finden Sie aufregend?«
»Alles.«
»Aber Sie sind doch nicht aus Moskau!«
»Nein, ich bin aus Kiew.«
»Aus Kiew?«
»Wo ist das denn?«
»Was ist das denn?«
»Das ist die Mutter aller russischen Städte, die älteste chasarische Hauptstadt, das Paris der Ukraine.«
»Stimmt es, dass Sie sich dort von Speck ernähren?«
»Das stimmt, bei uns gibt es von morgens bis abends Speck.«
»Nicht möglich!«
»Speck regt die Produktion der Prostaglandine an.«
»Na ja, mit solchen Stimulanzien können wir hier nicht dienen. Anders gesagt, wir haben nichts zu essen für Sie.«
»Tja, dann muss ich wohl hungern.«
Von der Schwelle wehte ein Hauch von Schnee und Wind. Dann ein Hauch von Rasierwasser. Dann ein Hauch von Schimmel und billigen Papirossy. Parfüm und Benzin. Und zuletzt Zwiebel und Grabesmoder.
Etwa sieben Personen betraten die Wohnung.
Darunter war ein Schriftsteller namens Blavatsky, mit langen fettigen Haaren, der gleich anfing zu jammern, er habe vor einem halben Jahr das Manuskript seines einzigen Romans verloren.
»Aber ich hab's gar nicht verloren, man hat es mir geklaut!«, sagte er, Verzweiflung in der Stimme, und sank auf den Grund des Aquariums.
Bald darauf krochen goldene Strahlen langsam in die Wohnung herein. Der lockige Tomatengeist höchstselbst stieg herab. Er hatte eine Flasche Wodka dabei, ein Dreiliterglas

Salzgurken und einen unrasierten Typen mit roten Karnickelaugen im Schlepptau. Kaum war das Kaninchen über die Schwelle getreten, sprang Blavatsky auf und stand stocksteif da. Seine Augen sprühten vor Zorn. Wie ein brunftiger Hirsch ging er auf den Neuankömmling los, und alle hörten das unverwechselbare Geräusch der klatschenden Ohrfeige.

»Das Kaninchen weiß, wofür! Das Kaninchen muss bestraft werden! Nieder mit dem Kaninchen!«

Dann schnappte Blavatsky sich Mantel und Schal und verließ energischen Schritts die Wohnung. Die Tür knallte hinter ihm zu. Ein Stück Putz fiel von der Decke. Auf dem Kaninchengesicht qualmte ein vollständiger Handabdruck.

»Meine Damen und Herren, wir kennen ja alle den Schriftsteller Blavatsky! Das war wieder typisch! Immer die gleiche Schmierenkomödie! Etwas anderes haben wir von ihm nicht erwartet. Das ist nun mal sein Genre – der Flegel und der Lump. Wenn jemand dieses Rollenfach erst einmal besetzt, ist er für so etwas wie humanistische Werte für immer und ewig verloren!«

Das Kaninchen hatte die Hände erhoben wie bei einer Predigt. Seine Beine faulten unter dem Tisch. Während die Tirade andauerte, kam mein Geliebter zu mir, und mein Herz presste sich zu einem Klumpen zusammen.

»Hallo, Peregrina.«

»Ich grüße Sie, verehrter Tomaterich.«

»Nun, wie finden Sie sich in unserer Höllenstadt zurecht?«

Seine flammenden Worte hätten mich fast getötet. Doch da sprangen schon die beiden Synchronschwestern wie zwei verrückte Eichhörnchen um uns herum und umzingelten uns mit ihrer klebrigen Aufmerksamkeit.

Dann nahmen alle am Tisch Platz und richteten ihre Gesichter voller gespannter Erwartung auf das Zentrum aus. Oh, mein Tomaterich! Er hatte das Gesicht eines Schlitzohrs und eines Messias zugleich, wie all diese Scheusale, die auf unerfahrene Wesen eine solche Anziehung ausüben. Er sah jetzt nicht mehr so domestiziert und vegetabil aus wie damals, als ich ihn zum Zug nach Moskau brachte. Flüchtig blitzte unsere letzte Begegnung in meiner Erinnerung auf: der Bahnhof, die Zigeuner, der Geruch nach schalem Bier, die Kartoffelsäcke.

In seinen Zügen war etwas mir von Kind auf Bekanntes und zugleich etwas Berechnendes, das mir das Herz vereiste. Von Zeit zu Zeit warf er mir einen kurzen Blick zu, und jedes Mal erschauerte ich.

Gelesen wurde der Reihe nach. Zuerst deklamierte ein betagtes Schnabeltier, das sich als Herausgeber des Dissidentenmagazins »Salz und Senf« vorstellte. Anschließend zog Andrjuschas rotäugiger Freund ein Schulheft unter dem Hemd hervor und leierte mit gekünstelter Würde Sachen wie »getröstet von Unzucht« und »kolikisch des Weges des Nötigen Seiendes« herunter. Die Schwestern deklamierten mit glockenklaren Stimmchen – Ada ein adamitsch naives Gedicht über die Hölle, Eva eins über das Paradies. Ihre Gedichte waren wie Scheiße mit Pilzen! Eigentlich wäre es mir am liebsten gewesen, sie hätten sich allesamt so schnell wie möglich verkrümelt, sich schlicht und einfach zum Teufel geschert, damit wir beide allein sein konnten. Statt dessen kam ich an die Reihe, und plötzlich war ich furchtbar aufgeregt. Ganz langsam erhob ich mich von meinem Stuhl und begann mit völlig fremder Stimme zu sprechen:

»Das Gedicht, das ich lesen möchte, heißt ›Metro‹.«

»Metro?«

»Metro«, wiederholte ich und räusperte mich.

»Die Metro ist eine Matratze,
Wo alle ratzen.
Mir gegenüber

liegt eine Frau und schläft
Vielleicht sie ist hinüber.
Wenn die fette Frau nicht schläft,
Wie soll man sie in den Sarg packen?
Einfach zerhacken!«

Die letzten Verse blökte ich vor Aufregung besonders schroff heraus, und die Zwillinge verzogen schockiert das Gesicht.

»Was für ein zynisches Gedicht!«

Aber da setzte sich Tomaterich für mich ein. Das hatte ich wahrlich nicht erwartet. Er sagte, sie hätten alle gar nichts begriffen, das Gedicht sei sehr mutig, sogar kühn, und ich hätte sehr viele wunderbare Sachen gemacht, ich sei die neue Achmatowa.

Ich wollte gar nicht Achmatowa sein, absolut nicht, weder die alte noch die neue. Achmatowas fader Klassizismus war mir immer schon wie eine verquälte Doktrin aus heimischem Leichenfleisch vorgekommen! Ein Gefühl von Ekel ergriff mich, ein Widerwille gegen Wörter, die nutzlose Kombinationen bildeten. In diesem Moment hasste ich die Poesie aus tiefstem Herzen. Vor meinen Augen buckelten die Hyänen der Verzweiflung.

Andrjuscha warf mir einen kurzen, verständnisvollen Blick zu. Da pochte jemand fordernd an die Wohnungstür.

»Leute, rettet einen ehrlichen Arbeiter!«, ertönte es draußen. Es war der Nachbar, der unsere Sitzung unterbrach, weil er seinen Kater kurieren wollte. Als er abgezogen war, den leicht ergatterten Zehner in den Fingern knitternd, forderten alle lautstark, jetzt solle Andrjuscha lesen. Ada schleppte eilig ein Tonband aus dem Nebenzimmer an und baute es auf dem Tisch auf, dann legte sie die Finger an die Lippen, riss die Augen weit auf und flüsterte:

»Wehe, einer atmet!«

Jetzt verwandelte sich mein Ekel in puren Sonnenhonig. Mein Tomaterich war ein Papagei, der Paradieslieder sang. Er redete auf den Zehenspitzen der Sprache – vorsichtig, als wandelte er auf eines Rasiermessers Schneide, schwankend und doch immer das Gleichgewicht haltend. Seine Worte waren wie Spritzer schwerelosen Fleisches, die statt der Protuberanzen direkt aus der Sonne hervorschossen. Sie kamen aus einer anderen, überirdischen Welt, ohne jede Beziehung zueinander, aber alle aus einer einzigen Quelle sprudelnd, der geheimen Steuerungszentrale der Poesie.

Als ich wieder zu mir kam, begriff ich, dass eine »Besprechung« im Gang war, an der alle teilnahmen, außer mir.

Alle redeten gleichzeitig aufeinander ein, grunzten und niesten. Es war wie eine Wortschlacht mit Fliegenklatschen.

Die Zwillinge legten mit einer Hymne auf Andrjuschas Poem los, wegen seiner »transzendenten Paradigmatik«.

Da kitzelte mich der Teufel an der Zunge, und es strömte aus mir heraus wie Sprechdurchfall.

»Wer gibt Ihnen überhaupt das Recht zu werten! Eine Wertung ist eine absolute gedankliche Einheit, sie ist kompliziert und immer falsch!«

»Aus dem falschen Schoß gekrochen und ins falsche Grab gelegt! Tralala, tralala, tralala. Aus dem falschen Schoß gekrochen und ins falsche Grab gelegt!«, kreischte das Kaninchen los.

Damit meinte er, ich hätte etwas völlig Abseitiges von mir gegeben.

Drückendes Schweigen trat ein. Alle schauten mich an, die einen entrüstet, die anderen verblüfft. Auf einmal prustete Tomaterich los, er schüttelte sich förmlich vor Lachen, dass ihm die Tränen auf den Teppich regneten. Das Gespräch kochte. Hochprozentige Getränke, Eier und Weintrauben wurden herumgereicht, und ohne falsche Scham begannen plötzlich alle, Adressen und Telefonnummern auszutauschen.

Besonders passioniert tauschte Andrjuscha Telefonnummern mit einer der Hausherrinnen, und es war nicht zu übersehen, wie er ihr dabei »unter den Rock« schaute, obwohl sie Hosen trug.

Ich nahm meine ganze Willenskraft zusammen, stellte mich auf meine wackligen Beine, lispelte mit schwacher Stimme, ich wolle mit solchen Schweinen nichts mehr zu tun haben, und verließ die Wohnung. Wie angestochen rannte ich ein paar Häuserblocks weiter, und erst an den Patriarchenteichen warf ich mich mit dem Gesicht in den Schnee (dabei war es erst Frühherbst) und heulte Rotz und Wasser.

Die Himmel in ihrer Gesamtheit

»Warum hast du dir die Haare abgeschnitten?«, fragt Marisemjonna.
»Hab ich das?«
»Ja, im Bad liegen überall Haare herum.«
»Im Bad?« Vor Überraschung zucke ich zusammen, schaue in den Spiegel und fange an zu lachen.
»Warum lachst du?«
Weil ich den Sinn ihrer Frage nicht ganz begreife, frage ich nach, wer hier lacht.
Marisemjonna ist besorgt. Sie glaubt, ich sei übergeschnappt.
Natürlich war sie es, die Papandrelo von meinem »Jenseitstreppen«-Werk erzählt hat. Verständlicherweise wurde er misstrauisch und kontaktierte mich durch das undurchdringliche Telefonnetz.
»Sag mal, wie heißt dein Werk? *Die sieben Stufen des Todes*? Warum schreibst du so einen Mumpitz? Wer braucht so was? Das druckt doch kein Mensch, höchstens das *Psychiatrische Abendblatt*. Vielleicht noch die *Friedhofswoche*.«
Er triefte vor Spott.
Marisemjonna schaute mich mit ihrem müden, guten Gesicht an, als sei ich sterbenskrank, und drückte meine Hand. Mir kamen fast die Tränen, so leid tat sie mir, vor allem, als sie sagte:
»Muss das denn sein? *Die sieben Stufen des Todes*, hat man so was schon mal gehört! Meine Güte, was ist denn das für ein grässliches Zeug!«

»Wieso denn?« Ich klimperte mit den Augenlidern und befreite meine Hand.

»Warum hast du dir die Haare abgeschnitten? Du siehst aus wie eine aus dem Zuchthaus …«

»Wie eine aus dem KZ. Stimmt's?«

»Mein Schätzchen, warum schreibst du so was?«

»Was ist denn dabei?«

»Das ist doch einfach furchtbar!«

»Dafür habt ihr den Python umgebracht!«

Dicke Tränen flossen über meine Wangen!

Während des Krieges hatten sie in der Stadt Staraja Russa gewohnt. Sie besaßen dort ein eigenes Haus. Ein Zimmer war an einen Zoologen vermietet, der einen Python hielt. Das Haus wurde von einer Bombe getroffen. Nur Marisemjonna, der kleine Papandrelo und der Python überlebten. Mit diesem Python in Großvaters Aktentasche überstand Marisemjonna den Krieg. Aber im Jahre 1944, als es nichts mehr zu essen gab, schenkte sie das arme Tier einem Kinderheim am Ural. Die herzlosen Waisen fraßen den Python auf, und Papandrelo behielt ein Trauma zurück.

»Und nur um den Tod des Python zu kompensieren, hat er dann meine Mutter geheiratet!«

»Halt den Mund!«

»Ihr habt den Python umgebracht!«

Und plötzlich vergaß meine Tante für einen Moment, dass sie einen eisernen Willen hatte, fing ebenfalls an zu heulen und sagte, ich wüsste gar nichts vom Tod, und vom Leben hätte ich auch keine Ahnung.

»Ich dagegen habe im Krieg sehr viel erlebt!«

Und sie begann, mir sämtliche Verwandte und Bekannte aufzuzählen, die während des Krieges umgekommen waren. Es kam eine solide und sogar eindrucksvolle Liste zusammen.

»Siehst du, sag ich doch, wozu schreibst du so was Scheußliches?«

»Was hat das mit meinem Traktat zu tun? Das ist doch Metaphysik!«, echauffierte ich mich.

Vor Empörung war mir das Heulen vollständig vergangen. Da sagte sie:

»Und ob das was damit zu tun hat!« Sie schlug mit der Faust auf den Tisch.

Und gleich fing sie an, mir in allen Einzelheiten zu erzählen, wer wie gestorben war und was seine letzten Worte gewesen waren.

»Vater, Vater, wie fühlst du dich?, fragte ich. Das Leben ist ein Fluss, sagte er und starb.«

Ich fing an zu lachen, weil mir der alte Witz eingefallen war, in dem es darum geht, dass das Leben ein Fluss ist.

Dann ging Marisemjonna zu denen über, die nach dem Krieg an diversen Krankheiten gestorben waren, und ich bemerkte bissig, ich schriebe ja schließlich keinen medizinischen Traktat.

Aber Marisemjonna bedeckte ihr Gesicht mit den Händen und fing an zu jaulen wie ein Wolf. Tja, so einen Eindruck machte mein Werk auf sie!

Ehrlich gesagt, war ich mit meiner Arbeit ja noch ganz am Anfang und schrieb vor allem nachts daran. Deshalb waren die Sieben Stufen des Todes auch noch ein wenig wacklig. Jedenfalls musste ich diesen Weg selber gehen. Und um diesen Weg zu gehen, musste ich im Leben sterben, und mein Gemüseliebster war dem sehr förderlich. Denn wenn es mir endlich gelänge, ohne Anstrengung zu sterben, stürben wir vielleicht gleichzeitig und würden uns des Lebens und des Todes erfreuen. Wir lägen zusammen in einem Sarg, wie ein Mensch, denn bei Swedenborg steht ja geschrieben, dass die Himmel in ihrer Gesamtheit einen Menschen darstellen!

Durch die Kolumineszenz geheimnisvoller Umstände, die den menschlichen Staub wie ein Magnet anziehen, versank ich ganz allmählich im Sumpf, im Epizentrum des literarischen Lebens. Das literarische Leben Moskaus bestand aus einem hemmungs- und grenzenlosen Besäufnis.
Die Getränke teilten sich nach Genres auf:

1. Prosaisten: Wodka und Port
2. Journalisten: Cognac
3. Kritiker: Wodka
4. Redakteure, Lektoren: Cognac, Wein
5. Korrektoren: Eierlikör, Selbstgebrannten
6. Schriftsetzer und Drucker: Eau de Cologne, Sekt

u.s.w.

Aber regelrechte Allesschlucker waren die Dichter; sie fingen mit Bier an, gingen zu billigem Wein über und hangelten sich dann hoch zu Wodka, Selbstgebranntem und Tschatscha. Zudem tranken sie in den pompösen Appartements der sowjetischen Literaten in der Herzen-Straße, in Hotels, in zugigen Torwegen und in erstickend heißen Banjas, tranken beim Sonnenaufgang in verrauchten, staubigen, mikroskopisch kleinen Wohnungen am frostigen Stadtrand, tranken in warmen, übelriechenden Würstchenbuden, deren Fußböden im Winter unter den Sohlen schmatzten von getautem Schnee. Außerdem tranken sie in den Ateliers bärtiger Künstler.
Bei diesen aufopferungsvollen Besäufnissen kamen viele ums Leben. Jung sterben – zum Neid aller –, das war verwegen und heroisch! Es war damals Mode, mit fünfundzwanzig am Infarkt zu sterben oder um die dreißig an Leberzirrhose. Es war modern, sich umzubringen. Das machten die Exzentrischsten, die Durchgeknalltesten und Coolsten. Dazu kamen gewisse linguistische Faktoren: zum Beispiel das

Wort »Quetsche«. An sich ein fröhliches Wort. Aber was verbirgt sich dahinter? Karneval? Tja, das war mir ein echtes Rätsel.

In den Himmeln gibt es größere und kleinere Gesellschaften; die größeren bestehen aus Myriaden, die kleineren aus einigen Tausenden, und die kleinsten aus einigen Hunderten von Engeln, sagt Swedenborg.

Die Musen

Einst lebten in Moskau Fräulein mit strichdünnen Hälsen, die ernährten sich ausschließlich von Teepilz. Ich selbst war auch so ein Hälschen. Mitwirkende waren ferner stämmige Burschen mit Zigaretten, die wie festgenagelt an ihren impertinenten Lippen hingen. Zu ihren Auftritten kamen nicht nur Scharen von Mädchen, Rockern und alten Frauen angetrabt, sondern auch ganze Trupps junger Revolutionäre, genauer gesagt Dichterbanden, die allzeit bereit waren, jeden, der nicht nach ihren Regeln schrieb, mit der Axt in Stücke zu hauen. Die Frontlinien waren scharf gezogen: Komsomolzen gegen Dissidenten, Ästheten gegen Analytiker. Die Traditionalisten machten die Avantgarde fertig, die Avantgarde zerschlug Geschirr ... Die Konservativen versauten die Treppenhäuser ... Und die Nerven gingen den Bach runter.

Die Dichter führten ihre eigene Sprache im Munde, und ich mühte mich damit ab herauszufinden, wie es zu solchen Wortmissbildungen kommen konnte. Sie klassifizierten die Kulturarbeiter als »Ideokraten« und das Volk als »Homunkuli«.

Im Zentrum der literarischen Versammlungen blühten die Königinnen der Moskauer Theken. Sobald die Intellektuellen sich versammelten, kam das Gespräch auf die Büfettdamen. Mit linguistischer Spitzfindigkeit deklinierten sie Schulterblätter, konjugierten sie Schenkel, addierten Hüften und reimten Lippen. Die Mädchen schauten zu ihnen auf wie zu den olympischen Göttern. Die Büfettdamen waren »Jungfern«, die Kassiererinnen »Najaden«. Ich stellte

sie mir als eine Art Baumnixen vor, die Ringelreihen zum Johannistag tanzten. Tomaterich konnte stundenlang die Porzellanknie dieser Grazien beschreiben. Alle hatten sie die waffelige, vanillige Schönheit Marylin Monroes. Im Unterschied zu den Suffragetten konnten sich diese hier unsterblich verlieben: mit Büfett und Vorhängen.
Porzellanknie, Weintrauben, Käse und geräucherte Köstlichkeiten kamen in einem Raum zusammen und berauschten alle Sinne.
Ich dagegen in meinem langen Klosterrock fiel allen zur Last. Wenn man sich dazu herabließ, mich in diese überdrehte Gesellschaft mitzunehmen, schlug ich dort in der modrigsten und dunkelsten Ecke Wurzeln. Eigentlich war ich zu nichts zu gebrauchen: Man konnte nicht mit mir schlafen – ich war eine verbohrte Jungfrau –, man konnte nicht mit mir trinken, und vor allem konnte man nicht mit mir reden, weil ich ständig Angst hatte, eine Dummheit abzulassen oder meine Inkompetenz zu zeigen.
»Weißt du noch, wie Mark Twain bei der Gouverneurswahl eine Schlappe erlitten hat?«
Ich stürzte in eine Höllenglut der Scham. Dafür besaß ich eine grandiose und unbestreitbare Tugend: Ich war eine aufmerksame Zuhörerin mit weit aufgerissenen Augen und niemals aus der Fassung zu bringen. Meine Devise war: Je schlechter, desto besser!
Zweifellos hatte meine Keuschheit etwas Abscheuliches und Widernatürliches. Sie war das Resultat asiatischer Bigotterie. Man durfte mich also keinesfalls für vollkommen unbefleckt halten, außer im geschlechtlichen Sinne.

Die Viren

Mein Organismus weigerte sich, die neuen Eindrücke zu verarbeiten.
»Ich kapituliere!«, sagte der Organismus.
»Dann geh doch zum Teufel.«
Ich dümpelte in einem Fieberdelirium, in dem weder Moskau noch die Poesie, noch das Objekt meiner Sehnsucht existierten. Immer wieder fiel ich in einen Dämmerzustand, wusste nicht mehr, wo ich mich befand, und rief nach Marisemjonna. Niemand kam. Ich schlief wieder ein und setzte das Gespräch fort, das ich zuvor im Traum begonnen hatte. Die Tür quietschte leise. Ich glaubte, der Teufel selber sei zu mir ins Zimmer gekommen. Er setzte sich auf meine Bettkante.
»Na, wie geht es meiner teuren Elephantina, meinem kleinen Jungen, meinem Teufelchen?«
»Wer bist du? Bin das etwa ich?«
»Hmhm. Das bist du, mein Schätzchen, und ich kann mit dir machen, was ich will.«
»Ich mit dir aber auch!«
»Werd nicht frech«, sagte der Teufel.
Ich versuchte, mich im Bett aufzurichten, um ihm mit der Faust zu drohen, aber es klappte nicht.
»Mit deinem Gehirn ist was nicht in Ordnung«, sagte der Teufel. »Du solltest dich bei mir bedanken.«
»Wofür denn?«
»Für die Futuristen, für die russische Avantgarde, für Pasternak, für die Heimat, für die hiesige Literatur, für die Inspiration und für Moskau.«

»Noch was?«
»Tja, und für die Liebe natürlich. Für deine erste, zauberhafte Liebe.«
Und da begriff ich, dass sich der Teufel diesmal als Tomaterich getarnt hatte. Er machte mir eine lange Nase und löste sich in nichts auf.
Endlich kam Gottesmutter Miauzina Marisemjonna herein, gefolgt von Papandrelo, den ein Lichtkranz umgab. Er hielt das *Psychiatrische Abendblatt* in der Hand.
»Ich gratuliere.« Er gab mir das Magazin. »Mit Gottes Hilfe wurde es veröffentlicht.«
Ich runzelte die Stirn.
»Was veröffentlicht?«
»Die Sieben Stufen des Todes. Hab ich doch gesagt.«
Misstrauisch griff ich nach dem Magazin.
»Ich dachte, diese Zeitung gibt es überhaupt nicht, du hättest sie dir bloß ausgedacht.«
»Hahaha, ich betrüge dich doch nicht. Die eigene Tochter betrügen, das wäre ja das Allerletzte.«

Plötzlich war ich ganz klein und lag nicht mehr in einer pompösen Moskauer Beamtenwohnung, sondern bei uns in Kiew in einem Zimmer mit Decken aus Pappe. Diese Zimmerdecken waren so niedrig, dass die Leute in der Hüfte abknicken mussten.
Die Bezirksärztin Prokopenko erschien mir als Phantom der diabetischen Inga Borissowna.
Die echte Prokopenko war eine kleine Frau mit Granat-Ohrringen, die in schlaffen Hängeohren steckten. Sie kam in den finsteren Wochen, wenn der Nordwind fremdländische Bazillen und Grippe brachte, die alle bisherigen Sorgen verscheuchte und das Kommando übernahm. Ihre Opfer waren unvermeidlich zuerst die kleinsten menschlichen Würmer. Dann erschien Prokopenko als Vorbotin des

Winters in unserem riesigen Betonblock, in dem es von Kindern wimmelte. Die übrige Zeit des Jahres existierte sie nicht. Als Kampfer-Geist trat sie aus der medizinischen Anstalt heraus und kam mit kleinen, festen Schritten in unseren Hof. Sie klapperte etliche Wohnungen ab und begutachtete den grünen Schleim, der aus weichen Kindernasen rann.
Jedes Jahr sprach sie ein und dasselbe Mantra, in das diverse Exerzitien über unseren liegenden Körpern eingeflochten waren. Diese Medizin war mittelalterlich – nicht nur unter therapeutischem Aspekt, sondern auch was die Qualität der Folter anbelangte.
»Ich sah die Engel in ihrem Licht, welches das Mittagslicht in der Welt um viele Grade übertrifft, und in ihm alle Züge ihres Gesichts bestimmter und deutlicher als die Gesichter der Menschen auf Erden gesehen wurden«, sagte Swedenborg.
Er umwickelte meine Füße mit Wodka und Kräutern und presste ein wenig Saft aus einem Rettich.
Der Höhepunkt des Voodoo war das magische Ritual. Aus einer Schachtel neben dem Weihnachtsbaumschmuck zog er funkelnde klangvolle Schröpfköpfe heraus. An jeden hielt er eine Fackel, erhitzte die Luft im Inneren und erzeugte ein Vakuum. Die Gläser, erzürnt über das Vakuum, hefteten sich fest an den Rücken, und dort erblühten runde blaue Flecken. Das galt als die wichtigste Errungenschaft.
»Die Krankheiten haben unseren Vätern den Sinn des Lebens mitgeteilt.«
Ich trieb in meinem Traumfieberfluss. Es kam zur Kulmination. Die Ouvertüre erklang. Der Vorhang ging auf. Papandrelo schwang das Fieberthermometer wie einen Dirigentenstab. Die Musiker krümmten sich vor Schmerz.
»Wir müssen Fieber messen.«
Am meisten freute ich mich, als ihm das Thermometer aus

der zitternden Hand fiel und klirrend zerbrach. Da konnte ich mit dem Quecksilber spielen. Das war giftig und geheimnisvoll.

Eine Woche später schlich ich durch die lange, laute Gorki-Straße zu meiner Lehreinrichtung. Gewappnet mit eiserner Verachtung, schlüpfte ich in die letzte Bank und errichtete eine Barrikade aus Büchern um mich. Nur ein ausgemachter Dummkopf hätte riskiert, mich aus meinem Unterschlupf zu locken.
Mein Opfer Nr. 1
Der Theatermaler Korabljow mit langem, von spärlichen Wildgräsern bewachsenem Schädel und kalten Froschhänden. Er heftete sich an meine Fersen und sprach mit der altmodischen Courtoisie eines einsamen und nutzlosen Menschen. Ich scheuchte ihn Brötchen holen und behandelte ihn mit der Grausamkeit, die nur Kindern eigen ist.
Opfer Nr. 2
Die schmächtige und durchgeknallte Hitlerjugend Romanowa. Erkennungszeichen: In den Ohren Rubine, in den Augen Delirium. Eine typische Komsomolzin mit kleinen Vampirzähnen. Mit ihr geriet ich gleich am ersten Tag in Streit, weil ich mich weigerte, die Bank mit ihr zu teilen.
Opfer Nr. 3
Die Somnambule Natalie, Studentin im dritten Studienjahr. Im blutigen Zirkus ihres Unterbewusstseins umherirrend, kam sie zu mir, fasste mich beim Kinn und sagte:
»Oh-jaaaa ... Was haben wir denn da für ein kleines wildes Kroppzeug!«
Und dann gab es auch noch Feinde!
Die Fakultät wurde geleitet von alten Kobolden. Ihnen war es zu danken, dass die Lebenserinnerungen der Kartenverkäufer aus Vorkriegszeiten von Mund zu Mund weitergege-

ben wurden, denn ausnahmslos jeder pinselte an seinen Memoiren.
»Erinnern Sie sich noch an das Studio-Theater in der Powarskaja-Straße?« Wimpernlose Augen zum Himmel gedreht, Zigarettenkippen auf dem Vogelhof.
Während die Schüler der Schauspielklasse den Fußboden der oberen Etagen mit Polkas und Hopplas stampften, saßen wir, die verlassenen Kinder der Melpomene, uns in den unteren Etagen die Hormone durch. Wir skizzierten Stühle und Tische im Aufriss. Stühle und Tische, denn auf der Bühne müssen ja, verdammt noch mal, Möbel stehen, wie in jedem anständigen Haus!
Tröstlich in diesem Etablissement, das ein Messingschild mit Tschechows Möwe zierte, war nur das Fach Theatergeschichte. Dort herrschte ein Tscheche, ein »Reisekader« mit Röntgenbrille, der sich gelegentlich herausnahm, uns seine Sehnsucht nach Prag zu gestehen. Seinetwegen ging ich durch gefrorene Straßen und bog um eisige Geheimratsecken, um mich mit den unseligen Schicksalen der Griechen herumzuquälen. Die Bibliothek befand sich in der Petrowka-Straße. Der Lesesaal war eng und überheizt.
Der mit Aluminiumzähnen bewehrte Hauptinquisitor der Fakultät hatte mir die Aufgabe gestellt, das Modell eines Bühnenbildes zu dem Stück »Anna Karenina« zu basteln.
»Man muss seine Heimat lieben«, sagte er.
»Entweder ›man muss‹ oder ›lieben‹«, antwortete ich bissig.
Seitdem hasste er mich. Seinen hochgeistigen Patriotismus tobte er im Dienste am vaterländischen Theater aus: Viele Kubikmeter sibirischen Waldes und Tonnen von Nägeln aus der Tula-Waffenschmiede wanderten auf die Bühne.
»Erinnern Sie sich an die Inszenierung von Alexander Ostrowskis Stück *Die Schlucht* von 1954?«

»Natürlich erinnere ich mich«, sagte ich, obwohl das eine Lüge war, denn da war ich ja noch gar nicht auf der Welt.
»Und was können Sie mir über diese Inszenierung sagen?«
»Ich kann dazu sagen, dass Sie höchstpersönlich die Treppe, die in die Hölle führte, konstruiert und berechnet haben.«
»Jawohl, stimmt genau.«
Sein ganzes Pathos bemaß sich an der Geistigkeit und dem Phantom der Aufklärung. Und die Geistigkeit maß sich an Pathos und Phantom. Seinetwegen hing über uns wie eine scharf geschliffene Axt das Wort »Tradition«.
Beinah von Anfang an hatte ich begriffen, dass die Theaterlehranstalt eine Mogelpackung war, eine Falle. Ein Künstler müsse, sagten sie, ein Meister in jedem Fach sein, und wir, die Bühnenbildner, brauchten vor allem Technik.
So hingen wir stundenlang in den Theatergarderoben herum, sortierten und reparierten die Kostüme und wurden von einer Theaterwerkstatt zur anderen gejagt. Das nannte sich Produktionsprozess. Geschwader von nichtsnutzigen Teenagern drängten in die Bolschoi-Theater genannte Wohlfahrtseinrichtung, liefen den Bühnenarbeitern vor den Füßen herum und beglotzten die armen Tröpfe, die den Szenenhintergrund malten: Himmel über die gesamte Breite des Theaters. Man brachte uns das Schlossern und Tischlern bei, ließ uns die Maße sämtlicher Schrauben büffeln, sämtlicher Eisenteile, Nägel, Muttern, Schraubenmuttern und sonstiger Drehdingse, aller Schraubenzieher und Schraubenschlüssel. Erschütternd war die Vielfalt der Hobel: Simshobel, Langhobel, Zahnhobel, Falzhobel, Nuthobel, Schrupphobel, Doppelhobel! In meinem Bewusstsein werden sie für immer und ewig mit den Namen Konstantin Sergejewitsch Stanislawski und Wladimir Iwanowitsch Nemirowitsch-Dantschenko verbunden sein, den großen Reformatoren des Theaters, den großen Hobeln!

Mit drei Beinen im Grab

1983 hat die Firma Arpanet irgendwo auf der Welt das Hauptprotokoll von NSP auf TCP/IP verändert, was zur Entstehung des modernen Internets führte. Auf der Insel Hawaii brach der Vulkan Kilauea aus. In der UdSSR wurde das »Antizionistische Komitee der sowjetischen Öffentlichkeit« (AKSO) gegründet. Amerikanische Astronauten unternahmen zum ersten Mal einen Weltraumspaziergang. Das sowjetische Raumschiff Sojus T-8 startete ins All. Der Internationale Währungsfonds stockte seine Kreditmittel auf. Apple brachte den ersten Personal-Computer (PC) auf den Markt. In Bolivien wurde der Nazi-Verbrecher Klaus Barbie verhaftet. In Genf fanden Verhandlungen über die Errichtung einer atomwaffenfreien Zone in Mitteleuropa statt. Das Domain Name System (DNS) kam heraus. Reagan nannte Russland »das Reich des Bösen«.

In Moskau herrschte heiteres Septemberwetter. Auf den Boulevards war es totenstill, die Blätter rochen nach Benzin, und ich hörte das Knirschen von Erzengelflügeln.

»Hallo! Hör mal, fährst du mit aufs Land, nach Peredelkino? Wir wollen einen weltberühmten Literaturwissenschaftler besuchen. Er steht schon mit einem Bein im Grab. Danach gehen wir was trinken.«

Als Antwort brachte ich nur ein vages Blöken zustande. Nachdem ich den Hörer aufgelegt hatte, schaukelte ich stumpfsinnig auf meinem Stuhl vor mich hin. Das Haus schaukelte. Die ganze Straße schaukelte, die Häuser schwankten hin und her. Aber in Wirklichkeit brodelte eine Turbine in meinem Inneren.

»Wir besuchen einen Klassiker! Wir werden auch mit einem Bein im Grab stehen!«

Um welchen Klassiker es sich handelte, interessierte mich nicht, ich pfiff auf Klassiker. Hauptsache, wir würden mit drei Beinen im Grab stehen, der Klassiker, Tomatensoße und ich. Und wenn wir von dem Klassiker im Grab genug haben, dann schmeißen wir ihn einfach raus und verbringen den Rest unseres gemeinsamen Todeslebens glücklich und zufrieden zwischen Särgen und Knochen!

Ich probierte meine gesamte Garderobe durch. Der Spiegel bekam den Drehwurm: Die Augen saßen auf den Ohren, der Hals war ein Strick, die Rippen ragten aus der Jacke. Mein Gott, seitdem ich in Moskau eingelaufen war, hatte ich mich in weiß der Teufel was verwandelt! In meinem Sex-Pistols-Look, der mir erst später bewusst wurde, rannte ich auf die Straße, patschte in eine Pfütze, riss eine Mülltonne um und wirbelte eine alte Dame um ihre eigene Achse.

An der Metro Belorusskaja stieg eine strahlende Wolke von Tomatenphotonen aus der brodelnden Menge auf.

»Du bist pünktlich, sehr gut! Braves Mädchen! Ich möchte dir jemanden vorstellen. Das ist Barbie-Bohnenstange.«

»Was?«

Die Bohnenstange trug rote Stiefel mit Spitzen, scharf wie Dolche. Sie hielt mir ein feuchtes Patschhändchen hin. Wasserstoffblonde Zöpfe strömten auf ein knappes Westchen, Lippen wie Blutegel. Übelkeit schnürte mir den Hals zu.

»Barbie schreibt auch Gedichte.«

»Makropoetische«, präzisierte das Mädel.

Die Bohnenstange stelzte voran, wir trippelten keuchend hinter ihr her.

»Solche Mädchen werden geboren, leben und sterben – für nichts und wieder nichts!« Alles an ihr war abgeschmackt. Jeder Tomatenblick, der auf sie fiel, war für mich wie ein

Guss mit kochendem und eiskaltem Wasser. Mir schwindelte.

Eine ganze Weile brachte ich keinen Ton heraus, bis ich an einer Kreuzung plötzlich stotterte:

»P-poesie ist der dreifache Fluch der M-menschheit!«

Das war die unmissverständliche Provokation eines kleinen, doch im Geiste mächtigen feuerspeienden Wesens. Das Mädchen zuckte mit den Schultern, als schüttelte es Blütenstaub ab. Andrjuscha schloss eine Sekunde lang die Augen. Was unter seinen Lidern vor sich ging, blieb uns verborgen. Er hustete und begann abrupt zu lachen.

Am Kiewer Bahnhof erwartete uns der Unscheinbare. Er küsste mir die Hand. Aus der formlosen Menschenmasse um uns herum materialisierte sich der Bucklige samt Fotoapparat und Stativ, dann folgten der Schielende, zwei Brillenträger und ein gewisser Knochiger. Die Bohnenstange hatte sich verdünnisiert, nicht ohne zum Abschied meinem Bräutigam zuzuzwinkern, und es herrschte wieder trügerischer Friede über uns.

Während wir uns im Zug durchrütteln ließen, debattierten die Dichter über deutsches Bier. Aber jedes Mal, wenn ER etwas sagte, war mir zum Weinen zumute.

»Bist du immer noch hier?«, fragte mich der Unscheinbare von Zeit zu Zeit.

»Zum Wegschmeißen zu schade, zum Abmurksen auch«, witzelte der Bucklige mit kaukasischem Akzent. Hinter den Fensterscheiben zogen kleine Ortschaften vorbei. Der Zug klapperte mit seinen morschen Gelenken. Der Bucklige erzählte lebhaft, wie es ihm gelungen war, einer Zeitschrift einen Artikel aufzuschwatzen. Neben mir muffelte der Knochige mit hängendem Schnurrbart (wie in Tinte getaucht). Zwischen uns knarzte das gegenseitige Verständnis der Unberührbaren. Als der Bucklige aufhörte zu reden, stimmte der Knochige ein monotones Katzengejammer über die Ungerechtigkeit des Lebens an, das allerdings im Klopfen der Räder fast unterging.

Den ganzen Weg über schaute ich aus dem Fenster, sah die staubigen kleinen Eisenbahnstationen, die Lagerhallen und Waldstücke, und in meinem Kopf pochten Worte, die vor langer Zeit und in einem anderen Leben gesagt worden waren: »Meine kleine Elephantina, du bist eine sehr hübsche und kluge Prinzessin. Als Dichterin machst du Fortschritte, ich erwarte von dir ein Wunder.«

Die zweite Hälfte des Weges war interessanter, denn das Gespräch drehte sich um den Klassiker. Wie sich herausstellte, war er mindestens hundertfünfzig Jahre alt. In seiner fernen Jugend war er Mitglied der Partei der Sozialrevolutionäre gewesen, war von Zügen gesprungen und mit Majakowski befreundet gewesen, ritt Attacken, lebte im Ausland und schrieb Bücher, die ich damals noch nicht gelesen hatte. Man sagte, er sei einzig aus dem vollkommen läppischen Grund in die UdSSR zurückgekehrt, weil er das letzte Überbleibsel der Avantgarde und ein Grundpfeiler des russischen Formalismus sei.

Auch in Peredelkino war Herbst. Hier wohnten gemäß Erlass des Kulturministeriums die Schriftsteller. Jede Kuh war hier ein Schriftsteller. Jeder zugelaufene Hund ein zugelaufener Schriftsteller. Aber das Wichtigste in Peredelkino war der Schriftstellerfriedhof. Gerüchten zufolge sah man auf dem Grab von Boris Pasternak des Öfteren einen Dachs. Aus diesem Grunde galten Dachse als Reinkarnationen verstorbener Dichter. Sie standen unter Artenschutz und durften nicht gejagt werden.

Auch Tomaterich wünschte sich ein Sommerhaus auf dem Peredelkino-Friedhof und einen Dachs auf seinem Grab, er wollte an Gewicht und Reife zulegen und die Pose eines großen Dichters einnehmen. Er wollte ein Denkmal, genau an der Stelle, wo jetzt Puschkin steht. Und das alles sollte

diese Reise befördern. Solche Visiten bei historischen Persönlichkeiten heißen deshalb auch »Nachfolge«.
Endlich standen wir vor einem großen Holzhaus. Tomaterich zog los, um die Verhandlungen zu führen. Er drang ins Innere vor und kam zufrieden wieder heraus.
»Er ist da!«
Kurz darauf bewegte sich die Tür, die Literaten gingen in Habtachtstellung, eine Krankenschwester schob einen Rollstuhl auf die Veranda.
»Das muss ER sein!«
Aus den Falten einer Wolldecke kam ein Wachtelei mit Taucherbrille zum Vorschein, und Tomaterich stellte uns der Reihe nach vor.
»Dies ist der neue Mandelstam«, präsentierte er den Schielenden. Der Klassiker zuckte zusammen.
»Und dies hier, Viktor Borissowitsch, ist der neue Majakowski.« Er meinte den Buckligen. »Hier der neue Orpheus ...« Das bezog sich auf den Besitzer der Katzenstimme.
Eine abgezehrte Pfote schob sich aus der Wolldecke hervor und drückte jedem die Hand.
Dann schubste Tomaterich auch mich zu der Wolldecke.
»Und das ist unser Nachwuchstalent Elephantina. Sozusagen die neue Achmatowa.«
Es wäre dumm von mir gewesen, beleidigt zu sein. In diesem Augenblick vergaß ich sogar die Bohnenstange und alle Kränkungen der Welt. Der Alte war einfach großartig. Er wackelte ganz leicht mit dem Kopf. Plötzlich schossen hinter seiner Brille zwei schwache elektrische Funken hervor, aus denen das ganze Feuer der Vergangenheit aufleuchtete, und er winkte mich mit gekrümmtem Finger zu sich heran.
»Vor vielen, vielen Jahren, da habe ich die Mädel vergöttert«, flüsterte es mir ins Ohr.

In seinen Augen glänzte der Abgrund eines gelebten Lebens. Von dort unten drangen Musik und Lachen herauf, und ein leichter Tabakgeruch stieg mir in die Nase.

»Bringen wir der Gottheit ein Rauchopfer dar«, glitt die Stimme des Buckligen in mein anderes Ohr.

Dann hörte man einen Greisenultraschall.

»Hat er was gesagt?«

»Was Wichtiges?«

Alle gingen in Alarmstellung, und Tomaterich beugte sich tief zu ihm hinunter.

»Wie bitte?«

»Was sagten Sie gerade, Viktor Borissowitsch?«

Die Lippen des Klassikers bewegten sich kaum wahrnehmbar.

»Was hat er gerade gesagt?«, fragten die Dichter gespannt.

Tomatos flüsterte jedem einzeln ins Ohr, was der Klassiker ihm gesagt hatte.

Mir war es egal. Den anderen offensichtlich nicht.

»Jetzt machen wir noch ein Foto für Mutter Geschichte!«

Der Bucklige rauschte mit dem Stativ an, verhedderte sich im Eisengestänge und fiel auf die Nase, sprang aber sofort wieder auf.

Um die Wolldecke herum entstand Gedränge, obwohl es eigentlich überall jede Menge freien Raum gab – es war ja alles voller Wälder, Felder und Seen! Trotzdem drängelten sich alle in den Vordergrund.

»Ihr habt Viktor Borissowitsch erdrückt! Die Hauptperson ist gar nicht im Bild!«, schrie der Bucklige und betätigte den Selbstauslöser.

Dann stürzte er zu uns, schubste mich nach hinten und erstarrte. Es klickte leise. Von mir ging nur eines meiner Nasenlöcher in die Geschichte ein. Die Konterfeis der anderen blätterten vor unseren Augen von ihren biologi-

schen Trägern ab und flatterten direkt in die Archive der Welt.
Auf der Rückfahrt im Zug veranstalteten die Dichter einen Höllenlärm, tranken Wodka, stießen permanent miteinander an, fielen einander um den Hals und küssten sich wie auf einer Affenhochzeit. Plötzlich unterbrach einer den kollektiven Jubel und sagte:
»DAS hat Schklowski wirklich gesagt?«
»Ja, ja, genau, das hat er gesagt.«
Da erlaubte ich mir, dazwischenzupiepsen, und fragte, was der Klassiker denn gesagt habe. Auf einmal hörte man mir zu, obwohl ich gar keinen Wodka getrunken hatte.
»Seine letzten Worte waren …«
Hier entstand eine Pause, und wieder dachte ich, was für ein liebenswürdiger und scharfsinniger Kerl doch mein Tomaterich war.
»Seine Botschaft an die Menschheit lautete …«
Friedlich rumpelte der Zug, der Waggon schaukelte. Alle hoben ihre Gläser, die ebenfalls anfingen zu schaukeln.
»Danke, dass ihr gekommen seid!«, rief er, und alle brüllten vor Begeisterung.
»Er hat gesagt: Danke, dass ihr gekommen seid.«
»Davon werden wir noch unseren Enkeln erzählen!«
»Und unseren Urenkeln!«
»Und unseren Liebhaberinnen!«
»Und den Kellnerinnen und den Kassiererinnen!«
»Einfach allen, die uns am Herzen liegen.«
Sie brachen in ein diabolisches Lachen aus, liefen an den Wänden des Waggons rauf und runter, begossen sich gegenseitig mit Wodka und wiederholten den unsterblichen Satz: »Danke, dass ihr gekommen seid.« Er sei ein Mann mit eisernem Willen, sagten sie, obwohl er schon mit einem Bein im Grabe stehe und so weiter.
Dann kam ein Invalide in den Waggon und forderte Geld,

und Tomaterich drehte seine Taschen um und gab ihm alles, was er noch hatte.

Viele Jahre später las ich »Briefe nicht über die Liebe« und noch ein paar andere Sachen, und mir wurde klar, dass Schklowski tatsächlich ein ungewöhnlicher Mensch gewesen war. Jetzt wertete ich diesen Satz »Danke, dass ihr gekommen seid«, der mir damals vollkommen bedeutungslos schien, ganz anders.

Der kosmische Hefekringel

Zusammen mit jungen Schauspielern, die ständig nach billigem Portwein rochen, brachte man mir das Bühnenhandwerk bei. Das Bühnenhandwerk bestand aus folgender Weisheit: Egal was du auf der Bühne tust, und wenn du nur Holz hackst, du musst deine Physiognomie den Zuschauern zuwenden, koste es, was es wolle! Für eine Probe oder für die Teilnahme an einer Vorstellung bekamen wir einen Tag frei, und das war ein gutes Geschäft.

An einem dieser freien Tage saß ich in meinem Columbarium und dachte über die aufgeblasenen Pseudohelden und umtriebigen Selbstdarsteller nach. Ich dachte an Tomatosi, an den Dekan, an die Komsomolzen und ihre Freunde, die so heftig nach oben drängten und darauf hofften, nach all den Mühen irgendwann einmal auf der Spitze der Ameisenpyramide anzukommen.

Und was ist dann da, auf der Spitze der Pyramide?, fragte ich mich. Die Menschen lieben es, wenn man ihnen Komplimente macht, ihnen Honig um den Bart schmiert. Jeder redet sich ein, Wunder was er wert ist. Man fühlt sich dann als Nabel der Welt. Und das in unserer Zeit der abstürzenden Flugzeuge voller Leichen und Lumpen, wie Scherwinskaja sagen würde.

Die neue Architektur des Theaters auf dem Twerskoi Boulevard erinnerte an einen Steinbruch. Ab Oktober spielten wir in einer Massenszene mit. Die Szene war symbolisch, als hätten Jean Louis David und Nicolas Poussin das russische Bauerntum zur Zeit der Revolution in einem Monumentalgemälde verewigt. Die Mädchen steckte man in

Lumpen und die Jungs in Militäruniformen. Ausstaffiert mit Bajonetten und Weizengarben, zogen wir auf die Bühne. Ich trug ein Holzbaby auf dem Arm.
Die Szene wurde geprobt. Wir standen wie die Orgelpfeifen auf dem drehenden Hefekringel der Bühne und sahen aus wie die Helden auf einem antiken Fries. Im Zentrum des Hefekringels, auf einem Felsen aus Pappmaché, stand der berühmte Schauspieler Alexander Kalyagin, der, lang ist's her, in dem Musikfilm »Charleys Tante« die dicke Tante gespielt hatte. Hier, auf der Bühne des Künstlertheaters, trat er als Lenin auf.
Es kam der Abend der Premiere. Bis zur Unkenntlichkeit herausgeputzt, scharten wir uns hinter den Kulissen, kauten Wurstbrote und warteten auf die Anweisungen des Regieassistenten.
Auf einmal wurde es unruhig, die Masse strömte zur Seitentreppe und riss mich mit. An einem Fenster standen, zu Salzsäulen erstarrt, die Somnambule Natalie, die Komsomolzin Romanowa und die anderen Gurkenköpfe. Alle blickten in eine Richtung.
»Was ist das?«
»Der Mars?«
»Nein.«
»Die Venus?«
»Nein.«
»Was dann?«
»Der Mond.«
»Und warum ist er so glasig?«
Jeden, der an uns vorbei in Richtung Bühne ging, hielt ich fest und zeigte aus dem Fenster.
»Eine Mondfinsternis«, flüsterte es hinter mir.
Inzwischen war der Mond vollkommen grau geworden. Der Schatten der Erde lag auf ihm. Die Stadt, das Theater, die Treppe, auf der wir uns befanden, flogen mit irr-

sinniger Geschwindigkeit durch die modrige kosmische Nacht.

Bald hatte sich auf der Treppe eine ansehnliche Menge Arbeiter und Bauern versammelt. Alle standen andächtig am Fenster und flüsterten miteinander. Aus dem Lautsprecher kam in regelmäßigen Abständen der Befehl »Statisten zum Ausgang«, aber niemand kümmerte sich darum. Dann trampelte jemand die Treppe herunter, und vor uns erschien das verzerrte Gesicht des Regieassistenten.

»Seid ihr verrückt geworden? Sofort zum Ausgang! Die Regierung sitzt im Zuschauerraum, die Ministerräte unserer befreundeten Länder! Man wird uns allesamt einbuchten!«

Wir schnappten uns den Mond und rannten nach oben. Hier begann das Gedärm des Theaters: Lange Korridore, Pfeile, Türen. Als wir auf die Bühne prasselten, arbeitete schon die gigantische Maschine unter dem Fußboden, übertönt von Geigen und Trompeten. Die Blasinstrumente schmetterten. Die Scheibe, auf der wir standen, begann sich langsam zu drehen, der felsenschwere Vorhang hob sich und entblößte ein gigantisches Amphitheater voller menschlicher Augen.

Langsam zogen wir am Parkett vorbei. Neben mir nuckelte jemand im Schutze einer Fahne an seiner Flasche. Ein Schritt weiter verschied, von der schweren Arbeit erschöpft, ein Werktätiger.

Der kosmische Hefekringel näherte sich zum dritten Mal der Rampe und blieb stehen. Ich streckte mein Holzkind in die Höhe. In den Logen, über den roten Stühlen, hingen, wie bei Rembrandt, schweigend die Minister und Diktatoren. Ihre leichenblassen Gesichter schwebten wie schmale Flammenzungen über der verzauberten Menge, saugten durch lange Röhren das Blut aus dem Parkett. Rechts in den Logen, erleuchtet von den grimmigen Flammen der Revolution, flüsterten die Genossen Todor Schiwkow, János Kádár, Erich Honecker, Jumshagin Zedenbal und Nicolae Ceauşescu miteinander. Gustáv Husák saß neben seiner Frau, die in einem Seidenkokon steckte, und schaute durch ein zierliches Opernglas auf die Bühne hinunter. Neben ihnen, umgeben von Porzellan-Callas und der wächsernen Schönheit von Friedhofsrosen, die kranken Wirbelsäulen durchgedrückt, saßen Babrak Karmal, Daniel Ortega, José Eduardo dos Santos, Olof Palme, Rajiv Gandhi, Pol Pot, Luis Corvalán, die Clique Tito-Ranković, Diktator Somoza und der Genosse Enrico Berlinguer.

Plötzlich erblickte ich das gutmütige Altweibergesicht von Reichsoberpriester Breschnew in seiner Loge. Er saß zwischen Jassir Arafat und dem mongolischen Kosmonauten Dschügderdemidiin Gürragtschaa, schaute mich direkt an und ruckte mit den Augenbrauen wie ein riesiges Insekt. Alle sahen bis zum Ende der Vorstellung aufgeregt zu, wie im bettelarmen zaristischen Russland, dank der vereinten Bemühungen von Homer und Marx, der Sozialismus aufblühte.

Die Aufführung erhielt später eine wichtige Auszeichnung, aber da hatte mich schon jemand verpfiffen, ich wurde der Sabotage, der Mondfinsternis und der versuchten Vereitelung einer öffentlichen Veranstaltung beschuldigt.

Eine Insel im Höllenfluss

Meine Bemühungen, den Gipfel des Olymp zu erklimmen, verzeichneten erste Erfolge. Nach der denkwürdigen Reise zu dem Klassiker gestattete man mir, die Gemüsegefährten im Kampf um die neue Literatur zu diversen Veranstaltungen zu begleiten.

Heute kann ich mir nur noch schwer vorstellen, wie zum Platzen glücklich ich damals war. Wir gingen durch Moskau, die Stadt, die sich im Zentrum des Universums befand. Im Winter stürzten blaue Lawinen von den Dächern. Im Sommer lagen uns die Plätze zu Füßen, mit Gärten garniert und reichlich mit Sonne verziert, und auf dem Fluss schwammen verzuckerte Kutter.

Wenn es regnete und sich die Schlaglöcher im Asphalt in Seen verwandelten, füllte sich das Herz mit Zärtlichkeit. Jede Ritze, jede Fuge war mir kostbar, auf die der große Mensch trat, wenn er die Wege erforschte, die er mir bahnte, ohne es selbst zu ahnen. Natürlich wusste er, dass ich ihn liebte. Nur ein Vollidiot hätte das nicht bemerkt. Er wusste es seit jenen Tagen, als wir zusammen durch Kiew spazierten.

Eine Tür war jetzt verschlossen – die Tür seiner emphatischen Verantwortungslosigkeit. Dafür hatte sich eine andere geöffnet: Er übernahm die Rolle des Gurus.

Die Veranstaltungen, die wir besuchten, fanden in Bezirkskulturhäusern, Theatern und Bildungseinrichtungen statt. Die Lesungen verlangten von den Dichtern den vollen Einsatz. Die Mädchen jauchzten und rangen die Hände, manchmal auch die Füße, sie reckten das Kinn in die Höhe und kreuzten die Schulterblätter. Sie heulten wie in Tschechows *Möwe*. Die Jungs dagegen standen fest auf den Beinen, grunzten wie die Eber, zischten Zischlaute und knackten Knacklaute.

Das Publikum quakte, schwitzte, tobte. Alle waren wild darauf, einander kennenzulernen. Bei jeder Veranstaltung gab es eine uralte Dame, die dösend in der ersten Reihe saß und an diesem Jahrmarkt der Eitelkeiten nicht teilnahm. Blieb ihr Platz leer, galt das als böses Omen: Der Abend wurde ein Flop.

Wir alle lebten im Inneren unserer Zeit, wie die brodelnde Lava im Inneren des Vulkans.

Hatte ich früher noch manchmal nach dem Äffchen Inga Borissowna geschaut, erschien ich jetzt immer seltener in ihrem Zimmer. Ich rief nicht mehr wegen des Nachtgeschirrs. Wie Marisemjonna sagen würde: Ich hatte nur Flausen im Kopf. In Wirklichkeit gab es dort längst keine Flausen mehr, sondern nur noch eine Substanz aus Neugier und Liebe.

Eines Tages schrieb ich ihm einen Brief:

Wir leben auf einer paradiesischen Insel, die mitten in einem Höllenfluss liegt. Wir berauschen uns an der Kunst, wie die alten Römer sich am Essen berauscht haben. Es ist uns egal, dass in Hunderten von Kriegsfabriken Waffen geschmiedet werden. Der Staat produziert tödliche Langeweile. Irgendwann geht das alles in die Luft. Wir haben nur diese eine Zeit, eine andere bekommen wir nicht! Wir leben wie die alten Griechen, wie freie Bürger zur Zeit von Platon und Sokrates! Wir wissen nicht, dass jenseits der Grenzen unserer Welt eine andere Freiheit herrscht! Dort gibt es weder Hunger noch Maßlosigkeit, noch wahren Ruhm. Wir sind Kinder ohne Verantwortung!

Ginsberg

Eines Abends, als die ganze Stadt von Fusseln aus dem Fell gefallener Engel bedeckt war, klingelte das Telefon.

»Hör mal, Allen Ginsberg ist in Moskau! Wir wollen einen trinken gehen. Das gibt einen Riesenzirkus. Kommst du mit?«

Ich fragte lieber nicht, wer das war – mein jämmerliches Glück lächelte mir entgegen. Ich wusste, dass das Wort »Trinken« in der russischen Sprache ein gutes Drittel aller Verben und eine Batterie von Begriffen ersetzen kann. Aber in diesem Moment wäre ich bereit gewesen, ein ganzes Meer auszutrinken, so freute ich mich. Natürlich hatte das gar nichts zu bedeuten. Trotzdem, ich wünschte mir so sehr, dass die gute Seele, der armselige Bräutigam, eines Tages zu mir sagte:

»Ich liebe dich, du heilige Leberwurst, und ich werde dir jeden Abend Märchen von Räubern und Prinzessinnen erzählen!«

Das war eine Utopie. Die Realität gab der Phantasie einen Tritt in den Hintern. Vor Schmerz blühte sie auf, und ich machte mich bereit, meinen Tomaterich in Gesellschaft von waschechten Intellektuellen zu sehen!

In einer winzigen Wohnung am Ende der Welt warteten schon der Verzagte, der Bucklige, der Unscheinbare, ein gewisser Lebertran und, versteht sich, mein Tomaterich. Von IHM ging ein saturnisches Leuchten aus. In einer Ecke standen beredte Einkaufsnetze voller Alkohol. Das Leben der Boheme verläuft in verschiedenen Ländern und zu verschiedenen Zeiten sehr verschieden. Das ahnte ich damals schon.

Es gab Gänseleber, vermutlich ein Scherz in Richtung Lebertran.
»Und wer ist noch mal dieser Ginsberg?«
»Der amerikanische Puschkin, gnädiges Fräulein.«
Der Blick des Verzagten war voll verächtlicher Traurigkeit.
»Mensch, Mädchen, Ginsberg ist der amerikanische Goethe!«
»Nein, der amerikanische Verlaine.«
»Er ist der Oberbeatnik«, flüsterte mir Tomaterich zaghaft grinsend zu.
Da mischte sich der Bucklige ein:
»Warum setzt ihr der Kleinen einen Floh ins Ohr? Sie hat keine Ahnung, was ein Beatnik ist. Aus Amerika kommen die Vegetarier, und damit hat sich's. Klar?«
Alle sackten in sich zusammen.
»O Gott, wie trostlos!«
Menschen, die Margeriten fressen, galten nicht als echte Männer.
Trotzdem hatte man für die Gäste einen Salat aus Meerkohl zusammengekleistert, und der Bucklige hatte an die Tore unseres zweifelhaften Paradieses den sakramentalen Satz angeschlagen:
»Wodka hat nichts mit Fleisch zu tun!«
Von dieser Offenbarung aufgewühlt, fassten alle schlagartig frischen Mut. Man ließ die Pfandflaschen klirren und debattierte auf Englisch, wobei sich alle redliche Mühe gaben, die unglückselige Sprache nach Kräften zu verunstalten.
Ein Trupp alkoholisierter Literaturwissenschaftler mit Sportkäppis stürmte in die Wohnung. Im Zentrum der Aufmerksamkeit stand ein rüstiger kahlköpfiger Opa, der wie ein Trainer aussah. Das Wort Ginsberg knisterte im Raum.
»Seine Vorfahren kamen aus dem zaristischen Russland! Sie dienten dem Zaren! Persönlich!«

Dieser Nachkomme seiner Vorfahren hatte wenig Ähnlichkeit mit einem Genie.
»Ein Genie braucht eine wilde Mähne. Wenigstens wie Mozart oder Paganini. Der da sieht ja aus wie ein Ei!«
Ginsberg ließ sich genüsslich auf das Sofa fallen und redete mit heiserer Stimme in einem Wahnsinns-Englisch. Alle fingen an zu lachen, wackelten mit den Köpfen und balgten sich um einen Platz auf dem Sofa.
»Ich hab's doch gesagt, ein großer Mann!«
Ich nickte gehorsam.
»Eine Kultfigur. Ein Klassiker des faulenden Kapitalismus.«
»Ein Homo.«
»Was ist das denn?«
Endlich wurde ich Ginsberg vorgestellt.
»Und das ist unser Nachwuchstalent, die unvergessliche und unvergleichliche Havaria Dostojewzwea, Sexgegnerin, Champion der Turbulenz-Dekadenz, die gottbegnadete …«
Und alle seufzten ironisch:
»Elephantina!«
Im selben Augenblick hatten sie schon vergessen, dass ich überhaupt existierte.
Irgendwann fiel mir auf, dass außer mir und einer spitzbübischen Journalistin keine einzige Frau anwesend war. Keine von uns beiden hätte man ernsthaft als vollwertige Frau gezählt: Man konnte uns weder ausziehen noch flachlegen, weder in ein Prokrustesbett noch sonst wohin! Und plötzlich, am Siedepunkt des Abends, auf dem Gipfel des schwungvollen Gesprächs mit dem Amerikaner, fragte mein Tomaterich den Buckligen, der vor Lachen fast erstickte:
»Verstehst du eigentlich, was die da reden? Ehrlich gesagt, ich verstehe null. Dieser verdammte amerikanische Akzent!«

Der Bucklige japste vor Vergnügen und hielt sich die Bauchspeicheldrüse.
»Aua, au, o Mann! Das ist ja zum Brüllen! Idioten!«
Tomatos glotzte ihn verdattert an.
»Willst du damit sagen, dass du was verstehst?«
Der Bucklige schlotterte in einem schweren Anfall von Lachepilepsie am ganzen Körper. Die Tränen standen ihm in den Augen.
»Deshalb lache ich ja«, japste er. »Kein Schwein kriegt hier irgendwas mit.«
»Ganz so ist es auch wieder nicht«, entgegnete Tomaterich. »Ich verstehe das Wort *poetry*, und sie versteht das Wort *the*.« Er keilte mit seinen Augenbrauen nach mir aus.
Wieder sagte der Amerikaner etwas, und wieder explodierten alle vor Lachen. Jemand stöhnte, und allen war klar: Der Gast fühlte sich geschmeichelt von diesem Empfang in der geheimnisvollen Stadt Moskau.
»Ruhe!«
Tomaterich klatschte mir auf den Mund, obwohl ich den ganzen Abend lang kein Wort gesprochen hatte.
»Er liest sein neustes Gedicht. Ich glaube, es heißt ›The‹.«
Mit einem Schlag war es still.
Während Allen Ginsberg seinen Moskauer Freunden, also uns, auf Englisch vorlas, spitzten alle die Ohren und wussten nicht, wie sie reagieren sollten. Ich schnitt ebenfalls eine vage nachdenkliche Grimasse, weil ich unbedingt einen guten Eindruck machen wollte. Als der amerikanische Puschkin fertig war, applaudierten alle laut und anhaltend, steigerten sich in Ekstase, aber schließlich ließen sie die wundgeklatschten Hände auf die besoffenen Jeans fallen.
Ich musste gehen. Die Metro machte bald zu.
Tomatchen gab mir einen Schmatz auf die Stirn.
»Sei vorsichtig, Elephantina. Dass du mir unterwegs keinen erwürgst.«

Ich fuhr in dem düsteren Fahrstuhl nach unten und zählte die Stockwerke ab nach »er liebt mich er liebt mich nicht«. Meine Nase juckte.
Zwanzig Minuten später stand ich auf der Metrostation, die aussah wie die fleckigen Eingeweide eines Bathyscaph, und versuchte, mir das Abbild des geliebten Menschen vor Augen zu führen.

Gewisse Ereignisse setzen sich in den Unebenheiten des Gedächtnisses fest oder bleiben an seiner Oberfläche hängen. Ihre Bedeutung versteht man erst später. Sie sind wie Samenkörner. So ist es auch mit bestimmten Ideen, die fast autonom in uns heranreifen. Sie bilden sich aus den rohen Bauelementen und Fertigteilen der Sprache. Die Sprache fängt an, sich selbst zu denken, unabhängig von unseren Bemühungen, und uns bleibt nichts anderes übrig, als unsere Interpretationen anzunehmen oder abzulehnen. Dasselbe geschieht mit den Bildern von Menschen, die sich vor langer Zeit in unserem Gedächtnis eingenistet haben. Zunächst noch unbemerkt, leben sie mit uns, schlafen in unseren Häusern, essen unser Essen und tragen unsere Kleidung. Doch irgendwann geschieht etwas, das die ungeladenen Gäste sichtbar macht, wie Entwicklerlösung die Bilder zu Zeiten der analogen Fotografie.
Ein Mann war aus dem Schatten ins Licht getreten, war hinter dem Samtvorhang meiner Empfindung hervor auf die hellerleuchtete Bühne geschritten. Und doch war er lange zuvor schon Teil meines Lebens gewesen. Nachdem ich meinen Tomaterich im Moskauer Purgatorium erblickt hatte, wurde mir klar, dass von nun an zwei von ihnen existierten.
Je tiefer ich in die hauptstädtische Wirrnis eintauchte, umso verwunderter stellte ich fest, dass die Dichter, alle diese Majakowskis und Marinettis, ein reichlich dreistes und

dünkelhaftes Völkchen waren. Kaum hatte meine Tomate für einen Moment den Vorhang vor seiner verlockenden kleinen Welt geöffnet, in der er scheinbar absolut herrschte, bekam ich nicht nur diejenigen zu sehen, die ihn auf der winterlichen, regnerischen Kiewer Reise begleitet hatten. Außer dem Buckligen und dem Unscheinbaren existierte dort ein Haufen unterschiedlichster junger Männer mit allen Arten von physischen und psychischen Gebrechen. Sie waren wie Krabben, die mit ihren Zangen in Eisentöpfen raschelten und mich partout nicht in ihren Topf hineinlassen wollten. Aber ich bat sie auch nicht darum. Einsam drehte ich meine Runden auf den nahe gelegenen Boulevards, stundenlang durch Regen und Matsch, knietief im eisigen Dreck dieses mittelalterlichen Städtchens, ich wickelte meine Müdigkeit auf wie einen Wollfaden und brachte die kalte Ernte meines Glückes ein.

König Lear

In Uljanowsk kollidierte 1983 die Fähre »Aleksandr Suvorov« mit einer Eisenbahnbrücke, über die gerade ein Güterzug fuhr. Die Brücke war an dieser Stelle nicht für die Schiffsdurchfahrt geeignet, und das Oberdeck des Dampfers wurde vollständig weggerissen. 176 Menschen fanden den Tod. In Großbritannien gewannen die Konservativen mit Margaret Thatcher an der Spitze die Parlamentswahlen. Der *Stern* veröffentlichte Hitlers Tagebücher, die sich am Ende als Fälschungen herausstellten. Papst Johannes Paul II. besuchte Polen, wo er Verhandlungen mit General Jaruzelski und Lech Wałęsa führte. In ganz Europa fanden Antikriegsdemonstrationen und Friedensmärsche statt. Jassir Arafat wurde aus Syrien ausgewiesen. Syrische Panzer griffen palästinensische Stützpunkte in Libyen an. Man verzeichnete die niedrigste Temperatur auf der Erde seit Beginn der Wetteraufzeichnung. Auf der sowjetischen Antarktis-Station »Wostok« zeigte das Thermometer – 89,2 °C.

Zu Beginn des blauen November ging der Tomatenguru in den Untergrund. Akustische Halluzinationen dämpften meine Einsamkeit. Zuerst waren es nur ganz bescheidene. Häuser und Gassen riefen meinen Namen, leise und zärtlich. Die Räder eines Lastwagens, der vom Tischinski-Markt kam, schleuderten Musik zu mir herüber. Ich zuckte zusammen, ganz deutlich konnte ich im Geräusch der Reifen im Regen ein Symphonieorchester hören. Das war Strawinskys *Petruschka*, in einem satanischen Arrangement. In der Feuchtigkeit, in den Schluchten zwischen den hohen

Häusern, auf dem Asphalt, zerfloss der unsichtbare Genius. Mal strömte die Musik wie aus Kübeln, mächtig, zärtlich, vorsichtig, mal detonierte sie wie eine Wasserbombe direkt vor meiner Nase. Stundenlang stand ich in der Fußgängerzone und saugte mit unersättlichen Ohren diese diabolische Musik in mich ein.

Die halluzinatorischen Konzerte fanden im Bezirk des Weißrussischen Bahnhofs statt und erstreckten sich bis fast zur Metrostation Majakowskaja. Meine Ohren konnten ein bestimmtes Instrument aus dem Gewühl von Geräuschen herausfischen und ihm genießerisch lauschen, während der Blick an einem lockeren Schneehaufen festfror. Auf den ziellosen Wanderungen von der Twerskaja bis Kuznezki Most, von Kuznezki Most zur Malaja Bronnaja, von der Nowaja Basmannaja, an den zahlreichen Theatern vorbei in Richtung Twerskja-Jamskaja und zurück kam ich ständig an der kalikobezogenen Tür meines stummen Gefängnisses vorbei.

Dann geschah das Unglück. Nach einem der langen, erschöpfenden Spaziergänge, die ich der himmlischen Ehe mit meinem Tomaterich widmete, stand ich wieder vor der Tür meiner Festung. Die Tür war offen. Die eiserne »Stellage« stand verlassen auf der Treppe. Im langen weißen Nachthemd lag meine Vermieterin steif und reglos vor ihrer Wohnungstür. Zu Tode erschrocken beugte ich mich über sie und schaute ihr ins Gesicht. Auf ihren Lippen klebte rosa Schaum.

»Inga Borissowna!«

Einsam und allein stand ich auf dem Treppenabsatz, konfrontiert mit einem Gegenstand organischer Provenienz, genannt »Leiche«. Vor mir gähnte die offene Wohnungstür, aus der die arme Alte, die manchmal auf der Suche nach einer lebendigen Seele ins Treppenhaus schlurfte, herausgefallen war.

Dort hinter der Leinwandtür, in dem dunklen Columbarium der Seelen, befand sich mein Bett, immerhin ein warmes Plätzchen. Aber daran dachte ich nicht. Ich war in diesem Moment unfähig, etwas zu denken. Ich hämmerte gegen die Nachbartür. Niemand öffnete.

Immer noch unter Schock, stieg ich über Inga Borissowna hinweg in die Wohnung. Ich fand ein altes Laken, stopfte es unter den leblosen Körper und schleifte ihn ins Zimmer. Inga Borissowna war leicht wie ein Reisigbündel und noch warm. Meine Hände dagegen waren eisig kalt.

Schließlich ließ ich die arme Inga Borissowna, die doch genauso einsam war wie ich, aufs Bett plumpsen und schaltete die Deckenlampe an. Bei Licht besehen schien alles plötzlich sehr klar. Eine klingende, dröhnende Stille betäubte mich, dass mir die Trommelfelle platzen wollten. Ich war allein. Mein Herz schlug quälend langsam, vielleicht einmal alle zwei Minuten.

»Was gibt es denn da?«, krächzte plötzlich vom Treppenhaus her eine unbekannte Stimme.

Ich stürzte zur Tür. Vor mir stand eine Nachbarin in einem formlosen kanariengelben Pullover, mit dicken, von blässlichen Adern durchzogenen Wangen. Sie war äußerst ungehalten.

»Ich glaube, Inga Borissowna ist tot«, sagte ich, selbst nicht ganz überzeugt, und wäre bei meinen Worten beinahe in Ohnmacht gefallen.

Die Nachbarin holte die eiserne Stellage (diesen infernalischen Rodelschlitten) von der Treppe und polterte resolut in Inga Borissownas Zimmer. Dort zog sie der Alten die Decke weg, schob ihr mit einem Finger grob ein Augenlid nach oben und blickte ihr in die Pupille.

»Sie hat einen Schock.«

»Einen Schock?«

»Einen ganz normalen Zuckerschock.«

Ich hatte keine Ahnung, was ein Zuckerschock war, aber die Nachbarin befahl mir, Wasser, einen Löffel und ein Stück Zucker ranzuschaffen.
Als ich ihr mit zitternden Händen das lächerliche Herrengedeck brachte, löste sie den Zucker in Wasser auf und schob der Verstorbenen den Löffel zwischen die Zähne. Das Zuckerwasser rann in die tote Kehle.
»Kommt gleich wieder zu sich«, sagte die Nachbarin ungerührt.
Sie wischte der Alten den rosa Schaum von den Wangen und verzog sich watschelnd in ihre Wohnung. Die Tür fiel krachend hinter ihr zu.
Noch immer vollkommen aufgelöst, stand ich vor Inga Borissowna und wusste nicht, wen ich mehr bemitleiden sollte: sie oder mich. Währenddessen wurde die Leiche wieder lebendig.
Im Verlaufe ihrer Wiederauferstehung rezitierte mir die Botin aus dem Jenseits Monologe aus dem *Hamlet* und sang mit überraschend volltönender Stimme Opernarien.
Dann wälzte sich der Kopf mit dem wirren grauen Haarflaum auf dem gelben Kissen hin und her wie bei *König Lear* und krächzte:
»Ich bin Schauspielerin. Auf die Knie! Lieben Sie mich. Ich bin SCHAUSPIELERIN!«
Eine Stunde später war sie schon dabei, mir die medizinischen Details ihrer Krankheit zu erklären.
An diesem Abend saß ich noch lange bei ihr, hielt ihre trockene, dürre Hand in meiner eigenen Hand, der eisigen, noch immer kindlichen mit den abgekauten Fingernägeln. So saßen wir in Liebe und Eintracht zusammen wie zwei Skelette – ein weißes altes und ein schwarzes junges.
Wenn ich jetzt nach Hause kam, zögerte ich jedes Mal, bevor ich die dunklen Stufen hinaufstieg. Nach diesem Ereignis hatte ich beschlossen, so wenig wie möglich zu Hause

zu übernachten. Ich wusste ja, dass Inga Borissowna nicht mehr lange zu leben hatte, und fürchtete mich panisch davor, Zeugin ihres wirklichen Sterbens zu werden.

Das Stanislawski-Museum

Von der Schriftstellerszene, in die Tomaterich mich eingeführt hatte, blieben nach und nach nur noch ein paar kümmerliche Reste. Viele dieser Reste arbeiteten als Hausmeister. Diese Arbeit war angesehen und schwer zu bekommen, sie schützte vor dem Schmarotzer-Paragraphen, sicherte die Aufenthaltserlaubnis und ein Dach über dem Kopf. Hausmeister in Moskau konnte man damals nur mit Hochschulabschluss werden. Hinter der Gestalt eines Daddys in ausgelatschten Stiefeln, mit mottenzerfressener Fellmütze und Reisigbesen verbarg sich häufig ein Rilke, und hinter der rotgesichtigen Hausmeisterin natürlich eine Sappho.

Alle diese Sapphos und Rilkes wohnten in Hausmeisterkabuffs. Mit ihrer allerhöchsten Erlaubnis übernachtete ich gelegentlich in solchen Buden, zugedeckt mit einer Wattejacke, und fraß den Verstand mit Löffeln. Da ich ein nichttrinkendes Wesen war, wäre meine absolute Nichteignung für die Schriftstellerzunft bald ans Licht gekommen. Nur die Schlaflosigkeit rettete mich vor der Vertreibung aus diesem Bettelorden: Müdigkeit ging glaubwürdig als Kater durch.

Voller Angst kehrte ich in die Festung zurück, wo ich meine Zimmerwirtin immer öfter in der Rolle eines zerzausten König Lear entdeckte und mich als böse Tochter fühlte.

Und plötzlich hatte ich übermenschliches Glück. Der jugendliche Schriftsteller Kapralow verknallte sich unsterblich in mich. Kapralow war enorm begabt – und er verfügte über das Schlüsselbund einer Dienstwohnung im Stanislawski-Museum, wo er als Nachtwächter arbeitete.

Bald darauf und aus eigenem Entschluss teilte ich Inga Borissowna mit, mein Leben bei ihr gehe zu Ende, ich hätte eine neue Wohnung gefunden. Das war gemein und obendrein eine Lüge. Ohne zu wissen, worauf ich mich einließ, verteilte ich meine Sachen (bis auf die chinesische Wattejacke und den schwarzen Sarg meiner Schreibmaschine) an alle möglichen Bekannten und zog ins Stanislawski-Museum um.

Stanislawski und Nemirowitsch-Dantschenko, deren Namen zahlreiche Theater-Institutionen zierten, unter anderem die Lerneinrichtung, an der ich eingeschrieben war, kamen mir schon seit längerem wie ein Ehepaar vor. Eine eingeschlechtliche metaphysische Ehe. Stanislawski, der, wie bestimmte Fotografien fälschlich suggerierten, Ältere und Bedeutendere, war in dieser Ehe der Mann, Nemirowitsch-Dantschenko die Frau. Sie waren ein unzertrennliches Paar.

Meine neue Lage erforderte gewisse akrobatische Fähigkeiten, denn als ich mich im Stanislawski-und-Nemirowitsch-Dantschenko-Museum einquartieren wollte, war dort weder ein Sofa noch ein Bett zu finden.

»Soll das heißen, die Koryphäen des Künstlertheaters haben nie geschlafen? Soll das heißen, diese vaterländischen Zeusgötter haben Tag und Nacht gearbeitet?«

Der Schriftsteller Kapralow fand das nicht weiter erstaunlich. Er hatte in seinem Pferdeleben für die Literatur oft genug im Stehen geschlafen. Das hatte seinem jungen Hirn Müdigkeit zugesetzt und die Kontrolle genommen – die beste Art, den Mechanismus des automatischen Schreibens zu befördern.

In der Museumswohnung war es warm, Tische, Schränke, Bücher, alles war sauber und gemütlich. Ich ging durch die dunklen Zimmer und berührte lauter Gegenstände, die Eigentum der Geschichte waren. Alle trugen Nummern und

Beschriftungen. An den Stühlen waren Schilder mit den Namen der Genies angebracht. Als ich versuchte, die Stühle zusammenzuschieben, um bequemer zu liegen, warfen sie mich ab, sie bockten und rutschten auseinander, wie Giraffen auf dem Eis. Wie ich es anstellte, mir in dieser Nacht nicht die Wirbelsäule zu brechen, ist mir schleierhaft.
Kaum war ich eingeschlafen, erschien mir der Wächter Kapralow, wie der Geist in englischen Filmen.
»Was wird mit unseren Seelen, wenn wir tot sind? Weißt du, was mit uns geschieht?«, fragte er.
Ich rieb mir angestrengt die Augen. Er lehnte im Türrahmen, eine Kerze in der zitternden Hand, Wachs tropfte aufs Parkett.
»Was glaubst du, wer hat das alles erschaffen?«
»Die Stühle?«, fragte ich, noch halb schlafend.
»Die ganze Welt und die Sterne und den Himmel! Wer hat die Felder erschaffen, die Städte, die Berge, die Katzen, den Schnee? Wer? Wer hat das gemacht? Ich will den Namen des Schöpfers wissen!«
Er verlangte eine Offenbarung von mir. Ich blieb stumm.
Vielleicht war es diese Nacht, in der mein Widerwille gegen das Theater geboren wurde.

Man sagt, in den Augen und in den Händen eines Künstlers verwandeln sich die alltäglichen Dinge in etwas Besonderes: Champagnerkorken, eine Wassermelone, ein Frachtschiff, ein Bürger, der Futter für seinen Kanarienvogel kauft – all das muss einen verborgenen Sinn haben, den sie zum Vorschein bringen, obwohl es ganz alltägliche Dinge bleiben. Nur, damals gab es ja überhaupt keine alltäglichen Dinge oder alltägliche Ereignisse. Es herrschte eine andere Dichte des Geschehens.
Als unfreiwilliger Vollstrecker der Strafpsychiatrie belohnte mich Tomatensoße von Neuem mit quälender Ungewiss-

heit. Selbstverständlich hätte ich in das historische Kiew zurückkehren können. Aber dann hätte ich mich gänzlich vom Epizentrum des Weltgeistes und von meinem unschätzbaren Gemüsebrunnen entfernt, der eine geheime Verbindung zu Stanislawski und anderen Generalissimi der Geschichte unterhielt.

In jedem Augenblick, Stunde für Stunde, war ich mir bewusst, dass er hier, in dieser Stadt, vielleicht sogar ganz in der Nähe, umherging und dichtete. Ich konnte es sogar physisch wahrnehmen, wie dieser Mensch seine Fußsohlen auf den Boden setzte, wie er sich im Schlaf wälzte, von erstickenden und beunruhigenden Metaphern bedrängt, wie plötzlich ein wichtiger Gedanke in ihm aufblitzte. Und zur Bestätigung schrien jedes Mal die Krähen, und Tassen gingen zu Bruch. Nach und nach wurde mir klar, dass auch ich ein Teil seines Denkens war, und dass meine Wanderschaften, wie die Wanderschaften einer byzantinischen Heiligen, ihm gewidmet waren. Je schwerer mir ums Herz wurde, desto leichter fiel es ihm, die Dichterfeder zu schwingen.

Dieser euphorische Aberwitz nistete sich in meinem Strohhirn ein, und so lebte ich, im Zustand idiotischer Ehrfurcht und auf permanentem geistigen Höhenflug, zwei Wochen lang im Museum wie die heilige Elephantina vom Höhlenkloster.

Eines Abends kam ich in mein Mausoleum zurück. Ein mir völlig unbekannter Wächter öffnete die Tür. Sein Gesicht war grimmig. Offensichtlich gehörte er einer anderen literarischen Tradition an.

»Wo ist denn Kapralow?«

»Der wurde entlassen, weil er hier eine Lasterhöhle eingerichtet hat«, antwortete der Wächter barsch.

Dann drückte ich mir die Nase an der kalten Tür platt. Die Lasterhöhle, damit war ich gemeint.

Diese Nacht musste ich auf einer Bank im Weißrussischen Bahnhof übernachten, Seite an Seite mit Obdachlosen, das heißt, ich musste dort eine Lasterhöhle einrichten. Am nächsten Morgen erschien ich völlig zerschlagen in der Theaterschule.

Der Fleck

Für einige Zeit konnte ich im Atelier eines alten Bekannten meines Vaters unterkriechen. Der Maler Thorwaldsen wurde mein unverhoffter Retter. Nachts, im kalten Beton des vierstöckigen Hauses eingesperrt, wickelte ich mich in alte Leinwände. Es roch nach Terpentin. Pinsel piekten mir in die Rippen, die Farbe klebte mir in den Haaren. Aber das alles störte mich wenig.
An den langen eisigen Abenden saßen wir zusammen und strichen mit feinen Pinseln über Leinwände, die man zum Restaurieren gebracht hatte. Manchmal wuschen wir bemalte Leinwände ab, um sie neu zu grundieren. Die Farbe mischte Thorwaldsen nach alten Rezepten. Für die Krakelüren musste man die fertigen Leinwände an die Heizung stellen, sie anschließend von den Keilrahmen lösen und rasch in den Frost stellen. So bekam die trockene Farbe lauter feine Risse. Während ich an der Staffelei saß und auf unmittelbarste Weise der Herstellung von Fälschungen beiwohnte, konnte ich mich in meine Gedanken über die Malerei versenken und mich an die Zeit in Kiew erinnern, die sich für immer im Rauch der Lokomotiven aufgelöst hatte.
Hier begriff ich, dass in der Malerei die Palette das Wichtigste ist, so wie im Theater der Vorhang. Ja, die Palette! Die Innereien eines Malers: der Darm, die violetten Röhren, die gelbe Galle, die braunrote Leber. Man kann den Blick über die getrockneten Erdklümpchen wandern lassen – Miniaturlandschaften mit feuerroten Bergen, blauen Flüssen und gelben Sandbänken. Darin bestand auch die gie-

rige, konvulsivische Sinnlichkeit, von der wir damals als Schüler noch nichts ahnten, die aber später wiederkehrte, unausgesprochen. In banger Vorahnung dieser Sinnlichkeit lebten wir auf Zehenspitzen, aus Angst, das schlafende Wunder zu verschrecken. Wie Kinder schlichen wir um das wundersame Herz der Malerei herum und bereiteten uns auf die Operation vor, wie Ärzte, nur ausgerüstet mit Pinseln.

Thorwaldsen gefiel mir. Er war Aiwasowski, Brjullow, Rubens und Chardin in einer Person. Dabei immer ein wenig verlegen, mit seinem schutzlosen Lächeln, ein bescheidener Bürger mit schmutziger Schirmmütze, die er auch zu Hause nicht abnahm. Es war einfach erstaunlich, wie sich diese so verschiedenen Charaktere in ihm vereinigten. Wenn er sich anschickte, einen Aiwasowski zu malen, tauchte er ganz in seine Rolle ein, nahm die Mütze ab, ließ sich Koteletten und Schnurrbart stehen und wurde um mehrere Zentimeter größer.

»Das ganze Aiwasowski-Museum auf der Krim ist mein Werk«, sagte er stolz mit seiner leisen Stimme, und dann folgte sein gutmütiges »Che-Che«.

Eine Wand in seinem engen Atelier nahm ein riesiger Canaletto ein.

»Meinen Canaletto hätte ich schon tausendmal verkaufen können«, brummte Thorwaldsen. »Aber der ist unverkäuflich!«

Den Canaletto hatte er direkt auf die Wand gemalt. Das Gemälde war locker dreihundert Jahre älter als das Gebäude selber.

»Da findet also jemand ein Landschaftsbild auf der Müllkippe. Er kratzt daran herum, ein Picasso kommt zum Vorschein. Er kratzt weiter, und unter dem Picasso ist ein kleiner Niederländer. Da kratzt er noch mal und zack – hat er einen Comicstrip.«

»Und unter dem Comicstrip war ein Tizian?«

»He, he! Da drunter hätte alles Mögliche sein können!«

Das Besondere an Thorwaldsen war, dass er an seine Leinwand heranging wie ein Uhrmacher, bedächtig und gemessen, mit wissenschaftlicher Akribie. Der Pinsel war sein Zirkel, der Bleistift sein Lineal.

Wenn ich ihm zusah, erinnerte er mich an einen Maler aus unseren Schulateliers, einen jungen Kunstlehrer, der sich auf die Leinwand stürzte wie ein Tiger auf seine Beute. Die Farben waren für ihn Fleisch, Blut und Fett, die er schmatzend verschlang, wenn er sie auf die unschuldige Oberfläche schmierte. Seine Augen leuchteten, verdrehten sich. Mit diesen Augen sprang er die Schüler an und vor allem die Schülerinnen. Es war peinlich, ihm dabei zuzusehen.

Thorwaldsen war in Leningrad mit meinem Vater in dieselbe Klasse gegangen. Vor vielen Jahren, als sie beschlossen, sich der Kunst zu widmen, legten sie ein Gelübde ab. Sie schworen:

Sich niemandem anzuschließen.

In absoluter Einsamkeit zu leben.

Das Geld zu verachten.

Sich für nichts anderes zu interessieren als für das eigene Werk.

Sich der Kunst zu opfern.

Niemals zu heiraten.

Diesen Schwur hat mein Papascha ziemlich schnell gebrochen, ich selbst bin dafür der beste Beweis. Aber Thorwaldsen hielt sich daran, und deshalb wurde er ein echter Künstler.

Seine Bilder waren seine einzigen Kinder. Er sprach mit ihnen, er zog sie groß. Wenn er sich über die Leinwand beugte, vergaß er alles um sich herum. Er sagte dann:

»Jetzt kriegst du aber was, für dein schlechtes Benehmen!«

oder:

»So ist es brav, du weißt, was Papa gefällt!«

Die Bilder gehorchten ihm.

Jeden Tag, den Gott werden ließ, kamen Gäste zu Besuch. Ein bunt zusammengewürfeltes Publikum. Exaltierte Mädchen, Professoren, Kenner von Edelmetallen, Dissidenten und feine Damen aus dem Kulturministerium. Einmal besuchte ihn ein moldawischer Pferdezüchter und schlug ihm einen Tausch vor: Bild gegen Pferd. Thorwaldsens Hundehütte, prall gefüllt mit den Gerüchen der Gastfreundschaft, hatte tatsächlich eine gewisse Ähnlichkeit mit einem venezianischen Palazzo. Ein Pferd hätte gerade noch gefehlt.

In Moskau lebten sie zu jener Zeit ein hochtouriges Leben voller verrückter Hoffnungen und Erwartungen. Die Sammler und Monteure von Altmetall wussten, dass die staatliche Langeweile und der Filz irgendwann besiegt werden würden. Aber die Edelmetallkenner und die Dissidenten spürten, dass es niemals geschehen würde!

Nachdem ich eine Weile bei Thorwaldsen logiert hatte, zog ich in die Lagerhalle einer Druckerei um. Schließlich landete ich in einem Keramik-Atelier. Mit der Heizung stand es nicht zum Besten. Um mich aufzuwärmen, ging ich zu einem Nachbarn namens Protasewitsch, seines Zeichens Literat und Hausmeister, der unter seiner Schaffelljacke und den Filzstiefeln einen Frack trug. Das wusste jeder in seinem Hof. Wie sich herausstellte, war er ein großer Verehrer des Tomatenwerks. Ich belohnte ihn dafür mit meiner Freundschaft.

An jenem Abend plusterten wir unser Gefieder am Heizkörper auf, um unsere eingefrorenen Glieder aufzuwärmen. Er trank Cognac, seufzte, und sein aufgedunsenes Gesicht strebte der Zukunft entgegen.

»Ach, würden sie bloß endlich mein Stück beim Theater annehmen, mein ganzes Leben wäre mit einem Schlag vollkommen anders.«

»Irgendein Theater wird es schon nehmen, wenn nicht dieses, dann eben ein anderes.«
»Das ist nicht so einfach. Das Stück ist in einer ziemlich eindeutigen, sogar krass äsopischen Sprache geschrieben. Die haben Schiss, die Arschlöcher.«
»Dann schreib doch was anderes. Ein Stück für Jugendliche, zum Beispiel.«
»Ach, es müsste ein Wunder geschehen! So was soll es ja geben. Hast du schon mal von Krokodilzew gehört, dem Dichter?«
»Nein.«
»Bei dem soll es einen Fettfleck auf der Tapete geben«, fuhr Protasewitsch fort.
»Na und?«
»Nein, warte, hör erst mal zu. Das ist kein normaler Fettfleck. Vielleicht ist das überhaupt kein Fettfleck, sondern er sieht nur so aus, außerdem hat er die Form des Kilimandscharo. Jedenfalls erzählt man in Moskau die verrücktesten Geschichten über diesen Fleck. Kurz, es handelt sich um die Spur eines Voodoo-Rituals! Wenn man diesen Fleck berührt …«
Protasewitsch brach ab, mein Herz fing an zu hämmern. Wir schwiegen eine Weile, dann fragte er, ob ich so etwas wie einen sehnlichsten Wunsch habe. Ich hatte einen sehnlichsten, einen Herzenswunsch. Einen innigen, gemüsegärtnerischen Wunsch. Jetzt musste ich bloß noch den Fleck berühren.

Krokodil Krokodilowitsch war, wie sich herausstellte, ein Lehrer meines Tomätchens gewesen, als dieses noch jung und ungeformt war! Die dicke, bürstenhaarige Dichterin Olga Pistole führte mich bei ihm ein. Olga Pistole war ein Pseudonym, sie war eine Art Nichte des Buckligen. Nachdem wir uns stundenlang in der dampfenden winterlichen

Metro hatten durchrütteln lassen, standen wir in seinem Wohnungsflur. Ich brannte vor Neugier, mir diesen Fleck anzuschauen. Schon von weitem, im engen Flur, sah ich ihn hinten im Zimmer an der Tapete.

»Ach, der Fleck!«, grinste Krokodilzew.

Er war ein winziger älterer Herr mit Stupsnase und piefiger Weste, der sich ununterbrochen die Pfötchen rieb, wie ein Hamster oder eine Ratte, und von einem Bein aufs andere hüpfte, als säße ihm eine Spinne in der Hose. Krokodilzew hätte ohne weiteres die Liga der glücklichen Irren anführen können.

»Hallo, hallo, kommt doch rein, kommt rein. Ich mache euch fix einen Tee, und dann erzähle ich euch von dem Fleck«, plapperte er los.

Während er Tee kochte, betrachteten Olga und ich schweigend den Fleck. Eigentlich war es ein ganz normaler Fleck. Er sah aus wie ein Schatten. Man kam bloß nicht an ihn heran, weil vor der Wand ein monströses Sofa stand, vollgepackt mit turkmenischen Teppichen und Kissen und allem möglichen handgearbeiteten Plunder. Um das Sofa herum standen antike Teekannen aus Samarkand.

Während ich mich noch umschaute und darüber nachdachte, ob ich mich nicht einfach auf das Sofa werfen und irgendwie zu dem wundertätigen Fleck hinkriechen sollte, kam der Hausherr zurück ins Zimmer. Krokodilzew schenkte Tee ein und lächelte noch mehr als zuvor. Die Fältchen, die von seiner Nase aus in alle Himmelsrichtungen liefen, wurden noch unbändiger. Er stellte sich neben das Sofa, nahm die Pose eines Fremdenführers ein und begann schwungvoll zu erzählen.

»Von dem Fleck habt ihr schon gehört, gehe ich recht in der Annahme?«

In aller Bescheidenheit gaben wir ihm Recht.

»Also, das war so«, fuhr Krokodilzew fort. »Im Jahre 1978

kam ein Engel zu mir. Was ist nun aber ein Engel? Ein Engel ist unsere Projektion auf die Rückseite der Welt, er ist unser Astral-Verdichter, ein mediales Wesen, ein Kanal, der uns mit dem Kranz Gottes verbindet.«

Nach dieser stimmungsvollen Einleitung fragte ich mich, was wohl in der Birne von Olga Pistole vorging. Schließlich war sie ein sehr zynisches Mädchen.

»Ich lag gerade da auf diesem Sofa und hielt mein tägliches Nickerchen. Es war am Tag vor dem heiligen Spiridon. Ich betete schon seit Langem zum heiligen Spiridon. Davon wussten meine Kollegen an der Universität natürlich nichts. Also, ich liege da auf meinem Sofa, und auf einmal war mir, als schwebten Verse vor meinen Augen.«

An dieser Stelle rezitierte er mit Inbrunst Verse aus eigener Produktion.

»Auf einmal begriff ich, dass diese Worte vom heiligen Spiridon kamen. Ich sage zu ihm: Ehrwürdiger Spiridon, das ist ein wunderbares Gedicht! Dein Diener entbietet dir seinen untertänigsten Dank. Da erschien plötzlich seine Silhouette an der Wand. Im Jahre 1979 verschwand sie, und ich geriet in eine schwere Schaffenskrise. Aber dann im Sommer 1981 erschien er von Neuem.«

Krokodilzew strahlte und leuchtete immer noch wie die Sonnenscheibe.

Als er kurz danach in die Küche ging, um uns eine zweite Kanne Tee zu machen, warf sich Olga Pistole, zu meinem blanken Erstaunen, mit ihrem dicken Wanst auf das Sofa und kroch mit ausgestreckten Wurstfingern auf den Fleck zu. Das Sofa brach vor meinen Augen krachend unter ihr zusammen. Genauer gesagt, ein Sofabein brach ab, und Olga Pistole landete zwischen Kissen und Kannen auf dem Fußboden.

Da erschien auch schon, strahlend und sehr sanft wie ein zahmes Eichhörnchen, Krokodilzew und half ihr sogleich beim Aufstehen. Er war überhaupt nicht böse, der Vorfall schien ihn sogar zu amüsieren. Man sah ihm an, dass er sich kein bisschen wunderte und dass es mit dem Sofa etwas Geheimnisvolles auf sich haben musste.

Aber erst viel später, als ich mich mit dem Meister angefreundet hatte, erfuhr ich, dass es mit dem Sofa tatsächlich seine Bewandtnis hatte!

»So prüfe ich das Menschenmaterial«, erklärte er mir eines Tages fröhlich und zeigte mir sogar die Säge, die ihm dabei treue Dienste erwies.

Ich besuchte Krokodilzew jetzt öfter und las ihm meine bescheidenen Gedichte vor:

Nur eine Handvoll Austern, rubinrote Austern auf Türmen.
Traurig dein Erscheinen, eine Wallfahrt quer durch Europa.
Und der kleine Lenin, in einen lila Knopf genäht –
Schmuggelgut der Liebe, eines großen Traumes Gabe!

»Schmuggelgut der Liebe!«, schnurrte Krokodilzew, die Stirn runzelnd, aber nicht ohne heimliches Vergnügen, und schielte zu dem Fleck hinüber. Ich schielte ebenfalls zu dem Fleck, aber so, dass Krokodilzew keinen Verdacht schöpfte.

An den öden Moskauer Freitagen veranstaltete Krokodilzew seine legendären »Donnerstage«. Eine Brut kultivierter Frauen versammelte sich bei ihm und umrankte ihn wie ein Blütenkranz. Inmitten dieser Blumenpracht ragte lang und dürr seine Ex-Frau hervor wie der Besen Galaxis (Galina Alexandrowna).

Weil jeder schöpferische Mensch ein Credo haben muss, ein Konzept und ein Manifest, hatte auch Krokodilzew seine eigene Theorie. Diese Theorie war vertrackt und nebulös: Er warf sich in Pose wie auf der Bühne und fragte:

»Was ist die Poesie?«

»Ein demiurgischer Betrug! Ein Rückfall ins Archaische! Die apollinische Vereinigung!«, gackerten die Frauen durcheinander.
»Und was noch?« KKK ließ seinen durchdringenden Blick über die versammelten Damen streifen.
»Die Erlangung der symbolischen Unsterblichkeit! Das intensionale Delirium!«
»Und ein kosmischer Koitus, habt ihr das vergessen?«
»Aber nein, Krokodil Krokodilowitsch, wie könnten wir!«
»Und die sakrale Gotteslästerung? Die geistig-seelische Lästerung der Purifikatoren? Vergessen?«
»Auf gar keinen Fall!«, schnatterten die Damen.
»Aber was ist die Poesie wirklich?«, rief Krokodilzew und verengte seine Augen zu Schlitzen.
Und reihum antworteten die eifrigen Schülerinnen:
»Eine spirituelle Praktik der Schamanen.«
»Das Echo kosmischer Saiten!«
»Ein Ritual!«
»Und kann man sagen, sie sei die permanente Erschaffung der Welt?«
»Ja!«
»Und kann man sagen, sie sei apriorisches Wissen?«
»Ein Gebet, ein Wahnsinn, ein Opferakt!«
Sie sagten noch viel, viel mehr solcher Dinge, die jeden halbwegs normalen Menschen um den Verstand bringen mussten.
Gelegentlich nahm Krokodilzew einen Kupferkrug in die Hand, schlug mit einem Kristall dagegen und sagte:
»Die Poesie ist unsere heilige Pflicht gegenüber der Heimat!«
»Warum das denn?«, fragten die Zuhörerinnen.
»Das müsst ihr schon selber herausfinden!«
Einmal rief Krokodilzew mich an und sagte, ich müsse unbedingt ein Initiationsritual absolvieren. Natürlich war das

sehr wichtig, und es hatte mit dem Fleck zu tun! Ich war vollkommen überzeugt, dass mein Tomaterich dieses Initiationsritual durchlaufen hatte, um ein großer Dichter zu werden. Andererseits hatte ich Angst, weil ich gleich dachte, man werde mir die Ohren abschneiden oder die Nase (Penis hatte ich ja keinen). Auf meine Frage, wie dieses Ritual denn ablief, gab er eine ausweichende Antwort, das heißt, eigentlich antwortete er mir gar nicht, sondern vollführte mit seinen Händen eine Art Wolkenwalzer und krönte ihn mit einem kleinen Lächeln.

Eines Tages erfuhr ich, dass Krokodilzew den Fleck in seinem Wohnzimmer eigenhändig mit Sonnenblumenöl an die Wand gemalt hatte!
»Mit diesem Pinselchen hier! Eichhörnchenhaar für Aquarell Nummer dreiundzwanzig. Den hat mit Koffer-Vitja geschenkt, ein Malerkollege. Ein Genie! Aber der echte Fleck – hier hob er geheimnisvoll den Finger –, der ist in meinem Schlafzimmer!«
Obwohl er natürlich ein uralter Tattergreis war (vierzig Jahre!), war mir sofort klar: Das Schlafzimmer ist die nächste Prüfung. Des Öfteren schon hatte ich mir ausgemalt, wie sein strahlendes Gesicht vor mir erscheint und mit dem Lächeln eines alten Trottels zu mir sagt:
»Weißt du, wenn du den echten Fleck berühren und glücklich werden willst, dann musst du dich ausziehen und in mein Bettchen kriechen! Da liest du mir dann dein neuestes Gedicht vor und wir diskutieren darüber.«
Damit war klar, dass von dem Fleck gar nichts zu erwarten war. Olga Pistole sagte:
»So was nennt sich Liebesprüfung, Gott selbst führt dich in Versuchung!«

Dampfnudel

In der Zwischenzeit war in Sri-Lanka ein Bürgerkrieg ausgebrochen. In Guatemala kam es zu einem gewaltsamen Umsturz. Oberstleutnant Stanislaw Petrow verhinderte einen Atomkrieg, indem er einen fatalen Fehlalarm erkannte. Im Sudan wurde die Scharia eingeführt. In China fand die größte Säuberung der Kommunistischen Partei seit der Kulturrevolution statt. Der türkische Teil Zyperns trennte sich von Griechenland ab. Es gelang, das Aids-Virus zu isolieren. In London wurden 6800 Goldbarren gestohlen. In Europa begann man mit der Aufstellung amerikanischer tomraketen. Im Gegenzug mussten wir die Zahl der U-Boot-gestützten, auf Amerika gerichteten Atomraketen erhöhen.

Alle diese Ereignisse des Jahres 1983 konnten jedoch nicht die unerträgliche Leere füllen, die sich in mir und um mich herum ausbreitete. Ich konnte sie körperlich spüren. Sie erschuf Gegenstände. Ich hatte Angst vor ihr. Die Leere bedeutete nichts, und das Nichts war genauso unbegreiflich und erschreckend wie die Unendlichkeit. Das heißt, auf ihre Art mündete auch die Leere in Unendlichkeit!

»Wo beginnt die Unendlichkeit?«, fragte mich Tomatensoße.

»Überall, das heißt, wo du willst. Sie beginnt gleich unter dem Dach und rast von da aus in die Höhe, durchdringt die vielstöckigen Wolken und verschwindet im ödesten Ungewissen«, antwortete ich.

In jenen Tagen waren die Gegenstände und sogar die Menschen Gespenster.

»Ich möchte dich mit einer coolen Großenkelin bekannt machen. Die findet bestimmt eine Bude für dich«, sagte Pistolettina eines Tages.
An dem Haus, in dem das Mädchen mit Spitznamen Dampfnudel wohnte, hingen so viele Gedenktafeln, dass man irre werden konnte. Reliefs stellten Männer mit Schriftrollen und Gänsekiel dar, mit Zirkel und Flugzeugmodellen, mit Zigaretten und mit Brillen. Dabei erfordert die plastische Darstellung von Brillen höchste Meisterschaft!
Als wir uns dem Haus näherten, platzte Olga Pistole fast vor Begeisterung.
»Diese Steinzombies sind alles Vorfahren von ihr. Aristokratie in der sechsten Generation. Stalins Falken. Konstrukteure von Kriegsmaschinen. Sie ist ein absolut freier Geist! Ein Naturtalent!«
Damit war klar, dass Stalins Falken und Kriegsmaschinenkonstrukteure die exzeptionelle Dampfnudel hervorgebracht hatten.
Wir fuhren mit dem Fahrstuhl in den vierten Stock. In der Wohnung herrschte die beklemmende Atmosphäre des Kreml-Konstruktivismus. Es roch nach panzerbrechendem Borschtsch. Die Einrichtung war schäbig und bronzefarben. Beim kleinsten Luftzug säuselte eine Gitarre in irgendeiner Ecke. Die Überenkelin war ein »Hippiemädchen«. Ihre Haare erinnerten an ein Wespennest.
»Kurz und gut, wir müssen eine Bude finden«, erklärte Pistolet.
Die Großenkelin war sofort im Bilde, verfluchte die ewige Wohnungsfrage und schaute sich in ihren Gemächern um.
»Jetzt singe ich euch erst mal das Lied von der Reise des fröhlichen Schniepels, und dann zwirble ich meinen Hirnzwirn.«
Damit meinte sie ihr Menschengehirn.

Ihre Augen wurden rund, die Gitarre jaulte, ihr Mund ging auf, schöne starke Zähne klafften und blitzten.

Der fröhliche Schniepel schippert über den Mississippi
Er tanzt einen uralten Blues.
O Mama, so weit ist es gekommen, Duke Ellington
hat einen Schweineschniepel
Hurra!

Augenblicklich wurde von allen Seiten an die Wände gehämmert und an die Heizkörper getrommelt.
»Das sind die Bewohner unserer Besserungsanstalt!«, erklärte Dampfnudel kaltschnäuzig und griff wieder in die Saiten.

Dreckskerle, Schweinehunde, Geschmeiß, ich will, dass ihr verreckt!
Ich liebe Ella Fitzgerald.
Ich brauche nichts, in meiner Nase ist nur Rotz,
Amerika über aaaaalles!

In der Wasserleitung gab es einen heftigen Knall, offenbar von einer Hantel, und Dampfnudel legte das Instrument zur Seite.
»Das war ein echter Kracher!«, sinnierte sie heiter und rüttelte Olga Pistoles Boxerschultern. »Wir sind mit der Elektrovariante aufgetreten, später halbakustisch. Zuerst haben Arschi und Fiffi zusammen ein Projekt geschmissen und Gagarin dann noch ein paar Jam-Sessions mit Quetschkommode. Wir haben Industrial-Independent produziert.«
Sie überschüttete uns mit einem Wust von Informationen, von denen ich kein Wort verstand, und diskutierte mit Pistoletta noch darüber, wie man ein Festival akustischer Mode organisiert, dann entflatterten wir in die Freiheit.

Das Haus der Literaten

»Dein Windbeutel, ich meine, dein Bräutigam hat eine Lesung im Haus der Literaten. Ich hab ein Plakat gesehen.«

Dass Marisemjonna neuerdings auf Plakate von Dichterlesungen achtete, wunderte mich.

Tom-Sauce sehnte sich bis zur Selbstverleugnung nach dem großen Ruhm. Das wusste ich. Eine Lesung im Haus der Literaten war irre prestigeträchtig!

Ich beschloss, für den Abend ein elegantes schwarzes Kleid mit weißem Kragen anzuziehen, in dem ich düster aussah wie eine echte Schriftstellerin, und brach früh auf, um nicht zu spät zu der Veranstaltung zu kommen. Es gab ein Café, wo man warten konnte. Außer zwei Mädels, die Tarchun-Limo schlürften, war noch niemand da. Ich bestellte ein Mineralwasser und ertrank im Sirup der Phantasie.

In meiner Vorstellung sah ich schon die ganze Bande im grellen Scheinwerferlicht unter den Blicken der erregten Menge auf die Bühne treten, breitbeinig wie Seeleute. Mein Zigeuner vorneweg, und hinter ihm wie die Entenküken folgen der Bucklige, der Verzagte und der Unscheinbare. Ein echtes Wolfsrudel – Wölfe, die gerade die Welt aus den Angeln heben!

»Was ist das denn für eine? Wo kommt die denn her?«, hörte ich plötzlich wie aus dem Nebel.

»Ein richtiges Schreckgespenst. Sieht aus wie der leibhaftige Tod. Mir ist schon ganz schlecht.«

»Wahrscheinlich eine Ausländerin. Oder eine, die auf Ausländerin macht.«

»Scheint so.«
»Ich bin eine Außerirdische«, erwiderte ich, als ich begriff, dass sie über mich sprachen. Ich roch Blut.
Die Mädels waren verdutzt. Beide waren extrem albern zurechtgemacht: Kavallerie-Stiefel und Ohrringe, groß wie Fäuste.
»Ich komme vom Asteroiden M 112 und habe eine psychotropische Waffe«, sagte ich mit der metallischen Stimme der allesvernichtenden Mutter des Feuers.
Daraufhin tauschten die Mädels Blicke, und ohne sich im Geringsten zu genieren, fingen sie an zu quietschen wie zwei kleine Ferkel und ließen die Pobacken ihrer hochgequetschten Brüste wackeln.
Was blieb mir übrig, als ihnen den Rest meines Mineralwassers über die Knie zu gießen. Kreischend sprangen sie auf. Die eine fluchte und verwünschte mich, die andere versuchte, mir den Kopf abzuschrauben. Aber ich wich aus, löste mich von der Erde und teleportierte mich ins Foyer.
Das Haus der Literaten füllte sich mit Publikum, Kälte und der Freude an menschlicher Geselligkeit. Bald standen die Leute dicht an dicht. Tomat Gurkowski war wahnsinnig populär, geradezu eine Berühmtheit. Und als er kam, fuhr ein Blitz durchs Dach und erhellte die bräsigen Etagen des Schriftstelleretablissements!
Die fiebrige Menge schob mich in den Saal. Es gelang mir, einen Platz an der Seite zu ergattern. Als die Wellen der Erregung sich gelegt hatten und Stille eintrat, dachte ich, dass man mein Atmen durch den ganzen Saal hörte, was sicher übertrieben war. Ich reckte den Hals in der Hoffnung, dass mein Tomaterich mich von der Bühne aus bemerkte.
Ein paar Reihen vor mir entdeckte ich einige mir bekannte Hinterköpfe. Ich erkannte Krokodilzew. Obwohl er mit fei-

erlich durchgedrücktem Rücken dasaß, war nicht zu übersehen, dass er hier war, um zu neiden und zu leiden. Während ich die Hinterköpfe betrachtete, nahmen die Dichter auf der Bühne Platz.

Tomaterich leuchtete wie ein Scheinwerfer, sein Gesicht glühte in allen Rotschattierungen. Und die anderen Dichter? Auf die achtete ich gar nicht, ich schaute die ganze Zeit nur auf einen einzigen Punkt.

Der Dichterabend wurde von Mumu geleitet, einem Konkurrenten von Krokodilzew. Das war ein ältlicher »Sympath«, ein König, der mit beispiellosem Elan die Fußsohlen westlicher Berühmtheiten leckte. Er trug ein gelbes Jackett und hatte sich in ein Halstuch geschnürt. Aus seinem Anus ragte eine Pfauenfeder.

»Liebe Freunde! In unserem Lande ist Dichtung mehr als Dichtung! Man darf wohl sagen, sie ist das Zentrum unseres geistigen Lebens! Die Literatur soll das Lehrbuch des Lebens sein, sie soll der Erkenntnis Wege und Pfade öffnen. Ihre Pflicht ist es, von Sinn zu sprechen, von der Suche nach Wahrheit, von gut und böse. Nur sie kann uns den Weg in eine helle Zukunft weisen! Wie wir alle, so erfahren auch die Dichter in ihrem Leben Siege und Niederlagen. Sie sind lebendige Menschen, sündig und …«

Papperlapapp!

Zuerst lasen der Bucklige und der Unscheinbare. Allerdings bekam ich, was sie lasen, nicht mit, weil mir zu diesem Zeitpunkt vor Anspannung die Ohren zugeschlagen waren. Vermutlich waren es sogar gute Gedichte. Jedenfalls brach der Saal nach der Lesung in explosionsartigen Applaus aus.

Anschließend wurde der Verzagte angekündigt, doch der hatte sich anscheinend verspätet.

Da flatterte an Stelle des Verzagten ein junger Mann aus dem Publikum auf die Bühne, in seidenem Dreiteiler und

blitzblanken Schuhen, und verbeugte sich in alle vier Himmelsrichtungen.
»Danke, Mumu, danke, Freunde!«
Alle begannen lebhaft zu applaudieren, als sei er der angekündigte Verzagte.
Der junge Mann erklärte, er werde jetzt seine neuesten Dichtungen vortragen, und fing an, unglaublich wüstes und zotiges Zeug über Eichen und Birken herunterzuleiern.
Sekundenlang war der Saal wie erstarrt. Dann erhob sich ein ohrenbetäubendes Konzert aus Pfeifen, Trampeln und Klatschen, aber der junge Mann setzte seinen Vortrag unbeirrt fort.
»Scharlatan, Graphoman!«
Tomaterich und der Bucklige kicherten nur. Mumu schwoll an vor Zorn.
»Schafft ihn mir von der Bühne! Hier ist kein Platz für Dilettanten!«
Es war offensichtlich, dass der Junge absolut nicht vorhatte, die Bühne zu verlassen, im Gegenteil, er brüllte jetzt nur umso lauter. Zitternd vor Empörung, wollte Mumu den Eindringling von der Bühne zerren.
»Ich leiste keinen Widerstand! Ich bin Gandhi! Tu mir Gewalt an! Ich leiste keinen Widerstand!«, schrie der Usurpator, dem die Sache anscheinend großen Spaß machte.
»Angeber! Parvenü! Flasche!«
Da drückte Mumu den Burschen in einem Anfall von Raserei wie eine Mutter an seine Brust und versuchte, ihn von der Bühne zu drängen. Für einen Augenblick verwandelten sich die beiden in ein dichtverschlungenes Knäuel, stolperten über das Mikrofon und fielen den zu Tode erschrockenen Zuschauern auf die Köpfe.
Während der Pause war Tomaterich die ganze Zeit in meinem Blickfeld, und ich wäre schrecklich gern zu ihm gegangen. Aber wie man es aus bestimmten Träumen kennt, riss

mich die eiserne Hand der Menge, die zum Büfett strömte, mit sich. Krokodilzew winkte mir im allgemeinen Gedränge fröhlich zu. Olga Pistole malte vom anderen Ende des Saales her mit weit aufgerissenem Mund geheime Zeichen in die Luft.

Erst am Ende der Pause gelang es mir, in den Saal vorzudringen. Diesmal fand ich einen Platz näher an der Bühne. Jetzt konnte ich Tomaterich zuwinken, damit er mich im Parterre bemerkte. Aber es war wie verhext – jetzt flüsterte er die ganze Zeit mit dem Moderator.

Endlich trat er ans Mikrofon – heute war er im Jackett – und baute sich in Grundposition auf: Füße schulterbreit auseinander. Jeder konnte sehen: Das ist kein Mensch, sondern eine Eiche. Die Finger gespreizt, streckte er den Arm weit aus und führte die Hand in einer theatralischen Geste langsam über die Köpfe des Publikums hinweg, wie bestimmte westliche Rocksänger es machen, und in die völlige Stille hinein ertönte seine gummiartige, ein wenig näselnde, seine einfach unvergleichliche Stimme.

Tra ta ta taparapap papapa
Orol oldoropl dodlor
brobro proassel www
Und so weiter ...

Tomato las brandneue Poeme, in tieferer und in höherer Tonlage. Mal grölte er unerwartet los wie ein wütender Löwe, mal blickte er gönnerhaft, ja verächtlich auf uns Zuschauer herab. Er las Gedichte über Luftschlachten, über prähistorische Tiere und über saftige moldawische Paprika ...

Während er las, verschwand der Saal im Haus der Literaten von der Erdoberfläche. An seiner Stelle entstand ein grenzenloser, flimmernder Raum. In dieser glückseligen, koordinatenlosen Leere hingen wir einander gegenüber und tauschten telepathische Küsse.

Das begeisterte Brüllen des Publikums riss mich aus meiner Erstarrung. Der Saal heulte und wankte wie ein verwundetes Tier.
»Da capo! Weiterlesen!«, schrie es aus dem Dschungel. »Wir wollen mehr!«
Er las ein paar seiner Hits, die ich alle auswendig kannte. Ich wippte rhythmisch mit dem Fuß und bewegte selbstvergessen die Lippen. Aber nicht nur ich, der ganze Saal sprach die bekannten Verse mit und stampfte wie ein Mann mit den Absätzen.
Als die Lesung vorbei war, stürzte ein Pulk von Studenten auf die Bühne und forderte Autogramme. In dem allgemeinen Gerangel wurde ich umgestoßen. Jemand trat mir mit den Schuhen in die Rippen und dann gegen die Schläfe. Unbekannte Hände stellten mich in die Vertikale. Und wieder wurde ich umgerissen und noch einmal aufgerichtet wie ein Holzklotz. Doch ich wollte auch näher an die Bühne heran. Ich fing an, mir mit den Ellenbogen den Weg freizukämpfen. Die Menge drängte mich zurück, ich aber sah unverwandt Tomaterich an, was immer schwieriger wurde wegen des Ansturms all der Köpfe, die direkt auf ihn zurollten. Ich hoffte, dass er mich bemerkte und mir zuwinkte, schickte ihm Psi-Signale, aber sie kamen nicht durch, weil sie sich mit den Gedankensignalen der anderen verhedderten.
Schließlich gab ich es auf und beschloss abzuwarten, bis alle gegangen waren und wir beide allein blieben. Aber noch bevor die Menge sich auflöste, raste die Dichterbande durch das Restaurant davon, um sich in Sicherheit zu bringen. Jetzt belagerte die Menge die Garderobe, riss den überrumpelten Garderobieren die Tierhäute aus den Händen. Nachdem ich mir meinen Mantel erkämpft hatte, rannte ich hinaus auf die nasse Straße und fast um den ganzen Block herum zum Hintereingang.
Von den Blicken der Liebhaber der Poesie verfolgt, die noch

vor mir den Sturm auf den Hintereingang begonnen hatten, stieg die Bande ins Taxi. Ein letzter Hechtsprung, und ich stand vor meinem Bräutigam. Nur wenige Meter trennten mich von ihm. Der gelbe Schein einer Straßenlaterne drang durch den Nieselregen und fiel auf den schwarzen Bürgersteig. Die Tür des Autos stand offen. Er unterhielt sich mit jemandem.

Ich stellte mich auf die Zehenspitzen, damit er mich besser sehen konnte. In meinen Augen standen Tränen.

»Andrjuscha!«, schrie ich.

Er schaute verständnislos zu mir auf, wie im Rausch. Da erlaubte ich mir, noch einmal zu piepsen.

»Andrjuscha, ich bin's! Ich gratuliere! Ich freue mich sehr für dich! Du hast super gelesen!«

Er lächelte breit und geheimnisvoll. So lächeln Karnevalsmasken. Ich reckte mich auf Zehenspitzen, bis ich beinahe vom Boden abhob, und sah, wie ausgerechnet die beiden Püppchen in das Auto kletterten, die ich vorhin mit Mineralwasser übergossen hatte. Die eine von ihnen bemerkte mich und zeigte spöttisch mit dem Finger auf mich. Dann umklammerten sie von hinten Andrjuschas Arme und zerrten ihn lachend ins Auto. Dort knutschten sie ihn von allen Seiten ab, und plötzlich winkten mir wie aus dem Nichts aufgetauchte Tücher zu.

Das Auto schoss davon, und im nächsten Moment hatte es sich schon in der dunklen Schlucht der Straße aufgelöst, als wäre es niemals da gewesen.

Ich erschauerte. Ich flammte auf und erlosch. Jetzt hatte ich meinen Korb gekriegt. Glückselig … Verdammt noch mal! Ein Hohn! Eine Demütigung. Leck mich doch. Nicht drum kümmern. Vase zerschlagen. Nase abbeißen! In fieberhafter Erregung raste ich zu Fuß bis zum großen Majakowski und versengte wie ein Kugelblitz alles, was mir über den Weg lief.

Noch Tage und Wochen lang, im Wachen und im Traum, wollte mein Inneres nicht aufhören, mit rasender Geschwindigkeit zu rotieren!

Fliegenfalle

1984 fand in Stockholm eine weitere Abrüstungskonferenz statt. In Sarajevo wurden die Olympischen Spiele eröffnet. Der iranisch-irakische Krieg ging weiter. Der Iran beschuldigte den Irak, chemische Kampfstoffe einzusetzen. In Europa tobten friedliche Demonstrationen. In Afghanistan starben unsere Soldaten. Der islamische Dschihad wütete. Die IRA legte Bomben. Palästinensische Terroristen töteten unschuldige Menschen. Russland boykottierte die Olympiade in Los Angeles. In einer scherzhaften Ansprache erklärte Ronald Reagan Russland für vogelfrei. »Wir beginnen in fünf Minuten mit der Bombardierung«, sagte er in ein Rundfunkmikrofon, das er für ausgeschaltet hielt.

Ich hockte jetzt schon seit drei Monaten bei Marisemjonna und ihrem Mann in der Fliegenfalle. Und die Blutsauger der Sehnsucht zwickten meine Leber!

»Geht mir nicht auf die Nerven mit eurer Romantik«, sagte ich.

»Zu unserer Zeit waren die jungen Leute noch nicht so zynisch«, seufzte Marisemjonna.

»Mhmhm.«

»Sie waren aufmerksam und zuvorkommend, sie luden einander ins Kino ein und schrieben Gedichte.«

»Gedichte?«

»Gedichte, jawohl! Über die Liebe. Sehr gute Gedichte sogar, voller Herz.«

»Voller Herz?«

»Ja, natürlich. Was für Gedichte soll man denn sonst über die Liebe schreiben?«

»Herzlose«, knurrte ich.
Ständig erzählte sie, wie ihr mal der, mal jener Offizier, General, Admiral, Marschall den Hof machte. In ihrer Jugend hatte sie in einem Konstruktionsbüro an der Entwicklung von Motoren für Kriegsflugzeuge mitgearbeitet. Während des Krieges entschlüsselte sie noch vor diesem Engländer den Code der wichtigsten deutschen Chiffriermaschine »Enigma«. Dafür bekam sie eine Wohnung vom Staat geschenkt. Was sie später machte, weiß ich nicht genau, aber ihre Arbeit hatte mit Zahlen zu tun. Und mit Zahlen hatte ich bekanntlich schreckliche Malaisen.
Marisemjonnas Liebesgeschichten liefen allesamt immer auf ein und dasselbe hinaus: »Was war ich nur für eine dumme Gans, mir so einen Mann entgehen zu lassen«, oder »Ich war ja so etepetete und wollte immer die Taube vom Dach haben«. Ihr Leben war ziemlich einfach, alles lief nach festen Regeln. Letzten Endes war sie halt die große Schwester meines Papandrelo, der ja auch jede Menge Holzschubladen im Kopf hatte, und in jeder herrschte Ordnung.
Zum hundertsten Mal erzählte sie dieselbe Geschichte.
»Ich gehe gerade in meinem weißen Crêpe-de-Chine-Kleid die Uferstraße entlang.«
(Im sonnigen Paläolithikum, ergänze ich für mich.)
»Da kommt mir ein hochgewachsener Offizier in weißer Uniformjacke entgegen. Ein Biiiiild von einem Mann.«
»Mit weißer Pistole im weißen Pistolenhalfter?«
»Genau. Ich sah ihn und …«
(An dieser Stelle macht sie jedes Mal eine Pause, steht auf und drückt sich die Hände an die Wangen.)
»… war wie vom BLITZ getroffen! Mit brrreiiiten Schultern, ein wahrer Riiiiese! Nicht zu vergleichen mit deiner Tomate. Ich ließ mein Tuch fallen …«
»Ein weißes?«

»Was denn sonst? Und der Offizier reicht mir das Tuch und salutiert!«
»Und seine Augen sprühen Funken?«
»Und ob sie sprühten!« Marisemjonna war beleidigt.
Es folgte die herzzerreißende Geschichte über den Ellenbogen und das Knie:
Der Generalissimus hielt ihr seinen ELLENBOGEN hin, so dass ihr gar nichts anderes übrig blieb, als ihn unterzuhaken. Sie gingen die Uferpromenade entlang bis ans Ende, und dann beugte er DAS KNIE vor ihr.
»Marussja, verehrte Marisemjonna, Sie sind ein so wunderbarer, guter und (vermutlich) warmherziger Mensch, ein treuer Gefährte, ein guter Ingenieur und eine wahre Schönheit, werden Sie meine Kampfgefährtin!«
Einen Monat später gingen sie zum Standesamt, und sie wurde seine Kampfgefährtin. Und als Stalin starb, schenkte er ihr ein Paar Malachit-Ohrringe, damit sie nicht weinte.
Der Offizier in der weißen Uniformjacke war natürlich ihr Mann, der senile San Sanytsch.
Wenn meine Tante gerade mal nicht von der weißen Uniformjacke erzählte, war sie bei gesundem Verstand und kochte eine ziemlich passable Gemüsesuppe. Aber auch in der Suppe schwamm eine fade Hoffnungslosigkeit, wie in ihren Erzählungen von der Vergangenheit.
Und auf dem Grund der Suppe lag der Strick zum Aufhängen.

Biesterfeld

Anfang Dezember füllte sich die Stadt mit wandernden Vulkanen: Aus jedem Mund kam beim Atmen ein bescheidenes Herz aus Rauch, als arbeite im Inneren der Menschen ein Ofen. Abends knarrte der Schnee wohlig unter den Sohlen, und das Geräusch der sterbenden Kristalle verwandelte die Stadt in einen kauenden, graublauen Raum.

In diesen eisigen Tagen verließ ich die Fliegenfalle und zockelte mit meiner zentnerschweren Schreibmaschine ans andere Ende der Stadt zu einem mir gänzlich unbekannten Herrn, den ich bei einem Vortrag über Chlebnikow kennengelernt hatte. Ich trug mich mit der Hoffnung, dass seine Nähe zur Poesie auch mich ihr näherbringen würde. Der Herr mit dem grellgrünen Gesicht besaß einen Namen, wie er medizinischer nicht sein könnte: Archimandrit Aristarchowitsch. Wie es sich für einen Intellektuellen gehört, hatte er tiefe Säcke unter den Augen und einen schmuddeligen Tschechow-Bart. Sein Alter oszillierte zwischen dreißig und siebzig. Als ich an einer nichtexistenten Metrostation mitten in der Steppe ausstieg, hatte ich keinerlei Hintergedanken, ich zählte einfach nur auf seinen ehrlichen Wunsch, meinem verwirrten Wesen zu helfen.

Über dem Ausgang hing drohend ein Schild: BIESTERFELD. Hinter den Gleisen ragten die gespensterhaften Schemen von Betonsiedlungen auf. Hier auf dem Jupiter erwartete mich eine helle Zukunft!

Trotz der bedrohlichen Vorzeichen prickelte es in meiner Brust vor Glück: Morgen schon werde ich in trauter Einsamkeit mit meiner Schreibmaschine in dem versprochenen Zimmer sein, und vielleicht entwerfe ich ein paar Verse, die mein großer Tomaterich später einmal gut finden wird.

Immer wenn ich mich hinsetzte, um zu schreiben, spürte ich das, was vielleicht ein Jagdhund spürt, wenn er in den Wald kommt: eine unglaubliche Freiheit. Hinter jedem Baumstamm versteckt sich das Wild: Metapher-Enten, Phantasie-Fasane! Ich habe die Fährte aufgenommen! Ich weiß, wo ich suchen muss! Natürlich sind sie unerreichbar. Aber erwischen will ich sie trotzdem!

»Nun, Madame von Baron, ein Süppchen gefällig?« Der Hausherr mit dem Tschechow-Bärtchen bewirtete mich freundlich mit Bouillon aus beschwipstem Huhn.

Das »kleine Schnäpschen« lehnte ich kategorisch ab.

Das Zimmer, das er mir zur Verfügung stellte, war eine Art Gefängnisboudoir Chruschtschowsker Abfüllung: Tapeten, Teppich, ein altersschwaches Sofa und ein Regal voller Klassiker, die damals in unvorstellbaren Auflagen gedruckt wurden. Vor dem Fenster das trübe Bild einer menschenleeren Landschaft, eine trostlose Sphäre aus Feld und Himmel, getrennt vom schwarzen Zähnefletschen des Waldes. Wie lange ich es hier aushalten würde, wusste ich nicht. Dieses Zimmer unterschied sich in nichts von tausend anderen. Trotzdem war etwas Besonderes an ihm: Es war aus dem gewöhnlichen Leben herausgerissen und in einen anderen Raum versetzt. Und hier, in diesem anderen Raum, galten überirdische Gesetze, Gesetze, die jeder Substanz ihre elementaren Eigenschaften entzogen.

Mitten in der Nacht maunzte die Tür. Ich setzte mich im Bett auf und rieb mir die Augen. Nur langsam dämmerte mir, wo ich mich befand. Natürlich im Sternbild des Krokodils! Im violetten Licht des Ameisenmondes erhob sich vor mir eine schmächtige Figur, in der ich meinen mildtätigen Gastgeber erkannte.

Es schien unwahrscheinlich, dass er mir zu dieser späten Stunde seine Lieblingsgedichte vorlesen wollte. In langen satanischen Unterhosen schwebte er durch die Luft wie Murnaus Nosferatu und streckte seine Knochenfinger nach mir aus.

Plötzlich begriff ich: Das ist ja der Tod! Ich hab ihn doch gleich erkannt! Aber ich hatte nicht die Absicht zu sterben. Im Gegenteil, ich wollte liebend gern leben!

»Archimandrit Aristarchowitsch, brauchen Sie Hilfe?«

Das Wesen verharrte in schauerlichem Schweigen. Sich nähernd entfernte es sich, sich entfernend kam es näher! Allem Anschein nach war eher ich es, die Hilfe brauchte.

»Archimandrit Aristarchowitsch, geht es Ihnen nicht gut?«

Da zitterten schon die bläulichen Fingerspitzen direkt unter meiner Nase!

Die Situation war geradezu absurd komisch und vollkommen unwahrscheinlich, aber meine Knie zitterten ganz real. Zumindest schlotterte ich ernsthaft. Wahrscheinlich glaubte Archimandrit Aristarchowitsch, ich sei ein mythisches Wesen, das ihn von der Leere in seinen satanischen Unterhosen erlösen könne! In meinem Inneren lachte eine Muräne.

Ohne lange zu überlegen, sprang ich aus dem Bett, stürzte zu meiner zentnerschweren Schreibmaschine, stemmte sie mit meiner ganzen schwachen Kraft in die Höhe und schleuderte sie nach dem Tod. Der Tod kläffte kurz auf, fiel mit seinen Spinnengliedern zu Boden und war auf der Stelle verkohlt.

Dann sprang er wieder auf, tauschte das charmante Vokabular eines königlichen Kammerherrn mit dem trivialsten Männerjargon und wechselte hektisch die Farbe.

Und da verstand ich, dass DER TOD UNSTERBLICH IST!

Eine Minute später schubste mich Archimandrit Aristarchowitsch unter schrecklichem Gezeter ob meiner schnöden Undankbarkeit in den Hausflur und schleuderte mir Mantel und Mütze hinterher.
»Verflucht sei der Tag und die Stunde, da du mir im Haus des Lehrers begegnet bist! Verflucht sei dieses beschissene Haus des Lehrers! Und diese Drecksäcke von Lehrern sollen in der Hölle schmoren! Auf kleiner Flamme!«
Während die Lehrer in der Hölle schmorten, zog ich mich rasch an und verließ das Haus. Kaum aber stand ich im Hof, zischte (verdammter Schmierfink!) meine göttliche Olympia haarscharf an meinem Kopf vorbei und zerschellte in tausend Buchstaben.
Das war Gutenbergs Ende! Leb wohl, du gute alte Gedicht- und Stückeschreibmaschine, die ich immer bei mir trug. Die Zuschauer, die im Amphitheater um das weiße Blatt herum saßen, hatten sich auf den schwarzen Tasten zusammengerollt. Sie schliefen ein. Die Zuschauer waren Hieroglyphen. Wenn man mit den Fingern auf die eingeschlafenen Zuschauer schlug, gaben sie den Gedanken an den eisernen Tausendfüßler weiter. Er lief über das weiße Feld des Blattes und hinterließ zahlreiche Spuren im Schnee. Er lief das schmutzige Band entlang. Das war immer sofort zur Stelle, um den Gedanken die Fingerabdrücke abzunehmen. Das schmutzige Band ist voller Tinte. Manchmal haben die Hufe die ganze Tinte aus ihm herausgeschlagen. Dann musste man in ein Schreibwarengeschäft laufen und ein neues Farbband holen. Im Schreibwarengeschäft werden echte Kostbarkeiten verkauft, wertvoller als Brillanten. Dort riecht es nach Bleistiftspänen. Dort raschelt Papier.
Alsdann, du meine Schreibmaschinen-Werkbank, gestrenge Maschine, ruhe in Frieden!
Ein paar gerettete Buchstaben in der Faust, stürzte ich zur

Metro. Bis Sonnenaufgang war es noch weit. Die Metro fuhr noch nicht. Um mich herum herrschte filzige Stille. Ich ließ mich neben den Gleisen auf einen Holzkasten sinken. Wie lange ich auf diesem Kasten saß, weiß ich nicht. Alles ringsum kam mir vor wie eine Bühne mit unbekanntem Bühnenbild. Der Kontrast zwischen der tödlichen Reglosigkeit der gefrorenen Erde und dem Himmel, der sich von Minute zu Minute stärker mit Licht füllte, faszinierte mich, erfüllte auch mich mit Licht. Mit der Wahrnehmung des Lichts kam die Erleichterung. Mit sterilen Scheren schnitt der Sonnenaufgang den nächtlichen Albtraum weg, als hätte er nie existiert.

Ob Onkel Nosferatu überlebt hat, weiß ich nicht. Übrigens interessierte mich das auch nicht weiter, schließlich sterben in Moskau jeden Tag Menschen. Ich selber bereitete mich ja auch auf meinen baldigen Tod vor, denn ein echter Dichter muss jung sterben! Und mein Werk »Die sieben Stufen des Todes« näherte sich seiner Vollendung.

Taborlicht und rote Ziegel

Das ganze Jahr über standen Erde und Mars in Opposition. Jelena Bonner, Ehefrau des Physikers Andrej Sacharow, wurde in die Verbannung geschickt. In Deutschland kamen das Internet und die ersten Computerspiele an. In den Kinos lief der *Terminator*. Die Transsibirische Eisenbahn wurde offiziell in Betrieb genommen. Sikh-Separatisten ermordeten die indische Premierministerin Indira Ghandi. Die erste Frau führte einen Weltraumausstieg durch. In Sri Lanka wüteten die Tamil-Tigers. In China zweifelte man an der marxistischen Theorie. Die britische Premierministerin Margaret Thatcher äußerte Sympathie für Michail Gorbatschow, der sich als Mitglied des Politbüros der KPdSU zu einem Besuch in London aufhielt. Ein sowjetischer Marschflugkörper stürzte in einen finnischen See. In Äthiopien starben fast eine Million Menschen an Hunger. Die Droge Crack verbreitete sich massenhaft. Der erste sowjetische »Videorekorder« kam heraus.

Marisemjonna setzte die Suche nach einer Unterkunft für mich fort.

Als die Witwe eines großen Militärs, die ein Zimmer in einem Haus für ranghohe Staatsbeamte vermietete und danach lechzte, mein junges Blut zu trinken, auf mich zu schritt, erzitterten die gläsernen Häschen in ihrer Vitrine. Das Gesicht der Witwe zerfloss in einem vielgeschossigen Kinn. Auf dem Tisch lag ein Stapel speckiger Spielkarten. Und nachdem sie mich mit ihren kurzsichtigen Röntgenstrahlen vermessen hatte, war mein Herz erloschen.

Weil ich schier daran verzweifelte, eine Zuflucht im Zentrum der Hölle zu finden, verschanzte ich mich wieder in der Fliegenfalle.

»Marisemjonna, haben Sie vielleicht zufällig zwei Zwiebeln für mich?«

Jeden Morgen füllte sich der gigantische Trichter der Höfe mit dem Klappern der Kochtöpfe. Mitten im Betonfilz der vierstöckigen Häuser wurde mir die Totenmesse geläutet. Ich war ein kleiner, dummer Blutsauger, ein Mensch ohne Geschlecht, die Madonna von Pesaro.

Als mir zu Ohren kam, dass mein Tomaterich eine Stelle bei einem Verlag drüben in der Altstadt, auf der anderen Flussseite, bekommen hatte, ging ich dort öfter vorbei. Vielmehr, meine Beine trugen mich über die Brücke dorthin, ins Viertel Samoskworetschie, obwohl ich mich mit aller Kraft dagegen sträubte. In schofligen bürokratischen Gassen reckten sich unzählige Spielzeugkirchen in die Höhe, vollgestopft mit städtischen Heiligen. Mein Herumirren war ein einziges monotones und trauriges Gebet den Fluss entlang. Vielleicht war das überhaupt meine Neigung zum Vagabundieren. Die Schritte, die ich, Kilometer um Kilometer, durch diese Stadt ging, hypnotisierten mich.

Aber eines schönen Tages hielt ich es nicht mehr aus und schickte ihm einen ganzen Stapel von neuen Gedichten. Wir trafen uns, und er jammerte eine geschlagene Stunde lang über seine Freunde und den Verlag. Zum ersten Mal sah ich ihn so kraftlos, so zahm und bürgerlich. Wir saßen in einer Kantine und tranken Kakao, der nach Zwiebeln schmeckte. Als er seine Mütze abnahm, sah ich, dass seine Haare ganz verklebt waren, und spürte den plötzlichen Wunsch, ihn in den Arm zu nehmen. Natürlich traute ich mich nicht. Die ganze Zeit über hatte ich einen Kloß im Hals, der mich beim Sprechen störte. Unter dem Tisch schmatzte der Schmutz, den wir von der nassen Straße hereingetragen hatten. Durch das staubige, verschmierte

Fenster stach die blinde Sonne. Er erzählte mir von der *Göttlichen Komödie*, und das war cool, weil alle Sünder aus Dantes Hölle sich in Moskau unter anderem Namen versteckten. So hat er mir das jedenfalls erklärt. Natürlich glaubte ich ihm jedes Wort. Dann kam er auf meine Gedichte.

»Man muss sehr viel an sich arbeiten. Lesen, analysieren.«

Er schaute mir lange und aufmerksam in die Augen.

Das war ein neues Blatt unserer Beziehung, wenigstens kam es mir so vor. Wenn Tomaterich eines unserer seltenen Treffen anberaumte, war ich schon Tage vor dem Termin aufgeregt. Die Aufregung wuchs in dem Maße, wie die Zeit des Wartens sich verringerte. Wie eine Schülerin, die sich nicht auf ihr Examen vorbereitet hat, fürchtete ich, ihm zufällig vor der vereinbarten Zeit zu begegnen. Wenn wir uns an der Metro verabredet hatten, war diese Station für mich eine Art entzündete Stelle, an der das gesamte Blut der Stadt zusammenfloss. Ich sah uns von weit oben, wie aus der Vogelperspektive. Er brachte fast immer Freunde zu den Verabredungen mit und sprach mit ihnen über Literatur, und ich saß schweigend daneben und hörte zu. Wenn er ging, fiel ich in eine völlig andere Realität, wie Watte füllte sie die sinnlosen Zeiträume zwischen unseren Treffen aus.

Auf der anderen Seite des Flusses, wo damals noch Fabrikschlote aufragten, gab es eine Menge verlassener Holzhäuser. In einem davon sah ich dampfende Exkremente – ein gewöhnliches Wunder aus einem Physiklehrbuch für Anfänger. Dort war alles genau wie auf den Gemälden von Alexander Deineka – industrieller Futurismus, Taborlicht und rote Ziegel, die Luft bestand nur aus Konstruktionszeichnungen, aus Linealen. Dort stieß das alte Lakaien-Moskau mit der neuen Stadt der dreißiger Jahre zusammen. Und dort sprach ich eines Tages mit einem Obdachlosen.

»Alles in diesem Leben haben wir uns nur geliehen«, sagte der Obdachlose.
»Und was konkret haben wir uns geliehen?«
»Na ja, unser Gesicht, unseren Körper. Den jungen Körper müssen wir zurückgeben.«
»Wem zurückgeben?«
»Ins Pfandhaus.«

Kinderwelt

Bald darauf hatte ich das Glück, in einem warmen Keller in der Nähe der Metrostation Komsomolskaja unterzukommen. Der römische Beton war überwältigend. Unter der Erde wurden damals Waffen produziert. Wir, Vagabunden, Dichter, Studenten und hoffnungslos Verliebte, waren die zarten Nachtfalter der Stadt. Ich liebte die obere, luftige Wolkenschicht, die man aus den Fenstern der Hochhäuser zu sehen bekam. Der Lärm aus den Fenstern der Ziegel- und Betonküchen bildete einen riesigen Geräuschkessel, wie in den Bergen. Und irgendwo da unten liefen die Wege auseinander. In dem Riesenraum heulte der Wind. Dort gab es Platz genug für ihn, sich auszutoben.

An den Wochenenden besuchte ich Thorwaldsen, und wir sprachen über Malerei. Einmal zeigte er mir ein Buch mit Bildern der abstrakten Expressionisten, und mein Herz fing an zu hämmern. Auf Drängen von Olga Pistole besuchten wir die Versammlungen bei Krokodilzew. Und vor allem ging mein Studium in der Schikanieranstalt weiter.

In diesen Tagen herrschte in Moskau eine beißende Kälte. Man konnte sich nur im Sprint vorwärtsbewegen, und nach dem Unterricht tauchte ich in den somnambulen Albtraum der »Kinderwelt« ein. Das war ein ehemals ehrenwerter Koloss, den man in der Epoche des Vulgarismus verunstaltet hatte. Man konnte dort Galoschen und Taschenlampenbatterien kaufen, aber es gab auch ganze Etagen voller rosa Mäntel aus sogenanntem Fischpelz. Ich schlenderte durch dieses weihevolle Labyrinth, bis ich in einen Saal kam, in dem die Schuluniformen einquartiert waren. Dort blieb ich wie angewurzelt stehen. Bataillone von Kleidern und geschlossene Reihen von Uniformjacken marschierten auf mich zu. Sie waren aus jenem derben Militärerziehungsstoff gemacht, der juckte bis auf die Knochen. »Der Feind schläft nicht!«, sangen die weißen Kragen. »Sei wachsam!«, flüsterten die Plisseeröcke. Es hätte bestimmt eine Katastrophe gegeben, wenn nicht Maestro Krokodilzew zwischen den Kleiderständern aufgetaucht wäre.

»Die Säbel blank!«, kommandierte er, und sofort sprangen die Uniformen auf ihre Schlachtrösser.

Es war seltsam, ihn hier anzutreffen. Er war ja schließlich schon seit einem halben Jahrhundert aus dem jugendlichen Alter heraus. Und Kinder hatte er keine.

Krokodilzew lächelte so selbstzufrieden, dass scharfe Strahlen aus seinen Augen schossen.

»Herzlich willkommen im Tempel der Liebe und des Hasses!«

»Wie soll ich das verstehen?«

»Ich arbeite gerade an einem Poem, das der Kindheit in unserem Vaterland gewidmet ist, und führe hier eine Feldforschung durch, ein bißchen schnuppern.«

»Wie meinen Sie das?«

»Als wir Kinder waren, haben wir uns mit Anilin berauscht. Wissen Sie, was Anilin ist?«

»Anilin ist eine Textilfarbe. Maman hat ihre verwaschenen Kleider darin gekocht.«

Krokodilzew verdrehte die Augen.

»Anilin ist ein Industriegift, das die Atemwege angreift. Die Folgen sind Zyanose, unsicherer Gang, Erbrechen, Durchfall. Aber das Schlimmste ist die Wirkung aufs Gehirn! Haben Sie mal darüber nachgedacht, warum unsere ganze Bevölkerung an manisch-depressiver Psychose leidet? Verstehen Sie, was das bedeutet? Hypnose! Wir werden manipuliert! Es ist eine Verschwörung gegen Russland!«

Ich spürte, wie mir die Übelkeit in die Kehle stieg. Ich streckte die Hände aus und sah, dass sie blau angelaufen waren. Ich erbrach mich direkt auf den Kleiderständer, auf dem die kleinsten Größen für die Grundschüler hingen.
Krokodilzews Gesichtsausdruck war der schiere Triumph.
»Und was machen Sie hier? Gehen Sie spazieren?«, fragte er giftig, nachdem ich mir an einer Knabenuniform den Mund abgewischt hatte. »Ich bin hier Schriftstellern begegnet, die eine Nummer größer sind als wir. Hinter diesen Kleiderständern liegen so viele von unseren gefallenen Brüdern. Dieser Ort hat etwas zutiefst Metaphysisches. Bedenken Sie nur, eine Schuluniform! Im Jahre 1918 hat man sie abgeschafft, und 1948 wurde sie wieder eingeführt. Wie viel Erotik, wie viel Ideologie! Woran arbeiten Sie gerade?«
Ich schreibe an einem Roman mit dem Titel »Blutsauger des Verstandes«, wand ich mich heraus, während ich versuchte, mich auf den Beinen zu halten.
»Blutsauger des Verstandes? Sehr gut! Das wird ein Knüller!«
Zu dieser Zeit beanspruchte er schon die Rolle des Mahners und Propheten. Sie lag ihm. Außerdem hatte er einen »gemüsigen« Abglanz mitbekommen. Während sich in mir ein Gefühl von tiefem Unbehagen breitmachte. Die Begeisterung für ihn war vorbei. Jetzt wäre ich schon nicht mehr imstande gewesen, zur Feier von Krokodilzews Namenstag das Zuckerpüppchen und Tortenherzchen für ihn zu spielen.
Eine Woche später bin ich aus meinem Keller rausgeflogen.

Rimbauds Augen

Kurz nach dem Internationalen Tag der Erdarbeiter fand ich eine spottbillige Wohnung in Gottesrotzewo. Hinter dem Herd stieß ich auf eine massive Wand aus Müll. Die Gefriertruhe war undicht, der Wasserhahn tropfte, der Fußboden wimmelte von Kakerlaken, und im Zimmer stand poliertes Brennholz. Aber ich fühlte mich wie in einem Fünf-Sterne-Hotel!

Schon im März fiel hier die Sonne, kurz bevor sie unterging, auf ein winziges Plätzchen, wo Tschebureki aus Rattenfleisch verkauft wurden. Die abendlichen Wolken schoben sich auseinander, das Licht lag in Flecken, die wie lautlose Gespenster durch das Seidenpapier der Birkenstämme sickerten. Wenn die Finsternis sich herabsenkte, blieben Kugeln aus kaltem Licht zwischen den vierstöckigen Backsteinhäusern hängen, die tödliche Langeweile ausdünsteten. Irgendwo am anderen Ende der Stadt schwebte der Gemüsegeist umher.

Damals dachte ich, der Mensch brauche keinen Besitz. Ich wusste nicht, was Geld ist. Wir lebten in Betonruinen. Der Schmutz in den Innenräumen vereinigte sich mit dem Schmutz auf den Straßen. Die Vermieterin, ein grober Rechen von der Roten Fabrik, die zu den unmöglichsten Tageszeiten zu erscheinen pflegte, bemerkte ihn nicht einmal. Auch alle anderen sahen ihn nicht, denn sie lebten nur »vom Geist«. Und vor allem: »In jedem sowjetischen Haus schippern in den Ecken flauschige Staubschiffchen herum«, wie Scherwinskaja formulieren würde. Der Staub lag dick auf allen Dingen, auf den Büchern, auf den Häusern, auf dem

Essen, auf den Vögeln und auf den Wolken. Im Winter bekam der Schmutz eine neue Qualität, er schwoll an und blühte auf und verwandelte sich in einen bodenlosen Sumpf. Wir aber dachten nur an eine Zeit, in der der menschliche Blick sich nicht in die Zukunft und nicht in die Vergangenheit richtet, sondern auf die Gegenwart. Und wir harrten aus im Schmutz und warteten auf ein neues Leben, warteten auf die Realität.

Gerade als die Jugend vollkommen unerträglich wurde und die Welt mit einem Friedhofsfrühling über mich hereinzubrechen drohte, stand eines Tages ein kraushaariger Götterknabe von siebzehn Jahren in meiner Kakerlakenwohnung. Er komme auf »Visite«, als Literat zu einem Literaten, erklärte er. Das sagte er wörtlich: »auf Visite«.

»Guten Tag, Elephantina, ich komme mit einem Empfehlungsschreiben.«

»Empfehlungsschreiben? Von wem?«

»Ach, weiß der Geier. Wahrscheinlich von mir selbst!«

Das Geschöpf, das höchstens ein Jahr jünger war als ich, hieß Lawrik. Rimbauds Smaragdaugen blickten mich an. Er trug einen kleinen Koffer aus Vulkanfiber, der noch aus Zeiten der zaristischen Medizin stammte. Eine Kaskade von bekritzeltem Papier ergoss sich aus diesem Köfferchen, und wir machten uns hastig daran, alles wieder einzusammeln.

Damals war jeder in alles und jeden verliebt, sogar in die pure Luft. Dazu kommt, dass solche in jeder Hinsicht wunderschönen Wesen wie wir unsere Erhabenheit über die Welt einfach nicht ignorieren konnten. Aber meine Freunde waren noch erhabener als andere, und ganz besonders Lawrik! Ich dagegen hatte so einen speziellen Gesichtsausdruck, wie Jane Birkin in »Ich dich auch nicht«. Außerdem hatte ich Angst vor Wasser und verachtete die materielle Welt und überhaupt alles Körperliche und war vollkommen ge-

schlechtslos, genau wie Jane Birkin. Was für ein Geschlecht haben eigentlich Engel? Wenn unbeseelte Gegenstände ein Geschlecht haben, dann wäre das auch meines.
Mein Gast drückte sich manieriert und altmodisch aus. Er war Retroholiker.
»Tja dann, küss die Hand.«
»Möchten Sie vielleicht Tee? In punkto Zigaretten herrscht bei mir gerade Krise.«
»Sie müssen sich nicht entschuldigen, das ganze Land ist in der Krise.«
Wir rauchten schwarzen Ceylontee und husteten, bis uns die Tränen kamen. Es war scheußlich. Wir konnten überhaupt noch nicht rauchen. Den gleichen Tee tranken wir auch, weil es keinen anderen gab. Auf der Oberfläche schwammen gelbe Holzstückchen.
Allem Anschein nach befand sich mein Gast während unseres Gespräches in einer Parallelwelt, in der die tote Achmatowa vor ihm saß. Überhaupt war ziemlich schnell klar, dass, während wir beide hier saßen und miteinander redeten, um uns herum lauter Tote versammelt waren.
Es war ein denkwürdiger, um nicht zu sagen: ein Vorkriegsabend. Wir redeten über Poesie, klapperten alle Jamben und Trochäen ab, einigten uns auf die Liebe zur französischen Literatur und entdeckten allerlei Unsinn bei Pasternak. Aber vor allem brannte ich die ganze Zeit darauf, ihm ein paar Gedichte des Großen Tomaterich vorzulesen. Ich war sicher, schon bei den ersten Versen würde er das Tomatenwerk hochschätzen, und unsere abrupte Freundschaft wäre auf ewig besiegelt.
Ich nutzte ein winziges Schlupfloch zwischen den Franzosen und Pasternak und zitierte rasch ein paar Verse der Patisson-Tomate. Der Irrwisch erlosch. Ein peinliches Schweigen breitete sich aus.
Draußen im blauen Dunste heulten die Hunde, klapperten

die Knochen der Bevölkerung – ein Klumpen aus Angst, der sein Leben im Kampf mit den widrigen Umständen verbrachte. Diesen Klumpen verschluckte Tag für Tag die Metro, die nie an Verstopfung litt, um ihn in weit entfernten Schlafbezirken wieder auszuscheißen.

Der junge Mann, der vor mir saß, erinnerte mich in diesem Augenblick an eine Mumie. Endlich warf er mit dem Ausdruck höchster Arroganz den Kopf in den Nacken.

»Dieses Zeug da, ich sage es Ihnen ganz ehrlich, ist purer Dreck!«

Mit einem Aufschrei, er habe nicht die leiseste Ahnung von Poesie, verkrallte ich mich in seinen Haaren.

Geschätzte drei Minuten lang kugelten wir über den Fußboden, keuchend vor Wut, zerschlugen eine Vase der Vermieterin, zerfetzten den Teppich und warfen das Regal mit den Telefonbüchern um.

Dank seinem Köfferchen, seiner virtuosen Geschwätzigkeit und seiner meisterhaften Lügen blieb Lawrik bei mir und wohnte fortan auf meinem Küchensofa mit dem geschlechtslosen Recht eines Kanarienvogels.

Wunderbare Wesen

Moskau wurde von einer wundersamen Epidemie befallen. Sogar die Bäume weigerten sich, ihre Blätter abzuwerfen, und blieben auch im Winter grün. Die alten Leute trieben Knospen. Unter der Erde schnurrte das Marihuana und wollte hervorsprießen. Die Hormone erblühten, von Neugier und Begierde angeregt. Und die Grabskulpturen auf dem Neujungfrauen-Friedhof, dem Wagankower und anderen Friedhöfen besuchten Rock-Konzerte!
Während das Land zerfiel, wurden wir erwachsen. Ich war jetzt eine vollreife Birne, lebte selbständig, rauchte wie ein Schlot, und in den Nächten schlief ich nicht.
Mit dem Gemüsevertreter der ältesten Generation hatte ich mich in letzter Zeit kaum getroffen. Einmal aßen wir zusammen mit dem Verzagten und dem Buckligen ein Gummihuhn auf Kusnezki Most. An diesem Tag brachte er mir einen fast unleserlichen Durchschlag von Nabokovs *Die Gabe*. Als ich ihn ein zweites Mal traf, um ihm den Roman zurückzugeben, kam er in Begleitung einer ältlichen intellektuellen Zicke. Die zauberhafte Begegnung dauerte, orchestriert vom Donner meines Herzens und dem Knirschen der Ewigkeit, ganze fünfzehn Minuten!
Dank dem Getriller in unserem Kakerlakenmietshaus kam ans Licht, dass im Stockwerk über mir der vielversprechende Komponist Dürer wohnte. Seine aufrichtige Liebe galt der Konkreten Musik: Rattern, Dröhnen, Rascheln, Styropor auf Glas, Wassergeplätscher, Husten, Walgesänge, weißes Rauschen, Frequenzen und Amplituden. Olga Pistole nannte ihn boshaft einen Schwanzbläser.

Die ersten Besucher kamen in meine neue Behausung – die Elite der hauptstädtischen Horrorgestalten: Dampfnudel und andere Familienangehörige von Tyrannen, Träger von Ehrendolchen, die Pipischwestern von Eva Braun, Katzenkinder vierten Grades der römischen Cäsaren und ich, die Bücklingskönigin. An solchen Abenden war Lawrik der unangefochtene Herrscher.
»Ich werde mich vom Fleisch der Engel ernähren!«, sagte er mit der Tierstimme eines unschuldigen Menschen und blickte den betrunkenen Mädchen tief in die Augen. »Engel werden in den Kolchosen der elysischen Felder gezüchtet, man stellt Buletten aus ihnen her. Im Übrigen hat alle Dichtung ihren Ursprung in der Liturgie. Wir haben nicht die geringste Vorstellung davon, was das bedeutet. Wir Menschen, denen jegliche Religiosität abgeht, machen ganz andere Dinge zu unserer Religion. Aber glauben darf man an Beliebiges, der Glaube ist sogar notwendig. Wir glauben an die Kultur! Das ist unsere Religion! Doch wozu? Die Kultur ist nur der Schlüssel zu einem Leben im Zoo. Sonst nichts! Kultur kann sehr grausam sein. Ja, sie ist sehr grausam. Ihre höchste Erscheinungsform ist das Dritte Reich!«
Die Mädchen kicherten dumm. Die Jungen hörten ihm nicht zu und behandelten ihn überhaupt von oben herab. Damals konnte sich keiner von uns vorstellen, dass Lawrik viele Jahre später, als unsere Epoche längst zu Ende gegangen war, nach Rom reisen und dort zum Katholizismus konvertieren würde; natürlich aus rein ästhetischen Gründen. Niemand hätte damals gedacht, dass er einmal an der Gregorianischen Universität studieren würde. Später wurde er Jesuit, Archivar im Vatikan, Spezialist für Eugenio Pacelli, die rechte Hand des Papstes!
In diesen schrecklichen, paradiesischen, stinkenden, kakophonischen, symphonischen und groteskpolitischen Zeiten waren wir alle, die Mädchen, die Philosophen, die Säufer

und sogar Dürer von blendender Schönheit. Wir waren heller als die Sterne, und unsere Gesichter erstrahlten in der Euphorie des Unwissens und der unbeschränkten Freiheit. Wir waren wie Süßspeisen: wie Blanc-manger mit Früchten, wie Ströme von Sirup, wie Massen von Melassen und kandierte Orakel. Und wenn du ein Mädchen bist, das aussieht wie ein Karamellbonbon, dann versammeln sich die Süßmäuler um dich und wollen an deiner Vitalität lutschen. So ist das Gesetz der Natur.

Aber die Hauptdarstellerin kam später: Nina. Sie war sechzehn. Ein zarter Körper mit dem göttlichen Gesicht eines kleinen Teufelchens.
»Die Seele ist das primäre Geschlechtsorgan!«
Ihre Stimme klang aufgedreht und kratzig, ihre Lippen waren feucht. Aber vor allem war sie ein rebellischer Geist, der danach lechzte, jede Moral unverzüglich zu zerstören.
Gleich am ersten Tag, bewaffnet mit einer Flasche Schaumwein, las sie mir ihre »Futuristische Liturgie« vor. Der Schaumwein sprang aus dem Glas, Nina aus dem Sessel. Zum Abschluss verstieg sie sich in Erörterungen über Scham und Gefühlskälte und fragte mich, ob ich schon mal jemanden richtig geküsst hätte.
»Ich kann mich nicht erinnern«, sagte ich nachdenklich.
Auf dem Dach des Nachbarhauses spazierten Tauben herum. Eine Taube lief mit kleinen koketten Schrittchen vor einem fetten aufgeplusterten Täuberich davon, der sein jämmerliches Gefieder sträubte und so tat, als sei er ein Phönix.
»Ich kann mich nicht daran erinnern, ob ich schon mal jemanden richtig geküsst habe«, sagte ich gedehnt. »Aber ich liebe einen Mann, der …«
»Etwa Lawrik?«

»Nein, einen Mann, der …«
In diesem Moment konnte ich es kaum erwarten, ihr alles zu erzählen! Ganz bestimmt würde sie es zu würdigen wissen. Ich musste ihr unbedingt von Kiew erzählen, von den Briefen, von den Gedichten, die mich tief ins Herz getroffen hatten. Und außerdem musste ich sie in die kulinarische Avantgarde einweihen, in den Gemüsefuturismus, ihr vom Mechanismus des Schreibens erzählen und von all dem anderen!
Nina hörte mir gar nicht zu. Sie glotzte die ganze Zeit zu der schlanken, schönen und sehr graziösen Taube hinüber, die aussah wie ein lebendes Ausrufezeichen oder wie … mir fielen die richtigen Worte nicht ein. Aber sie unterbrach meine Übungen mit der schroffen Bemerkung, Küssen sei, als ob man Schnecken äße!
»Und zwar rohe. Rohe Nacktschnecken!«, fügte sie triumphierend hinzu.
Ich war gekränkt, weil sie mir nicht zuhören wollte. Wie berauscht schauten wir zu, wie sich ein zweiter Täuberich zu den beiden Tauben gesellte und hinter ihnen her tippelte und versuchte, das Rendezvous der beiden zu stören. Da musste ich wieder an meinen Tomaterich denken und daran, wie schön es wäre, wenn …
»Wir sind alle Verdammte!«
Ich begriff nicht gleich, was Nina gesagt hatte, und fing plötzlich an zu lachen. Wahrscheinlich hatte ich doch verstanden, aber es dauerte einen Moment, bis es bei mir angekommen war. Entweder lachte ich einfach nur so oder weil dieses »Wir sind Verdammte« so unpassend war. Was war damit überhaupt gemeint?
»Wir sind dazu verdammt, unsere Integrität zu verlieren, unsere Unabhängigkeit und unsere Macht!«
Die zappelige Kassandra sprach in scharfem Ton, ihre Lippen waren glänzend und absolut glatt. Eine rosarote Wulst.

»Ha, ha, ha!«
Ich fiel fast vom Stuhl, das Glas rutschte mir aus der Hand. Nina fing an, irgendwelchen Blödsinn zu singen, und walzte wie irre durch das Zimmer, ihr Rock drehte sich in der Luft wie bei einem Derwisch. Sie riss mich hoch, wir hielten uns an den Händen und wirbelten im Kreis.

Ihre Locken wippten, das Zimmer schnitt Grimassen.

»Etwas Schweinisches machen, ein Experiment mit der eigenen Moral! Ha, ha, ha!«

Dann wurde uns schwindlig und wir fielen aufs Sofa, und da sah ich unter ihm eine vor Schreck erstarrte Kakerlake, die mir direkt in die Augen schaute. Ich bekam den nächsten Lachanfall.

»Hau ab, Freundchen, heute lass ich dich noch mal laufen.«

Die Kakerlake gab Fersengeld.

»Schade, dass wir keine Pistolen haben«, sagte Nina nachdenklich und verrenkte dabei ganz komisch den Hals. Plötzlich ähnelte sie mit ihrer spitzen Nase einem jungen Vogel Strauß.

»Wenn wir Pistolen hätten, könnten wir jetzt rumballern. Aber woher nehmen? Wo kriegt man ein Schießeisen her?«

»In normalen Ländern kann man so was überall kaufen.«

»Ja, in Amerika, du gehst zum Bäcker, und da hängt alles voller Pistolen, stell dir das mal vor!«

»Bei uns gibt's das nur bei der Armee. Und in der Armee sind bloß Verrückte. Da schneiden sie den Jungs die Eier ab.«

»Wenn ich eine Waffe hätte, würde ich jemanden erschießen … Und zwar … Wen könnte ich dann erschießen …?«, grübelte sie.

Da holte ich eine Schleuder hinter dem Sofa hervor, die ich vor Kurzem gefunden hatte.

»Guck mal.«
In diesem Moment spürte ich die Berührung ihres Mundes. Es war eine seltsame Empfindung, als gäbe mir jemand ungesalzenes Fleisch zu essen. In mir kribbelte es vor Abscheu und Anziehung. Ihre Zunge war kühl.
»Du bist so ulkig«, sagte Nina zärtlich, nachdem sie meinen Mund plötzlich wieder ausgespuckt hatte, und schob mich weg. »Und sterben werden wir sowieso. Auch ohne Pistolen! Und ich werde dich nie mehr berühren!«
Danach brachen wir in ein hysterisches Lachen aus, in das sich das Hundegeheul aus einer Nebenstraße mischte. Als das Bellen aufhörte, lag über der Stadt schon der blaue Streifen des anbrechenden Abends.
Aber damit war meine Qual noch nicht zu Ende. Am nächsten Morgen weckte mich eine schmerzlich bekannte Stimme. Sie kam aus dem Radio. In einer Sendung mit dem Titel »Das lyrische Schreibheft«, die sämtliche Bewohner des Kakerlakenparadieses beim Frühstück mit spöttischen Gesichtern zu hören pflegten, deklamierte Tomatensoße skrupellos sein Poem »Sechshundertsechsundsechzig«!
Danach verfolgte mich das Tomatengift noch tagelang, ich konnte machen, was ich wollte. In die Tiefen meines Gehörs eingedrungen, peinigte es den weichen, zarten Leib meiner Erinnerung. Da begriff ich, dass das Schrecklichste und Obsessivste in der Liebe die Stimme ist.
In diesem Moment wünschte ich mir nichts sehnlicher, als diese Stimme zu begraben, sie zum Schweigen zu bringen!
Das meinte ich wörtlich. Meinen Mitbewohnern erzählte ich, ich ginge in die Bibliothek, in Wirklichkeit jedoch begab ich mich zum Wagankower Friedhof. Hier lachte mir das Glück. Ein Blasorchester drückte seine Blechwürste. Die Frauen schnaubten ihren Gram in die Kloschüsseln der Friedhofslilien.

Ich gesellte mich zu einer Trauergesellschaft mir völlig unbekannter Menschen und versuchte angestrengt, mir meinen Tomaterich an der Stelle des Verblichenen vorzustellen. Wellenweise gelang mir das sogar. Dann fing meine Nase an zu jucken, aber das ging schnell wieder vorbei. Die Unmöglichkeit, mir seine Abwesenheit vorzustellen, forderte meine ganze Kraft.
Mit übermenschlicher Anstrengung schaffte ich es schließlich doch, ihn unter den Sargdeckel zu schieben und mit dem Blick festzunageln. Jetzt erreichte die Prozession das offene Grab. Das Gespenst meines Bräutigams wurde in die Grube gesenkt. Aber sobald die ersten Erdklumpen polternd auf das Holz fielen, schoss er wieder empor und zerstörte alles und jeden durch seine alles bezwingende Liebe!

Am 7. Mai 1985 verabschiedete das ZK der KPdSU einen Beschluss »Über die Maßnahmen zur Überwindung der Trunksucht und des Alkoholismus«. Alle Partei-, Verwaltungs- und Justizorgane wurden angewiesen, den Kampf gegen den Alkoholismus flächendeckend und entschlossen zu verstärken. Die Produktion alkoholischer Getränke sollte verringert, die Verkaufszeiten und die Zahl der Verkaufsstellen eingeschränkt werden!
Am ersten Juni beschlossen einige Rockmusiker, Katakomben-Priester, Dissidenten und Schwarzhändler, das Anti-Alkoholgesetz zu feiern. Auf dem Dach eines Hochhauses wurden Lagerfeuer angezündet, und eine große Menge versammelte sich. Bald brach die Dämmerung herein, und der Raum wurde von der raubgierigen Finsternis verschluckt. Jetzt schwebten die Reflexe des Feuers in den fiebrig spiegelnden Augen zwischen dem Abgrund der Stadt und den schwarzen Wassern des Himmels. Die Musiker sangen mit Eselstimmen. Es roch nach Cannabis. Das Feuer wurde un-

barmherzig weggeblasen. Schals und Rucksäcke wehten davon. Doch im Schutz des Alkohols bemerkte das niemand. Über der Stadt ertönte das Heulen des Windes: »Elephantina, meine Geliebte! Wo bist du? Ich warte auf dich!« Alle waren gekommen: der Bucklige, der Unscheinbare, der Verzagte und all die anderen. Aber wie sehr ich auch nach meinem Tomaterich suchte, er war nirgends zu sehen!

Da erschien auf diesem unglückseligen Dach der Kunstwissenschaftler Iwanow, er schwirrte um mich herum, wie eine Fliege um den Mist.

»Es gibt nichts Schöneres auf der Erde als GROSSE HENGSTE«, säuselte er in den Wind. Er war im biblischen Alter (dreißig Jahre).

Ich brauchte einen Moment, ehe ich begriff, dass es sich um einen Ortsnamen handelte.

»Hengste?«

Iwanow nickte lebhaft. Er war von oben bis unten mit einem intensiven Öl eingerieben, wie man es für Fliegenpapier verwendet. Jetzt beugte er sich dicht an mein Ohr und fing an, rasend schnell auf mich einzureden.

»Verstehen Sie, der Moskauer liebt die Natur, die sich überall zwischen die Ziegelsteine geschlichen hat, zwischen all die schmucken Steingebäude, unter die Brücken und in die engen Gassen. Hier verstecken sich eine Menge Holzkaten, die nach altrussischem Staub riechen.«

»Schon richtig«, stimmte ich zu.

»In der Umgebung von Moskau kann man heute noch wunderschöne alte Bauernhäuser mit geschnitzten Veranden finden. Und samtgoldenen Mist gibt es dort und blaue Glockenblumen und dicke Gänse, und schon im Oktober festes Eis. Und Äpfel und Hähne! Aber das Wichtigste zeige ich Ihnen …«

»Ach, wirklich?«

Er wurde verlegen.

»Also was wollten Sie mir zeigen?«
»Eine Sammlung moderner Kunst. Ich zeigen Ihnen meine Kunstsammlung.«
An dieser Stelle unterbrach der betrunkene Dürer unser Gespräch und begann, diesen Iwanow zu veräppeln. Wenn Dürer den Narren spielte, war er unübertrefflich.
»Die Mythologie besagt, dass man in den Moskauer Datschensiedlungen stirbt, verbrennt, trinkt, sich aufhängt, an Hirnschwund leidet, sich an der Fleischeslust berauscht, hinrichtet, sich in Hohlwegen erschießt und barfuß durch den Schnee läuft!«
Ich wollte gerade loslachen, da schrie jemand:
»He da, Armleuchter, auseinander!«
»Was für ein Armleuchter?«
»Verpisst euch!«
Zum ersten Mal sah ich eine Pistole. Einer der Gäste streckte sie in die Luft. Es war wie im Kino!
»Das ist nicht euer Dach! Wer hat hier das Sagen?«
Glas klirrte. Die Musiker verstummten, und die allgemeine Aufmerksamkeit richtete sich auf eine große betrunkene Blondine, die dicht an der Dachkante balancierte und gefährlich schwankte.
Morgendämmerungsgekräusel färbte schon den Himmel. Die Feuer waren heruntergebrannt.
»Menschen, Löwen, Adler und Rebhühner, Gänse, Spinnen, stumme Fische, die im Wasser leben, Seesterne und die, die man mit bloßem Auge nicht sehen kann«, jammerte sie. »Hört mich an, seht mich an, ich bin eine Möwe!«
Ihr Auftritt als Tschechowsche Heldin war in diesem Moment mehr als unpassend.
»Du bist eine Ratte!«
Von unten hörte man Getrampel, die Menge kam in Bewegung, auf dem Dach erschienen die Angehörigen der Staatsorgane. Ich hatte nicht einmal mehr Zeit, mich von Iwa-

now zu verabschieden, und huschte haarscharf an einem Bullen vorbei ins Treppenhaus. So schnell ich konnte, ließ ich die fünftausend Stufen unter meinen Füßen hinwegrauschen. Keine Minute war vergangen, da stand ich im Hof. Der Himmel war schon weiß. Fenster klappten. Mit ausgebreiteten Flügeln segelte langsam und mörderisch das betrunkene Mädchen vom Dach herab.

Leroy

Der Sommer verging ohne besondere Vorkommnisse. Es herrschte eine tiefe Mistkälte, und die blaugraue Grütze der Finsternis bedeckte die ganze Stadt. Da platzte eines Tages meine Wohltäterin, Olga Pistole, in schreiend gelbem Mantel bei mir herein.

»Ich hab geräuchertes Rebhuhn mitgebracht. Hol Teller. Ach, was ich noch sagen wollte, Leroy ist gerade aus Paris angekommen.«

»Ich weiß zwar nicht, wer das ist, aber es klingt ziemlich edel. Vor allem, dass er aus Paris kommt.«

»Er will sich mit dir treffen. Er kauft Kunst.«

Ein paar Tage später erschien dieser Leroy tatsächlich in meiner Kakerlakenwohnung.

»Sprechen in Paris alle so gut Russisch?«, fragte ich ihn.

Er war ein bärtiger Typ um die dreißig, mit lustigen runden Kastanienaugen.

»Klar, alle«, sagte er ohne den winzigsten Akzent.

»De Gaulle auch?«

»De Gaulle ist tot. Lassen wir ihn ruhen. Ich bin geschäftlich hier.«

»Geschäftlich?«

»Ich interessiere mich für Ihre Zeichnungen. Ich sammle russische Kunst.«

Aus irgendeinem Grund bekam ich einen furchtbaren Schreck. Bis dahin hatte noch nie jemand eine Zeichnung von mir kaufen wollen.

Da war sie, Pistolen-Olgas sorgende Hand, die in den schwersten Augenblicken des Lebens vom Himmel herabkam!

Ich holte meine Mappe aus dem Schrank, wuchtete sie auf den Tisch und fing an, ihm meine Zeichnungen zu zeigen. Leroy schob sie unentwegt hin und her, drehte sie auf den Kopf, stellte sich fast selber auf den Kopf, kniff die Augen zusammen, hielt sie mit ausgestreckter Hand weit von sich weg. Schließlich leerte er die ganze Mappe kurzentschlossen auf den Kakerlakenfußboden aus.

»Wie viel?«

»Wie viel Zeichnungen?«

»Wie viel Geld?«

»Für eine?«

»Für alle.«

»Fünfhundert«, sagte ich frech.

Da zog Leroy kommentar- und widerspruchslos ein dickes Portemonnaie aus der Tasche, und zum ersten Mal in meinem Leben sah ich echte Dollars. Die Dollars sahen aus wie Spielgeld. In der Kunstschule fälschten wir oft Rubel. Das war gar nicht so einfach: Man saß den ganzen Abend, um mit spitzem Bleistift alle Einzelheiten säuberlich abzumalen. Danach musste man sie mit Haarspray fixieren und gut lüften. Um die Fälschung loszuschlagen, ging man auf den Markt und suchte sich dort die älteste Oma aus. Von diesen gemalten Lappen konnte man ziemlich üppig leben. Die Dollars wusste ich sofort zu schätzen. Die waren viel leichter zu fälschen. Ich behielt die Scheine noch lange in der Hand und spielte damit herum, träumte wehmütig von Räubern und fernen Reisen. Ich hatte eigentlich gar nicht damit gerechnet, dass Leroy mit Dollars zahlen würde, aber genommen hab ich sie doch. Er raffte die Zeichnungen zusammen und schob sie packenweise in die Mappe zurück, so dass bei einigen die Ecken umknickten.

Ich stellte keine Fragen, sondern steckte das Geld einfach ein. Aber eigentlich war ich ein bisschen beleidigt, wenn nicht sogar richtig verletzt. Leroy bemerkte es.

»Was ist los?«, fragte er.
»So ist noch nie einer mit meinen Zeichnungen umgegangen.«
»Wie – so?«
»So achtlos.«
»Ja, das sind eben keine Autos«, sagte er mit trauriger Stimme.
»Wieso Autos?«
»In Paris handele ich mit Autos.« Leroy klang auf einmal ganz fröhlich. Er war zufrieden.
Als die Tür hinter ihm zuschlug, stand ich noch lange wie vom Donner gerührt: Schlagartig war ich Besitzerin eines schwindelerregenden Vermögens geworden.

Atonales Unbehagen

Und dann kam in meinem Kakerlakenparadies der denkwürdige Tag, an dem Nina mir in allem voraus war.
Lawrik spazierte im Zimmer umher, kletterte von Zeit zu Zeit auf einen Stuhl oder sogar auf den Tisch und fuchtelte mit den Händen.
»In der altindischen Dichtung wird niemals der erotische Kuss erwähnt, sondern immer nur der mütterliche. Wohingegen in hinduistischen Schriften aus neuester Zeit Beschreibungen von insgesamt zwölf Arten des Kusses vorkommen.«
Während er das sagte, kam Nina auf Zehenspitzten hereingeschlichen und lehnte sich an den Türrahmen.
»Das deutet darauf hin, dass im alten Indien und in Griechenland der Kuss nicht als Ausdruck erotischer Gefühle galt.«
Nina machte ein Gesicht, als hätte sie gerade eine Million Dollar gefunden. Sie hätte es zu gern gehabt, dass wir sie fragten, ob sie nicht vielleicht gerade jemanden umgebracht hatte. Normalerweise legte sie immer gleich los, kaum dass sie zur Tür rein war. Aber wir schwiegen alle beharrlich, als hätten wir uns abgesprochen. Da öffnete sie ein Fenster, lehnte sich hinaus und brüllte über den ganzen Hof:
»Es lebe die große sozialistische Defloration! Hurra!«
Wir hätten fast gekotzt.
»Es lebe die große sozialistische Defloration!«, schrie sie noch einmal.
Wir zerrten sie zurück ins Zimmer und begannen ein Ver-

hör. Lawrik nahm nicht daran teil, er hatte sich in ein Buch verkrochen.

»Es ist überhaupt nicht schlimm, es ist sogar sehr interessant. Eine Art wissenschaftliches Experiment. Früher haben sich wagemutige Ärzte ja auch selber mit grausamen Krankheiten infiziert, alles im Namen der Wissenschaft!«

In Tränen aufgelöst, saß sie auf dem Fußboden und strahlte feierliche Radioaktivität ab. Sie sah grauenhaft aus. Die Augen kamen aus den Höhlen, der Kragen saß schief, die Haare standen ihr wie Stacheldraht zu Berge, und ihre Nasenspitze bebte vom Heulen.

»Aber ich musste es doch tun. Ich musste und basta. Ich habe lange darüber nachgedacht, und dann habe ich begriffen, dass der Verlust der Jungfräulichkeit ein rein technisches Problem ist!«

Da schleuderte Lawrik sein Buch in die Ecke, stand auf, zog seinen Mantel an und verließ wortlos die Wohnung.

Abends feierten wir das große Ereignis im Leben unserer Nina. Pistolettina hatte Kuchen gebacken. Wir luden den alten Dürer ein, machten aber aus, ihm unter keinen Umständen zu sagen, was genau gefeiert wurde. Dürer saß zwischen uns wie ein Specht zwischen Austern und blies eifrig in sein Saxophon, bis die Nachbarn uns die Polizei auf den Hals hetzten.

Die Leute, die die Polizei gerufen hatten, waren natürlich dieselben, die jeden Tag auf der Treppe randalierten. Als die Polizei weg war, hörten wir ihn wieder, den ewigen Ruf der Wildnis:

»Du bist ja schon wieder hackebreit!«

»Du Schlampe!«

»Man sollte dir deine beschissenen Eier abreißen!«

Ich werde nicht verraten, was später aus meinen Freunden wurde. Aber ich sehe sie noch alle vor mir, wie auf meiner Handfläche, als wäre es gestern gewesen.

Da sitzen wir also am Tisch und feiern FVJ – das Fest des Verlustes der Jungfräulichkeit, das Fest der übergeschnappten Madonna, das Fest des Sauerkrauts, das Fest des gelben Nashorns! Unter uns sitzt Dürer, der sein Blech bläst und gar nichts begreift, und das Ganze macht den Eindruck einer Verschwörung!

Nina sagt:

»Trotzdem, wie man es auch dreht und wendet: Nicht jeder Verrückte kann ein geniales Gedicht schreiben.«

»Was meinst du damit?«

»Ich meine, ein Irrer kann kein Bedürfnis nach schöpferischer Tätigkeit empfinden.«

Wir brechen in ein mürbes, quakendes Lachen aus, schaukeln uns hoch bis zur Kolik. Aber Dürer sagt:

»Hört mal, Mädchen, wusstet ihr, dass der große Skrjabin Töne farbig sah?«

»Na und? Ich sehe auch farbige Töne.«

»Ich auch!«

»Was ist daran so besonders?«, fragt Pistolettina.

»Weil nur Verrückte Töne farbig sehen. Psychisch Kranke träumen sogar in Farbe.«

Da sprudelt es aus Nina heraus:

»Unsere psychische Abnormität ist ein Empfänger unabhängiger Entitäten. Sie können nützlich sein, sie können uns aber auch schaden, wenn wir nicht lernen, mit ihnen umzugehen. Verstehst du?«

»Was?«

»Diese Entitäten, Eidosse, Transzendenzen, energetische Ströme!«, sagte Nina und fing fast an zu weinen.

Dürer wieherte vor Lachen.

»Was seid ihr doch für Kinder, Mädchen! In der Psychiatrie heißen die Dinger emotionale Turbulenzen, bei den Mönchen Eudaimonia und bei den Säufern Delirium tremens.«

»Und bei den Junkies Trip«, ergänzte Olga Pistole bescheiden.

»Auf jeden Fall kann man diese Bewusstseinsverschiebung, die Störung der Harmonie, das atonale Unbehagen für die Arbeit am Selbst gebrauchen!«

»Du meinst, als Gebet?«

»Die größten Köpfe der Menschheit haben ihre Instabilität genutzt, weil sie das wussten! Und die, die es nicht geschafft haben, ihren Wahnsinn an die Leine zu legen, sind eben ganz normale Irre geworden.«

»Und wann hat das alles ein Ende? Wann sind wir endlich alt?« Ich schaute auf die Uhr. Niemand weiß, wie man sich aus diesem Albtraum, aus der qualvollen Verworrenheit und erstickenden Energie der Jugend herauswinden kann. Wenn wir unter Menschen sind, plustern wir uns auf, blödeln herum, lachen und geben an. Aber wenn wir mit uns allein sind, verfallen wir in Trübsal. Wir können nichts anderes tun, als geduldig zu warten, bis die heilende, rettende Zeit endlich zu wirken beginnt.

Plötzlich sagt Nina:

»Wie schön ist es, jung zu sterben!«

Aber Olga Pistole zeigt ihr einen Vogel und sagt:

»Mädchen, was seid ihr doch für Idioten!«

Ja, mit solchem dekadenten Blödsinn haben wir uns unsere Hirne zugekleistert, bis uns eines Tages die ersten Todesfälle kalt erwischten. Denn genau ein Jahr später hatten wir lange genug abgehangen, damit einer von uns ins Gras biss. Das war der erste Schuss, der genau im Netz landete.

Und als alle ausgezogen waren, blieb ich in Ödnis zurück. Um in dieser Welt überleben zu können, die voll von Ekel und Schmutz war, sprach ich wie eine Beschwörungsformel vor mich hin:

Auf keine andere Meinung hören.

Sich dem Werke opfern.

Sich für nichts interessieren außer für sein Werk.
Keinen Einflüssen, Suggestionen oder Ratschlägen nachgeben.
Sich niemals verlieben!

Die Kontrolle

1985 war das »Jahr der Spione« und der Eskalation des Terrorismus. Die Abrüstungsverhandlungen gingen weiter. In Afghanistan starben Soldaten. Die Computer-Revolution begann. Der Warschauer Vertrag wurde verlängert. Der Unabomber verschickte Briefbomben. Im Sudan richtete sich die Revolution gegen die Muslimbrüderschaft. Südafrika erlaubte gemischtrassige Ehen. Israel tauschte 1150 Terroristen gegen drei Soldaten aus. Der kalte Krieg dauerte an.

Eines Morgens ertönte ein Klingeln an meiner Kakerlakentür, das mir den Kopf in zwei Teile spaltete. Elephantina presste sich ans Schlüsselloch. Das Herz rappelte wie ein Messer in der Zentrifuge!

Beim letzten Mal hatte ich mich mit dem Gemüseteufel für eine knappe halbe Stunde an der Metrostation Erdgrabowo getroffen. Wir tranken Pinocchio-Limonade, und ich sagte mit der mechanischen Stimme eines frierenden Roboters zu ihm:

»Zucchini-Aubergine, du bist ein großer russischer Dichter!«

Daraufhin schloss er bloß die Augen und lachte in sich hinein, und so stand er dann volle zehn Minuten lang einfach nur da. Ich schaute ihm intensiv ins Gesicht, betrachtete seine Lider, seine Brauen und starb. Als er die Augen wieder öffnete und vor Ergriffenheit hustete, war ich schon tot. Dann trennten wir uns ohne ein weiteres Wort. Ich stieg in die Metro hinunter und saß dort auf der Station mehrere Stunden lang wie erstarrt.

»Wer ist da?«
Ich öffnete die Tür und staunte. Da war nichts, aber auch gar nichts, was im Geringsten einem Gemüse glich. Im Gegenteil, vor mir stand meine leibhaftige Mutter. Sie hatte die Frisur der Heldin in *Außer Atem* und sogar ihre Augen. Mit einem Haufen Zeug auf den Armen rauschte sie an mir vorbei in die Wohnung. Ich muss ein so schreckliches Gesicht gemacht haben, dass sie alle Vorwürfe auf später verschob.
»Ich habe dir Huhn und Buletten aus Kiew mitgebracht«, sagte sie statt einer Begrüßung und fing an, mit Gegenständen herumzupoltern.
Ich kaute langsam. Vor dem Fenster zwitscherten die Buletten. In der blauen Höhe oben über der Stadt schwebte mit ausgebreiteten Flügeln das gebratene Huhn.
Mit der Sättigung kam die Gleichgültigkeit, und alles füllte sich mit unsichtbarer Watte, körperlosem Fett. Aus der HÖLLE DER ERZIEHUNG und dem REICH DES FRESSENS war Maman hierhergekommen, ins MEER DES STAUBES, ins KÖNIGREICH DES SCHMUTZES und den ABGRUND DES LEIDENS!
Dann lehnte ich an der Tür und sah zu, wie sie durch die Wohnung lief und meine Klamotten einsammelte. Sie schien mir vollkommen fremd. Plötzlich fing sie an, herumzukommandieren wie ein General. Alle Socken und Pullover stellten sich in Reih und Glied vor ihr auf und zitterten wie Espenlaub. Sie wusch sie trotzdem, und als sie damit fertig war, beschloss sie, sich die Tochter vorzuknöpfen.
»Jetzt sieh dich doch bloß mal an! Wie du aussiehst! Wie eine Bahnhofsnymphe!«
Ich lief nun mal ständig mit ungekämmten Haaren herum. Jeden Tag riefen finstere Gestalten an und sagten: »Komm mit uns in das Reich der wilden und hoffnungslosen JUGEND!« Also erzähl mir nichts von Mama!

»Die Kohlrouladen kannst du dir aufwärmen.«
»Die Kohlrouladen kannst du erschießen.«
Ich nicke unentwegt mit meinem Putzlappenkopf, nicke wie ein Automat, und mein armer Kopf wird mir bestimmt gleich abfallen und direkt im Mülleimer landen. Ich bin kurz davor, loszuheulen, fühle mich vollkommen kraftlos und wie in einem lichtlosen Raum eingesperrt. Mechanisch murmele ich:
Nicht auf die Meinung anderer hören.
Überhaupt auf niemanden hören.
Sich nicht die Ohren mit nutzlosem Informationsmüll zustopfen lassen.
Taub werden.
Mama hatte nur ein Ziel: mich den Verwandten aufs Auge zu drücken, die aus dem Boden schossen wie die Schneeglöckchen. Sie wollte, dass sie mich zu Tode betuttelten und kitzelten, mich mit ihren Buletten vollstopften, bis sie mir zu den Ohren herauskamen, und mich im Borschtsch ertränkten.
Mirra war Großmutters Schwester. Sie wohnte in einer Kommunalwohnung bei den Tschistyje Prudy. Sie war, wie Mama sich ausdrückte, ein »Herzchen«. Sie war aber alles andere als ein »Herzchen«. In Wirklichkeit war sie eine verdiente Lehrerin im Range einer Obersturmbannführerin. Man kann sich vorstellen, wie viele Schüler sie im Laufe ihrer langen Dienstzeit zu Grunde gerichtet hat. Außerdem war sie die Witwe eines Spiones, der unter anderem Namen entweder in Prag oder in Warschau begraben wurde. Sie danach zu fragen gehörte sich aber nicht. Das war ein Staatsgeheimnis. Und auf Staatsgeheimnisse, genauer auf das Ausplaudern eines solchen, stand Tod durch Erschießen.
Weil sie nun aber ein Staatsgeheimnis geheiratet hatte, erfuhr sie natürlich niemals den wirklichen Namen ihres Ehegatten. Ich stellte mir lebhaft vor, wie sie in jenen fernen

Zeiten, wie in einem Spionagefilm, zusammen im Cafe »Elephant« sitzen, und sie fängt an zu raten:
»Sergej?«
»Nein.«
»Mischa?«
»Nein.«
»Wolodja?«
»Auch nicht.«
Da bricht sie in Tränen aus und sagt, er liebe sie nicht. Aber ihr Mann sagt:
»Doch, ich liebe dich, denn du bist ein wunderbarer Mensch und ein netter, guter Genosse, aber ich bin nun mal ein Mister X, und mein Name ist NIEMAND.«
Da weint Mirra noch heftiger und sagt:
»Niemand liebt mich! Niemand liebt mich!« und zerschlägt Geschirr (auf seinem Kopf).
Dann wurde ihr Mann von den Feinden unseres Volkes getötet, und sie wurde »zwangsbelegt«, das heißt, nach dem Krieg quartierte man weitere Genossen in ihrer Wohnung ein, und Mirra wurde in ein Hinterzimmer verfrachtet. Und nun wünschte Mama sich, dass ich mich in ihr Vertrauen einschliche, aber das wollte ich partout nicht einsehen.

Vom Kakerlakenpalast fuhren wir zu Mirra, und ich vergaß sogar meine Kartoffel-Aubergine. Das heißt, ich hatte bei ihm erstmal die »Stopp«-Taste gedrückt.
In der Kommunalwohnung bei den Tschistyje Prudy wohnte das übliche Sortiment – ein altes Mütterchen und ein Säufer. Das Mütterchen war eine notorische Bänkelsängerin, der Säufer ein Bewunderer von Cervantes. Mirra wahrte Abstand. Sie hielt auf sich und war sehr akkurat, wie Mama sagte. Das fand ich zum Kotzen.

Ich sprach mit Maman nie über persönliche Dinge. Sie interessierte sich nur für eines: Wo ich wohnte und was ich aß, als wäre ich eine Raupe.

Nachdem ich angefangen hatte, Mirra zu hassen, sagte sie, bezüglich der akuten Frage nach einem Dach über dem Kopf biete sich ein studentisches Lupanar an. Es handelte sich um ein »Wohnheim« im buchstäblichen Sinne! Dort schlief man auf Zuchthauspritschen.

Ich war dort schon einmal gewesen. Und wem begegnete ich, gleich in der ersten Sekunde? Dem Tod höchstpersönlich!

»Schön, dich zu sehen! Wo ist denn deine Freundin Scherwinskaja?«, rief Fräulein Tod.

»Scherwinskaja weilt nicht mehr unter uns. Sie ist schon ein halbes Jahr tot, unsere Scherwinskaja«, log ich schamlos.

In der Schule wäre ich nie auf den Gedanken gekommen, dass sie meine nichtswürdige Person auch nur bemerken könnte. Aber jetzt war sie offenbar Schauspielerin geworden.

Tod, das war ihr offizieller Spitzname. Genau so stellten wir uns den Tod nämlich vor, den Inbegriff des Todes: ausladende Hüften, kurzer Rock, wiegender Gang. Alle fanden das gut: die Mädchen, die Jungs und vor allem die Lehrer. Mit einem Wort, es war großartig! Damals hatte sie noch eine Freundin – einen etwas kleineren und knochigeren Tod. Der knochige Tod wurde aber schon in der Schule schwanger und verschwand dann von der Bildfläche. Der GROSSE TOD hielt auf schwankenden Absätzen bis zum Abitur durch.

Wir, die kleinen, die geschlechtslosen Mädchen, gingen im Gänsemarsch hinter ihr her. Wo Fräulein Tod hinging, dorthin gingen wir auch – und wir passten genau auf, was sie machte. Sie ging immer geschminkt, spuckte auf die Wimperntusche und verschmierte sie mit einem mikroskopisch kleinen Bürstchen, schaute in den Spiegel und tuschte ihre ohnehin sehr dichten Wimpern.

»Schrecklich wie der Tod«, hatte Scherwinskaja einmal über sie gesagt. Dabei blieb es.

Ich empfand das nicht so. Für alle Fälle machte ich mich kundig, wie man so etwas hinkriegen konnte – so eine furchterregende Schönheit.

»Wenn du eine Frau bist, musst du dir als Allererstes die Krallen anmalen, anstatt sie bis auf die Knochen abzunagen, wie du das machst. Und vor allem, lern rauchen!«

Zum Rauchen hatte sie aber kein Geld. Deshalb sammelte sie an den Metrostationen Zigarettenkippen auf, so flink und geschickt, dass keiner es bemerkte. Dann ging sie königlichen Schritts davon und schleppte ihre Trophäen in einer Plastiktüte mit.

Damals hätte ich ihr gern von meinem Bräutigam erzählt, dass er Andrjuscha heißt und der größte Dichter der Gegenwart ist und dass es keinen besseren auf der ganzen Welt gibt. Aber zum Glück behielt ich es für mich, weil Fräulein Tod mich ja doch nicht verstanden hätte, obwohl sie ein herziges Mädchen war. Sie hätte nur mit den Achseln gezuckt und gesagt:

»Igitt, du dummes Huhn, so was nennst du Bräutigam? Er weiß ja nicht mal was davon!«

Deshalb sagte ich lieber nichts.

Im Widerstreit mit überflüssigen Förmlichkeiten hatte sich das Studentenwohnheim längst in eine echte Lasterhöhle verwandelt. Und weil dort angehende Künstler wohnten, kam noch ein zweifelhafter Ruf hinzu. Bis heute hallt in meinen Ohren noch das Klimpern der Gitarren nach, die süßen betörenden Stimmen und die Lügengeschichten seiner Bewohner.

Ende des Jahres warf man mich mit der fadenscheinigen Begründung »Ruhestörung« aus meinem Kakerlakenparadies. In Wahrheit hatte es nie eine Ruhestörung gegeben, wir hatten nur einmal den Geburtstag von Olga Pistole gefeiert. Und wie das bei Partys vorkommt, tauchten fremde Leute auf, die niemand kannte und von denen man nicht einmal wusste, wer sie eigentlich angeschleppt hatte. Zum Beispiel war da eine junge und wunderschöne Frau, die zur Gitarre sang, aber dann auf einmal, mir nichts, dir nichts, in der Badewanne ertrank, während wir feierten. Später fragte niemand mehr danach, wessen Bekannte das eigentlich gewesen war und wer sie mitgebracht hatte und warum man mich aus der Wohnung warf.

Die nackte Großmutter

Auf der Erde lebten inzwischen 4 830 979 000 Menschen. Der sowjetische Bürger Gari Kasparow gewann die Schachweltmeisterschaft. Ein saudischer Prinz flog ins All. Die ersten Internet-Domänen wurden registriert. Weitere Atomtests fanden statt. Die angolanische UNITA, die nicaraguanischen Contras und die afghanischen Mudschahedin trieben ihr Unwesen. Nelson Mandela lehnte das Angebot der südafrikanischen Regierung, ihn unter der Bedingung des Verzichts auf jede politische Aktivität freizulassen, ab. Die Laotischen Hmong people gründeten ein Jamboree. Das Schengener Abkommen wurde unterzeichnet. In Paris eröffnete eine Lacan-Schule. Das erste »Windows« kam auf den Markt. Gorbatschow wurde Regierungschef der UdSSR. Und ich zog bei der verrückten Nina ein.

Ihre Mama war schon vor längerer Zeit mit einem Lord nach England abgehauen und dort Mitglied einer Freimaurerloge geworden. Ihr Vater war vom Winde verweht. Nina vermutete, er sei an Alkoholismus gestorben, irgendwo am kalten Rande der GROSSEN STADT.

Sie wohnte bei ihrer Oma.

Die Wohnung von Ninas Großmutter stand voller alter Familienmöbel. Auf Kirschholzfurnier waren Falken im Flug erstarrt, Löwentatzen, von historischen Menagerien ausgestoßen, malträtierten das Parkett. Vampir-Empire. Aus dem preziösen Petersburg hierher umgesiedelt, schmeichelte dieser Stil dem Moskauer Dünkel. Die Schränke schienen miteinander auf Französisch zu flüstern. Jeden Moment konnte der gemeuchelte Marat aus dem Büfett fallen, aus dem schon das Blut als scharlachroter Samt des russischen Sieges hervorsickerte. Ein patriotischer Hauch wehte herüber, es roch nach gefrostetem Wodka!

Die alte Dame glaubte, dass die Männer ihr die Energie aussaugten. Sie hatte ihre Jugend in den Zwanzigerjahren verlebt: Alkohol, Zigarettenspitzen, Opium. Noch immer loderte die einstige Schönheit in ihren Gesichtszügen.

Am tiefsten Punkt der Nacht, wenn die Stadt in einem kataleptischen Anfall erstarrt war, drang sie in mein Zimmer ein, setzte sich zu mir auf die Bettkannte und ließ ihr Feuerzeug klicken.

»Es gibt keine Liebe, Kindchen. Nur das wilde Tier in unserem unersättlichen Herzen!«

Das rauhe Flüstern und der giftige Tabakgeruch holten mich aus dem Schlaf.

»Männer sind Müll. Sie suchen alle nur eine Amme. So war es bei den weißen Offizieren und bei den sowjetischen Funktionären, und bei den Dichtern und den Ministern war es genauso!«

Ihre Nasenlöcher öffneten sich, um den Rauch auszustoßen, rosa Asche zischte auf dem Kissen, ein glühender Punkt schwebte in der Dunkelheit.

Dann begriff ich, dass sie bis auf die Kristalle in ihren imposanten Ohren vollkommen nackt war! Ihr Körper war mit seinen fünfundsiebzig Jahren schlank und makellos. Nur die Knie erinnerten ein klein wenig an Jalousien.

»Weißt du, wer Olympe de Gouges ist, Kindchen? Das war eine französische Feministin zur Zeit der Revolution. Sie wurde hingerichtet.«

Und schon begann die Aufklärung. Mit Hingabe sprach sie von Frauen und Gefühllosigkeit, von Subordination und Abtreibung, von Unabhängigkeit und davon, wie im fortschrittlichen Russland der Zwanzigerjahre das Geschlecht abgeschafft wurde.

Mir fielen die Augen zu. Ihre Stimme wiegte mich in den Schlaf. Aber sie war noch nicht am Ende!
»Mein Engel!«, »Mein Kind« und sogar »Mein kleiner Liebling« – so sprach sie mich an.
Sie war klug, wild und unverfroren.
Sie überstrahlte uns alle mit dem naiven und hinreißenden Zauber des Alters. Als sie ging, nahm sie die ganze Epoche mit sich, die Epoche der Modernisierung und Umgestaltung.

Das Verhör

Dann geschah etwas Schreckliches. Ich weiß nicht, wie sie auf mich gekommen waren, aber als ich bei Nina wohnte, suchte plötzlich der KGB nach mir.

Nina hatte ganz runde, erschrockene Augen.

»Da war ein Ermittler, der wollte zu dir.«

»Was für ein Ermittler?«

»Er hat eine Vorladung abgegeben.«

Ich sah mir das Papier an. Name und alles andere stimmten überein.

Nina schloss die Tür ab und fragte mit gesenkter Stimme: »Sag mir ehrlich, was hast du angestellt?«

»Ich habe absolut keine Ahnung. Vielleicht habe ich jemanden umgebracht oder ein Staatsgeheimnis verraten«, sagte ich und spürte, dass ich selber daran glaubte.

»Das ist überhaupt nicht komisch.« Nina war beleidigt. »Dich stecken sie ins Gefängnis, und wir bekommen Schwierigkeiten.«

Sie hielt mir ihre zitternden Hände hin.

»Meine zittern auch.«

»Meine zittern mehr.«

»Meine schlagen richtig aus, guck mal!«

»Kurz und gut, ich muss hin.«

Aber ich ging nicht zum KGB, bis die zweite Vorladung kam.

»Wer ist denn Leroy?«

»Was? Was ist mit Leroy?«

»Er wurde ermordet.«

»Wie bitte?«

»Ermordet«, wiederholte Nina, und ich brachte erst einmal minutenlang kein Wort heraus.
»Man hat ihn zerhackt.«
»Wer?« Langsam kehrte ich in die Wirklichkeit zurück.
»Du vielleicht. Dir traue ich alles zu.«
Die Arme bis zu den Ellenbogen voller Blut, ging ich schließlich doch zum KGB. Eigentlich, dachte ich, war dieser bärtige Pariser kein so übler Kerl gewesen. Er tat mir furchtbar leid. Da lebt jemand in Paris, verkauft Autos, betatscht mit schmutzigen Fingern ein paar Zeichnungen, und dann fährt er nach Moskau und wird ermordet. Ich stellte mir seine Leiche vor, die meine Zeichnungen in der Hand hielt. Andererseits platzte ich fast vor Stolz: Ich war jetzt in eine ernste Sache verwickelt. Sogar meine Eltern waren noch nie auch nur an einem einzigen Mord beteiligt gewesen! Das ist Romantik! Gangster, Politiker, Ausländer, Trotzki, Mata Hari. Vielleicht war er ein Spion gewesen?
Jetzt stand ich auf einer Stufe mit dem großen Mann, mit dem großen Dichter. Nein, ich ragte über ihn hinaus. Ich leuchtete heller als Tomatensoße, heller als die Sonne selbst. Aber der innere Zusammenbruch folgte auf dem Fuße. Das war alles so absurd. Ich konnte es nicht glauben. Wieso denn ermordet? Überhaupt, wie kann man einen Menschen ermorden? Und wozu? Vielleicht hat man ihn meinetwegen umgebracht?
Als ich aus der Metro kam, spürte ich, dass meine Augen in Tränen ertranken.
Aber das waren nur die Augen.
»Ich freue mich, Sie zu sehen«, sagte der Ermittler liebenswürdig.
Unter seinen Fingernägeln war Blut.
»Ich hab am Wochenende im Garten gebuddelt.«
Er saß hinter einem alten Holztisch, der zusammen mit zwei Stühlen und einem Kleiderständer die gesamte Ein-

richtung des schäbigen Zimmers bildete. Ich hörte, wie das Essen in seinem Magen verdaut wurde. Das sind die Organe des Inneren, schwirrte es durch die verwinkelten Gänge meines Bewusstseins. Das Fenster ging auf einen vollgerümpelten Hof. Wir befanden uns nicht im KGB-Hauptquartier, der Lubjanka, sondern in einem Hexenhäuschen auf krummen Beinen in einem anderen Bezirk. Die Adresse war in der Vorladung angegeben.

Ich stellte meine Tasche neben den Tisch. Meine Knie knickten ein. Anscheinend fühlte ich das, was ein Tier auf dem Schlachthof fühlt – die Unausweichlichkeit des Todes. Dabei atmeten diese Räumlichkeiten nur tödliche Langeweile. Das Gesicht des Ermittlers hatte Ähnlichkeit mit einem Stück Kernseife: Der Blick glitschte daran ab. Einen Moment lang empfand ich ein mystisches Gefühl von Freiheit.

»Setzen Sie sich.«

Auf dem Teppich neben dem Stuhl war ein Blutfleck.

»Das ist Kaffee. Da hat jemand Kaffee verschüttet«, sagte der Ermittler, als er meinen Blick bemerkte.

Und plötzlich wurde ich locker. Ich fiel in eine Art Rausch. Nein, ich war gar nicht hier. Ich war in einem Tunnel, im Wald, im leeren Raum. Blut oder Kaffee, was spielte das für eine Rolle? Das Eiweiß in meinem Körper gerann, wie ein Ei in der Pfanne. Ein stumpfer Schmerz ergriff mich.

»Fühlen Sie sich wie zu Hause.«

Er hatte beinahe echte Augen. Sie glänzten. Auch in diesen Augen schwamm die Langeweile. In deutlich sichtbaren Wellen lief sie von seiner glänzenden symmetrischen Stirn herab und legte sich auf alle Gegenstände in seiner Nähe, tötete jeden Anspruch auf Leben.

»Knöpfen Sie doch den Mantel auf, legen Sie ab.«

Das war ein fataler Fehler. Die Sache ist nämlich die, dass ich diesen Mantel selber genäht hatte. Er war schwarz, sehr lang und hatte von oben bis unten hundert Perlenknöpfe. Diese Knöpfe gingen dauern ab, und ich musste sie immer wieder annähen. Der Prozess des Auf- und Zuknöpfens nahm sehr viel Zeit in Anspruch, aber dafür war dieser Mantel einzigartig, nicht nur in Moskau, sondern im ganzen Land. Was hatte sich der Ermittler dabei gedacht, als er sagte: Knöpfen Sie den Mantel auf? Ich setzte mich also ihm gegenüber und fing gehorsam an, die Knöpfe zu öffnen. Meine Hände zitterten.

»Keine Angst, ich beiße nicht.«

Seine Haare waren blass und leblos.

»Es wird alles gut. Sie werden mir gleich alles brav erzählen, und dann wird alles gut.«

Da sprang der Knopf ab, flog klirrend in eine Zimmerecke und rollte unter einen Stuhl. Ich saß da wie vom Blitz getroffen.

»Wir haben Sie in der Mordsache Ivan Leroy vorgeladen.«

Auf einmal stellte ich mir vor, dass man mich in spätestens zwanzig Minuten in diesem vollgemüllten Hof erschießen würde. Meine Finger bohrten sich in die Knopflöcher.

»Ihre Telefonnummer stand in seinem Notizbuch.«

Der Ermittler schwieg und sah mich vielsagend an. Ich schwieg ebenfalls. Ich darf jetzt nichts sagen, dachte ich. Nichts Falsches. Keine Fragen stellen. Es ist doch ganz unwichtig, wie Leroy gestorben ist. Wir müssen alle sterben. Ohne mich aus den Augen zu lassen, bückte sich der Ermittler und holte eine mir wohlbekannte Mappe unter dem Schreibtisch hervor.

»Wissen Sie, was das ist?«, fragte er.

»Eine Zeichenmappe.«

»Und wissen Sie auch, was da drin ist?«

»Zeichnungen.«

»Dass das Zeichnungen sind, sehe ich.«

Er legte die Mappe auf den Tisch und schlug sie auf.
Jetzt war ich beim nächsten Knopf. Den ersten hatte ich ja schon geschafft. Der zweite sprang an die Decke. Der Ermittler zuckte zusammen.
»Wo haben Sie diesen Mantel her?«, fragte er misstrauisch.
»Selber genäht.«
»In welcher Absicht?«
Ich zuckte die Achseln. Ich konnte ihm ja schlecht erzählen, dass ich diesen Mantel genäht hatte, um die Aufmerksamkeit eines für mich sehr wichtigen Menschen auf mich zu lenken, und dass das eigentlich gar kein Mantel war, sondern eine Flagge, ein Symbol, ein futuristisches Manifest.
»Sind das Ihre Zeichnungen?«
»Ja.«
»Was stellt das hier dar?«
»Eine Kuh.«
»Eine Kuh? Na schön. Aber wenn man es umdreht, sieht man etwas anderes. Finden Sie nicht? Was meinen Sie, was kann das hier sein?« Er drehte die Zeichnung um.
Jetzt sah man auf dem Blatt eine einsame, öde Landschaft. Ein Stück Brachland.
»Was wollten Sie damit ausdrücken?«
Jetzt befanden sich Finger und Knopflöcher in gegenseitigem Einvernehmen. Der dritte Knopf schoss dem Ermittler direkt ins Auge. Und dann ging ein wahres Freudenfeuer los. Der Ermittler sprang von seinem Stuhl auf und brüllte, ich würde einen Artillerieangriff auf ihn veranstalten. Meine Finger bewegten sich immer noch ganz mechanisch weiter abwärts, und jedes Mal, wenn es mir gelang, ein Knopfloch zu befreien, spürte ich ein Gefühl der Befriedigung.
»Raus hier, verschwinden Sie!« Er stand aufrecht hinter seinem Tisch und brüllte, seine Augen sprühten vor Zorn.
»Soll ich den Mantel wieder zuknöpfen?«

»Raus!« Jetzt verlor er vollends die Fassung.

Und er hatte natürlich Recht. Es gab ja nichts mehr zum Zuknöpfen. Halb ohnmächtig stammelte ich, ich hätte Leroy ja auch kaum gekannt.

»Ich habe gesagt raaaaaus!«, brüllte der Ermittler wie rasend, und Sekunden später fand ich mich auf der Straße wieder.

Was aus meinen Zeichnungen geworden ist, weiß ich nicht. Vielleicht zieren sie heute noch die Gänge und düsteren Keller der Lubjanka, verschönern die Folterkammern und erfreuen die zum Tode Verurteilten.

Wahrheit oder Dichtung?

In der letzten Zeit lag mir Nina permanent mit Andrej Belyj in den Ohren. Man konnte seine Werke bei ihrer Tante ausleihen. Wir begaben uns also zu dem Haus an der Uferpromenade. Belyj war damals eine große Rarität.

Da sahen wir auf einmal diesen Hund. Neben dem Haus. Es war ein kleiner Terrier. Er bewegte sich so sonderbar, taumelte wie betrunken und stieß immerzu gegen die Bordsteinkante.

»Sieh da nicht hin!«, schrie Nina auf und wandte sich ab.

Gerade dieser Aufschrei aber brachte mich dazu, doch hinzugucken. Der Hund sah aus wie eine lebende Leiche. Das halbe Fell fehlte. Sein Kopf war nur noch ein Klumpen geronnenes Blut, in dem die Würmer herumkrabbelten. Ich wandte rasch den Kopf ab.

»Jemand hat ihm die Augen ausgestochen«, sagte Nina.

Ich versuchte mich zusammenzureißen und faselte etwas von einem Tierarzt.

»Sieh nicht hin, ich verbiete es dir«, sagte Nina immer wieder, wie ein Automat.

»Aber wir müssen doch etwas tun, man kann doch nicht einfach nichts tun.«

Immer wieder stieß der Hund gegen den Bordstein.

»Wir müssen ihm Wasser geben«, beharrte ich. »Komm, wir gehen rauf zu deiner Verwandten und holen Wasser, und dann überlegen wir, was wir mit ihm machen können.«

Es war fünf Uhr nachmittags, und wie es das Unglück wollte, war die Straße um diese Uhrzeit menschenleer. Zuerst vereinbarten wir, dass ich unten bleiben sollte und Nina raufging, um Wasser zu holen. Aber dann überlegte ich mir, dass ich doch lieber mithelfen wollte, das Wasser zu holen. In Wirklichkeit wollte ich auf keinen Fall allein bei diesem armen Hund bleiben. Ich hatte Angst.

»Wir müssen ihn zum Tierarzt bringen«, wiederholte ich mechanisch, als wir schon die Treppe hinaufgingen, und plötzlich stellte ich mir vor, dass man ihn dafür anfassen und auf den Arm nehmen müsste. Vor Mitleid und Empörung wurde mir übel.

Weitere zehn Minuten später, nachdem wir der Verwandten von Nina erklärt hatten, dass wir eine Schüssel mit Wasser brauchten und einen Tierarzt rufen mussten, gingen wir wieder hinunter auf die Straße. Der Hund war nicht mehr da. Verwirrt und erleichtert zugleich suchten wir überall im Hof nach ihm.

Dann gingen wir zu Nina. Wir waren immer noch verstört, und sie sprach den ganzen Weg über davon, was das für eine irreale Geschichte sei und dass der Hund wie ein Geist gewirkt habe. Sie philosophierte über die Grausamkeit der Menschen, die dem Hund die Augen ausgestochen hatten, und sagte, es wäre besser gewesen, wenn wir ihn gar nicht gesehen hätten. Sie fand es auch sehr sonderbar, dass er einfach so verschwunden war. Wo war er hin?

»Ich glaube, das ist ein Zeichen.«

Währenddessen war die Dämmerung hereingebrochen, und als wir uns der Toreinfahrt ihres Hauses näherten, sah ich im Licht einer Straßenlaterne, die zu dieser frühen Tageszeit schon brannte, einen kleinen Jungen, der ganz verloren am Eingang zum Hof stand.

»Wir müssen den Jungen nach Hause bringen. Ich verstehe überhaupt nicht, was sich die Eltern dabei denken, um diese Zeit.«

Nina zuckte zusammen.

»Was für ein Junge?«

»Na, der da in der Toreinfahrt steht, unter der Laterne.«
Nina schaute zum Haus hinüber, aber sie sah keinen Jungen. Ich dagegen sah ihn ganz klar und deutlich.
Schließlich sagte sie:
»Da ist kein Junge.«
Wir waren jetzt schon fast an der Toreinfahrt angelangt.
»Da ist kein Junge«, sagte sie noch einmal, und kaum hatte sie das gesagt, war das Kind plötzlich verschwunden.
Wir gingen nach oben. Ninas nackte Großmutter schlief schon. Wir setzten uns an den Küchentisch, tranken Tee und schauten einander lange in die Augen. Im Stillen fragten wir uns, wer von uns beiden hier eigentlich verrückt war.
Inzwischen waren wir schon nicht mehr imstande, Realität und Phantasie auseinanderzuhalten, als sollten wir dafür bestraft werden, dass wir in eine andere Welt hatten blicken wollen. Nina glaubte, der Junge in der Toreinfahrt habe nur in meiner Phantasie existiert.
»Und der Hund?«
»War das vielleicht eine kollektive Halluzination, oder haben wir ihn wirklich gesehen?«
Früher hatte ich über Nina gelacht, wenn sie über alle möglichen mystischen Sachen sprach, aber jetzt verstand ich selber nicht, was hier eigentlich vor sich ging. Kein Zweifel, wir waren in eine psychische Realität eingebrochen, in die man lieber nicht einbrechen sollte.
In der freien Zeit, die mir das Studium ließ, schrieb ich selbstquälerisch weiter. Aber ich zeigte meine Gedichte niemandem, weil ich nicht zufrieden war und mich nicht blamieren wollte. In jenen Tagen wurde mir klar, dass die Sprache, die ich seit meiner Kindheit gebrauchte, auf einmal zur Fremdsprache geworden war, die ich mir in einem immerwährenden Lernprozess aneignen musste. Je tiefer ich mich in sie versenkte, desto ferner rückten ihre Gren-

zen. Und als ich mir endgültig ihre Unerreichbarkeit eingestehen musste, verstummte ich für eine ganze Woche. Es war ein Experiment: ohne Sprache denken. In der ersten Zeit gelang mit das ganz gut. Ich konnte in Farben denken. Manchmal dachte ich auch in Geräuschen. Natürlich berührte dieser Prozess nicht die Kausalität. Aber ein Süppchen schlürfen, dass es klingt wie Schritte auf Moos, klappte ziemlich gut, es funktionierte sogar automatisch.

Schließlich beendete ich mein Werk »Die sieben Stufen des Todes«. Jetzt musste ich es nur noch meinem wichtigsten Leser zur Beurteilung vorlegen. Jede einzelne der kalten und schlaflosen Nächte, die ich bei Nina verbrachte, dachte ich an den Gemüsigen. Mit seinem Namen auf den Lippen schlief ich ein und erwachte ich. Aber niemals hätte ich mir einfallen lassen, ihn anzurufen und ihm die »Stufen« zu zeigen.

O'Schreck!

Ich brachte ein sonderbares Wesen mit nach Hause zu Ninas nackter Großmutter. Ach, was hatte es für wirre, nervöse Haare! Und diese unbeirrbare Nase, auf der wie festgewachsen eine Brille klemmte! Trotz eines leichten Lispelns zeichnete es sich durch ungewöhnliche Zungenfertigkeit aus. Dieses in eine selbstgefertigte Boa aus Plüschtieren eingewickelte Wesen war ein Punk.
In der UdSSR wusste damals kein Mensch, dass solche Menschen im Westen Punk hießen und dass sie gegen soziale Ungerechtigkeit protestierten.
O'Schreck protestierte allerdings gar nicht. Sie war Exhibitionistin, und tief in meinem Herzen beneidete ich sie um ihren Mut und ihre Unbekümmertheit.
Zu meinem Entzücken erschien sie in einer mit Glasjuwelen verzierten Tiara. Die nackte Großmutter, die mit allen Wassern gewaschene majestätische Schönheit der Vergangenheit, stöhnte bei ihrem Anblick auf und wich im ersten Moment sogar vor ihr zurück.
»Warum haben Sie sich denn so wild herausgeputzt, mein Engel? Bei Ihrem Anblick bekommt man ja die Gicht.«
O'Schreck war sehr höflich (aus guter Funktionärsfamilie). Mit naivem Ernst und bis in alle Einzelheiten erklärte sie, das sei jetzt die neue Mode: »Eigentlich bin ich eine ganz normale Studentin am Konservatorium. Ich studiere Jazz.«
»Jazz?«
»Genau.«
»Na dann spielen Sie uns doch mal was vor, mein Liebling, erquicken Sie das Herz einer alten Frau.«

O'Schreck setzte sich brav ans Klavier und spielte mit außergewöhnlicher Virtuosität und blasiertem Gesicht einen Ragtime. Sie hoffte, dafür etwas zu essen zu bekommen (zu jener Zeit waren wir immer hungrig, für einen guten Borschtsch hätten wir unsere Seele verkauft).
Auf die nackte Großmutter machte die Darbietung nicht den geringsten Eindruck. Sie trommelte mit den Fingern auf den Tisch und sagte: »Alles klar, Herzchen.«
Damit war das Verhör noch nicht beendet. Die Großmutter erkundigte sich, woher O'Schreck ihren seltsamen Namen habe.
»O'Schreck ist natürlich kein echter Familienname. Es ist einfach so, dass überall da, wo ich auftauche, alle möglichen Malheurs passieren, mal brennt es, mal gibt es ein Erdbeben. Lauter Mist, verstehen Sie?«
Nun kommen Erdbeben in Moskau ziemlich selten vor. Etwa einmal in 300 000 Jahren. Deshalb brach an diesem denkwürdigen Abend, während wir beim Tee saßen und plauderten, im Bad der Wasserhahn aus der Wand. Die Wohnung soff ab. Die Mahagonimöbel begaben sich auf eine weite Reise. Nicht mal die Standuhr konnte gerettet werden.
Es war an diesem denkwürdigen Tag, dass wir eine Leiche in unserem Hof fanden, einen Alkoholiker, der in einer Pfütze ertrunken war. Nina kannte ihn, er war ihr Nachbar. »Und ein sehr begabter Barde«, fügte sie hinzu.
Nach der Überschwemmung in Ninas Wohnung musste ich ausziehen. Wieder irrte ich hungrig und frierend durch Moskau. Jeden Abend blätterte ich mein pralles Adressbuch durch, rief der Reihe nach alle meine Bekannten an und fragte, ob sie mich für eine Nacht aufnehmen könnten. Wenn es mal richtig eng wurde, machte ich es mir in den oberen Etagen warmer Treppenhäuser gemütlich.
Damals war Moskau abends noch nicht so gut beleuchtet

wie heute. Alles ertrank in Dunkelheit, und nur im Winter ließ der Schnee die Stadt von innen her silberblau leuchten. Im Sommer dagegen verwandelte sich die Megapolis mit ihren leeren Straßenschluchten in ein geheimnisvolles und majestätisches Labyrinth. Wenn der Vollmond schien, rechnete man damit, dass jeden Moment eine gigantische Diplodocus-Henne hinter dem nächsten Haus hervorspringen würde. Heute kann man sich das nur noch schwer vorstellen – die grelle Straßenbeleuchtung und die bunte Werbung töten jedes Geheimnis. In der Dunkelheit erscheint jeder Raum unendlich, und das endlose Moskau wirkte in den Nächten doppelt und dreifach so riesig, wie es ohnehin war.

Mikronismen und Chronophagen

1986 näherte sich der Halleysche Komet der Erde. Die amerikanische Challenger-Raumfähre explodierte mit mehreren Astronauten an Bord. Ein sowjetisches Schiff strandete in der Shakespeare Bay bei Neuseeland. Lady Gaga kam zur Welt. Gorbatschow forderte die Abschaffung der Atomwaffen. Im Austausch gegen sowjetische Spione entließ man den Bürgerrechtler Natan Scharanski aus dem Gefängnis. Der erste Computervirus wurde festgestellt. Im Haus des Kinos zeigten sie Tarkowskis Film *Opfer*. In Moskau schneite es.

Um den Gipfel der Freiheit zu erreichen, musste ich so schnell wie möglich von der verhassten Lehranstalt loskommen. Tomaterich würde mich bei diesem Vorhaben bestimmt unterstützen. Ein Schriftsteller muss frei sein von unzumutbarer Arbeit und überflüssiger Ausbildung! Abenteuer und Erfahrung sind weitaus wichtiger. »Einsamkeit ist das Los der wilden Tiere und der Götter«, sagte Scherwinskaja einmal. Das wusste ich damals noch nicht. Jetzt wurde mir klar: Nichts darf mich jemals mehr an Recht und Ordnung binden.

Dies forderte von mir das Projekt der SELBSTAUFOPFERUNG, die dem GROSSEN MANN geweiht war!

Kaum hatte ich mich endgültig mit allen Dozenten zerstritten, kam wieder einmal meine Maman aus Kiew angerauscht. Sie zwang mich, zu Marisemjonna in die Fliegenfalle zurückzukehren, und machte damit meine ehrgeizigen Pläne zunichte.

Diesmal zog Marisemjonna einen uralten Onkel Albert aus

der Familiengruft. Mit Poesie hatte er nichts am Hut. Übrigens hatte keiner was mit Poesie am Hut. In gewissem Sinn waren sie selbst Poesie, im brutalsten Sinn des Wortes. Onkel Albert war Uhrmachermeister. Man sagte, er sei in seinem Leben noch nie zu spät gekommen. In der Familie hieß er nur der Schweizer.

Wie alle Genossenschaftler lief Onkel Albert in schwarzen Ärmelschonern herum. In seinen wässrigen blauen Augen war eine dicke Lupe festmontiert, mit der er Mikronismen und Chronophagen untersuchte. Wie sie sich dort halten konnte, weiß Gott allein. Er aß mit dieser Lupe und schlief mit ihr, durch sie hindurch schaute er seine SCHLAMPE an. Niemand wusste, auf welchem Wege so ein Geheimniskrämer wie ein Uhrmacher nach Moskau gekommen war, eine Stadt, in der jedes Geheimnis eine Staatsangelegenheit war.

Man weiß, dass die Uhr mit der Zeit an sich gar nichts zu tun hat und ihre Konstruktion nicht enthüllt. Die Messung der Zeit ist eine Erfindung, die uns mit der wilden Kraft der Natur aussöhnen soll. Das Ticken des Uhrmechanismus schützt uns nicht vor dem Tod. Über all das war sich Onkel Albert vollkommen im Klaren. Trotzdem unterwarf er sich dieser primitiven und stumpfsinnigen Zeitmaschine.

Onkel Albert wohnte mit seiner SCHLAMPE auf dem Gogol-Boulevard. Von ihr wusste ich nur, dass sie ihm sein gesamtes, mühsam verdientes Geld aus der Tasche zog und in einem Strumpf unter der Matratze versteckte. Strumpf und Matratze waren natürlich nur eine Redensart, aber ich verstand es wörtlich: die Madame mit einem Strumpf, schlaflose Nächte, Prinzessin auf der Erbse und so weiter.

Als wir ankamen, umarmte er Maman, während er mich durch seine Lupe hindurch betrachtete. Dabei kam er ganz nah an mich heran und sagte immerzu: »Alles klar, alles klar.« In seinen Augen sah ich eine Mischung aus Argwohn und Neugier.

An diesem ersten Abend sprach er lange über Federn und Mechanik und dass man etwas »justieren« müsse. Ich bezog alles auf mich. Ich spürte, wie meine Feder ablief, während wir redeten, und am Ende des Abends begriff ich, dass meine Uhr endgültig stehengeblieben war. Mit einem Wort, Maman hatte mich völlig umsonst zu ihm mitgenommen.

Der Onkel hegte keinerlei verwandtschaftlichen Gefühle für mich und hatte auch nicht vor, mich aus dem Strudel der städtischen Gefühllosigkeit zu retten. Beim Abschied sagte er noch, Moskau würde mich zu Grunde richten. Einstweilen solle ich mich davor hüten, mich zu verlieben. Sollte ich aber irgendwann einmal heiraten wollen – hier senkte er die Stimme und raunte:

»Dann such dir einen langweiligen Mann. Das ist die einzig richtige Wahl!«

Er fügte noch hinzu, ich solle ja »auf nichts rechnen«, »schreib dir das hinter die Ohren«, »das Leben ist kein Zuckerschlecken«.

Ich prägte mir diese Weisheiten gut ein, und so begriff ich schon damals, dass es nur einen himmlischen Bräutigam für mich gab – ganz klar, wen –, und mit etwas anderem rechnete ich nicht.

Maman gab auch nach dem Reinfall mit dem Uhrmacher nicht auf.

»Jetzt haben wir noch Berta. Das ist unsere letzte Hoffnung.«

»Hoffnung worauf?«

Von allen weit entfernten Verwandten war die Feurige Berta die einsamste. Natürlich musste ich ihr gegenüber gleichgültig bleiben, ungefähr wie der »Fremde« von Camus. Und trotzdem, sie rührte an mein versteinertes Herz.

Mit ihren unzähligen Sommersprossen ähnelte sie einem gesprenkelten Luchs – und dem Herbst, wenn die Sonne die Wiesen vergoldet! Ich wusste nicht viel über sie, nur dass sie als junges Mädchen nach Sibirien verbannt worden war. Aus politischen Gründen, was man vor mir sorgsam verborgen hielt. Wenn von ihr gesprochen wurde, fiel unvermeidlich der Satz:
»Die Arme, wie sie in diesem Sibirien gehungert hat!«
Niemals vergaß man die Rinde zu erwähnen:
»Sie hungerte und musste mit den anderen Häftlingen Rinde essen.«
Natürlich fraßen auch die sibirischen Biber Rinde, aber in meiner Phantasie aß Tante Berta mehr Rinde als alle Biber zusammen. Die rote Rinde der Kiefer floss auch in Bertas Adern.
Sibirien stellte ich mir damals als einen endlosen Wald mit lauter nackten, entrindeten Bäumen vor, die traurig und schutzlos im Winde standen.
Nachdem Maman wieder abgefahren war, wählte ich einen Tag aus, um der Familienpflicht zu genügen, und begab mich in den Taganer Stadtteil. Dutzende Katzen sprangen auf mich los, kaum dass sie die Wohnungstür geöffnet hatte. Die wilden Tiere verteilten sich im Treppenhaus. Wir brauchten einen halben Tag, um alle wieder einzufangen. Mit blutig zerkratzten Händen fuhr ich nach Hause.
Beim Abschied sagte Berta zu mir, sie sehe meiner Seele bis auf den Grund.
»Du wirst nicht mehr lange leben! Der Teufel hat dich in der Gewalt«, resümierte sie.
Die Alte gehörte zu der Gattung von Geistesgestörten, die zwischen Abfallbergen leben, weil sie es absolut nicht fertigbringen, etwas wegzuwerfen. Als sie gestorben war, wollte meine Mutter mir nicht sagen, was man mit den Katzen gemacht hatte. Ungefähr acht von ihnen konnten sie offen-

sichtlich anderswo unterbringen, dann riss ihnen die Geduld.
Eigentlich dachte ich, je mehr gute Taten ich anhäufe, desto mehr wird Tomatchen mich lieben. AUSSCHLIESSLICH SEINETWEGEN hatte ich der Feurigen Berta einen Besuch abgestattet.

In der Zwischenzeit war ich achtzehn geworden, behauptete jedoch beharrlich, in mir sei nicht ein Tropfen Jugend mehr übrig. Abends, auf dem Rückweg in die verfluchte Fliegenfalle, überquerte ich jedes Mal den Moskauer Globus, schritt an dunklen, dickbäuchigen Plätzen vorbei. Ringsum schliefen schwarze Monolithen. Ich stellte mich auf die Zehenspitzen und spähte in die Wohnungen, ob dort nicht vielleicht meine Doppelgängerin saß, an einem üppig gedeckten Tisch, nichts ahnend von meiner Obdachlosigkeit. Aber keine Apfelgans, sondern eine Pirogge ließ mir für gewöhnlich ihr ehrliches Hundefett in den Ärmel laufen. So verdarb ich mir alle Pelzwaren – die Feigenblätter meiner Schutzlosigkeit.
Andersens Geschichte vom »Mädchen mit den Schwefelhölzern« ging mir durch den Kopf. Es war einmal ein armes Mädchen, das hatte kein Zuhause. Es verkaufte Schwefelhölzer. Hunger und Kälte erzeugten in seinem Kopf psychedelische Bilder vom heimischen Herd. Lieber Gott, Hans Christian, nimm mich zu dir in deinen ausländischen Himmel!
Oh, wie wütend war ich geworden, als Olga Pistole einmal zu mir sagte:
»Ja, du hast Recht, du bist dieses Mädchen mit den Schwefelhölzern, aber eins, das alles abfackelt!«

Die folgenden Versuche, eine Wohnung zu finden, scheiterten kläglich. Eine Woche nach dem Besuch bei Berta fand ich Unterschlupf im Museum der Revolution, in dessen Sälen man fast glaubte die Pferde wiehern zu hören. Da war sie, die Frühgeschichte der Utopie: Soldatenmäntel, Dekrete, Fotografien, die Gemälde Mitrofan Grekows, Flugblätter, die Tatschankas der 1. Reiterarmee, die Fahnen der Roten und der Weißen Bewegung. Besonders faszinierte mich ein Mauser Selbstlader von 1895. Leider lag er unter Glas, und ich hatte den Verdacht, dass man die passende Munition für keine Währung der Welt ergattern konnte.

Dieses Mal schien mir, mein Geliebter habe sich schon aus einem physischen Cake in einen metaphysischen Pancake verwandelt. Überall war seine unsichtbare Gegenwart zu spüren. In den Sälen, wo die Vitrinen schaurig schimmerten und von den Wänden die Reprototen glotzten, verfolgte er mich mit seiner unablässigen Aufmerksamkeit.

Ich verbrachte die Tage in der Bibliothek oder mit Besuchen bei Bekannten. Zur Studienanstalt ging ich kaum noch. Stattdessen saß ich auf dem Twerskoi-Boulevard gegenüber dem Literaturinstitut und hielt gierig nach älteren Passanten Ausschau, in der Hoffnung, jemand erbarmte sich meiner und ließe mich bei sich wohnen. Aber die Moskauer Alten kannten kein Mitleid. Sonst wären es keine Moskauer Alten. Dafür fiel mir hier auf der Straße mit abgestorbenen Fingern das Schreiben umso leichter.

Auf den März folgte, wie das in Moskau vorkommt, der Dezember. An der Studienanstalt standen die Dinge schlecht für mich.

»Das ist hier schließlich kein Armenhaus für Invaliden und Schwachsinnige!«, sagte eine der Professorinnen einmal zu mir.

Ich stand vor einem banalen Dilemma: Das Studium war eine abscheuliche Quälerei, aber ohne Studentenausweis war ich illegal in Moskau.

Meine Qualen vertraute ich Olga Pistole an.
»Wir müssen dir einen fiktiven Ehemann suchen«, sagte sie und machte sich augenblicklich auf die Suche.

Heldenhafte Opfertat

Dann begann die Perestroika. Man beförderte die ersten Module der sowjetischen Waschmaschine »Mir« in den Weltraum. Der iranisch-irakische Krieg ging weiter. Die KPdSU eröffnete ihren XXVII. Parteitag. In Stockholm wurde Olof Palme ermordet. Die Sowjets testeten ihre erste Interkontinentalrakete. Ronald Reagan unterstützte die afghanischen Mudschahedin. Der Ölpreis fiel. Johannes Paul II. besuchte eine Synagoge. In Tschernobyl ereignete sich eine Nuklearkatastrophe. Der Ministerrat der UdSSR ging gegen nicht erarbeitetes Einkommen vor. Die Länder der Karibik forderten die USA auf, sich aus ihrer Region zurückzuziehen.

In den ersten Apriltagen entwickelte Nina die fixe Idee, eine sittliche Großtat für ihren Geliebten zu vollbringen, so wie ich. Sie lag mir unentwegt in den Ohren damit. Wie sich herausstellte, verfolgten auch viele andere diese Idee.

In diesen Tagen kam eine Nachbarin zu Thorwaldsen. Sie druckste schrecklich verlegen herum und brachte schließlich, wie Thorwaldsen selbst mir erzählte, folgendes hervor:

»Georgi Andrejewitsch, ich würde so gern als Ärztin auf der Intensivstation arbeiten. Ich wünschte, Sie wären todkrank.«

Thorwaldsen fielen fast die Augen aus dem Kopf, als er das hörte, und er wollte auf der Stelle den Notarzt rufen.

»Aber warum denn?«

»Dann würde ich Ihnen das Leben retten!«, murmelte sie verschämt und fing an zu heulen.

Weder Thorwaldsens lustige Geschichte noch viele andere ernüchternde Ereignisse konnten verhindern, dass ich manchmal dachte, ich würde langsam verrückt.
Ich dachte jetzt oft an den verrückten Wowa aus unserem Hof. Der lebte ohne Zeit und ohne Geschichte. Oft stand er auf seinem Balkon, schaute nach oben und sagte, es würden dort viel zu viele Vögel herumwimmeln, die verhunzen den ganzen Himmel, sagte er.
Die Emotionen schnitten mir den Kopf auf wie ein Dosenöffner. Die Vögel verhunzten den Himmel.
Aber das Schlimmste war, dass Nina aus misslichen Umständen, weil ihr ein Objekt für ihren Opferkult fehlte, beim Psychiater landete.

Die von Olga Pistole aufgebrachte Idee eines fiktiven Ehemannes hatte sich so tief in mein Bewusstsein gegraben, dass ich jetzt Tag und Nacht nur ans Heiraten dachte. Das hätte Tomaterich (wenn er es gewusst hätte) in die Knochen fahren und ihn dazu bringen müssen, etwas zu tun (aber was nur?). Als Maman neuerlich anreiste, um meine Zurechnungsfähigkeit zu überprüfen, teilte ich ihr mit, dass ich demnächst meine polizeiliche Anmeldung verlieren würde.
»Und wenn ich dann plötzlich illegal bin, werde ich verhaftet!«
»Das ist ja entsetzlich!«
»Und erschossen.«
»Aber wir haben doch Knöpfchen, der ist noch Junggeselle!«
»Und wer ist das?«
»Der Neffe eines Spions.«
Diese Worte waren wie ein Blitzstrahl in stockfinsterer Nacht.
Ein kleines Detail allerdings gab es, das mich hartnäckig ir-

ritierte: Wieso hat ein Spion, der im Internat aufgewachsen ist, Verwandte?
Unter Stalin wurden die talentiertesten Waisenkinder in spezielle Internate für Spione gesteckt. Dort büffelten sie Staatsgeheimnisse. Das war sehr praktisch, weil ein Waisenkind niemandem etwas verraten kann!
»Also, wie kommt dieser Spion an Knöpfchen?«
Mama riet mir, keine unnötigen Fragen zu stellen, auf die sie selber keine Antwort hatte. Wir stiegen in die Metro und fuhren zu diesem Knöpfchen.
Unterwegs nutzte sie die Zeit, um mir zu erzählen, dass man ihn schon überall feilgeboten habe wie Sauerbier.
»Aber niemand hat ihn genommen! Dabei ist er so klug und so gut erzogen. In der Schule war er immer der Beste.«
Die Polsterung seiner Wohnungstür hatte jemand mit dem Messer zerschnitten. Ein schmächtiger Mann im Dreiteiler öffnete uns. Glühende Augen mit langen stachligen Wimpern und fein geschwungenen Augenbrauen betonten nur seine Blässe, und die hohen Absätze verstärkten seine Ähnlichkeit mit einer Miniaturfrau. Seine ganze Erscheinung sagte: Ich bin eine Konkubine.
»Kommt rein, ich freue mich, euch zu sehen.«
Mama nannte ihn tatsächlich Knöpfchen. Sehr umständlich fragte sie ihn nach diesem und jenem, um schließlich zu erklären, dass Menschen einander helfen und in schweren Augenblicken einander unterstützen müssten. Knöpfchen wurde hellhörig.
»Helfen in jeder Hinsicht«, präzisierte sie.
Da stand Knöpfchen abrupt auf, zog sich die Schnurrbartspitzen gerade wie ein Beamter der vorrevolutionären Armee und sagte:
»Meine Damen, hören wir doch auf, um den heißen Brei herumzureden. Womit kann ich Ihnen dienen?«
»Ich meine natürlich eine fiktive Eheschließung mit diesem

Unglückswurm hier«, sagte Maman resolut und zeigte auf mich.

»Die polizeiliche Anmeldung?«, fragte Knöpfchen alarmiert und trommelte mit den Fingernägeln auf der Tischplatte.

Ich wollte das Gespräch schon auf ein anderes Thema lenken, weil mir gleich klar gewesen war, dass Knöpfchen sich nicht so leicht um den Finger wickeln ließ. Aber da wurde sein Trommeln langsamer und rhythmischer, und als keiner mehr etwas sagte, konnte ich sogar die Melodie erkennen.

»Vorwärts, Genossen, im Gleichschritt voran!«

Knöpfchen grinste schief.

Maman begriff, dass hier ein Schlupfloch entstanden war, durch das sogar ein Elefant hindurchkriechen konnte.

»Gegen einen kleinen Nebenverdienst hättest du doch bestimmt nichts einzuwenden, oder, Knöpfchen?«

Ich fügte hinzu, ich würde mit eigenem Geld zahlen, aus dem Verkauf einiger Bilder an einen Ausländer hätte ich Rücklagen in Dollar.

Sein kaum verhohlenes Grinsen zog sich bis zu den Ohren, dann bis zum Schrank und blieb so in seiner ganzen Unverschämtheit in der Luft hängen.

»Tschaikowski oder Kaffeekowski?«, fragte er, und seine Stimme klang plötzlich ganz munter. Das bedeutete, dass er einverstanden war.

Mama blieb im Zimmer, während wir in die Küche gingen, um Tee zu kochen. Unserer Unterhaltung entnahm ich, dass er Chemiker war, und zwar nicht irgendeiner, sondern Spezialist für alle möglichen Kefirbakterien und -pilze. Sein ganzer Kühlschrank war voller »Kulturen« aus Sauermilch, kurz, er wimmelte von Bakterien! Das jagte mir einen tüchtigen Schreck ein, und Knöpfchen, der das nicht ahnte, roch auf einmal nach Kumys wie eine usbekische Bäuerin.

Dann tranken wir Tee und aßen Schaumkuchen.
»Die Hochzeit feiern wir in Kiew, da kann man das Standesamt besser beschummeln.«
Schwer zu sagen, warum Maman das Kiewer Standesamt für leichtgläubiger hielt. Sie redete Quatsch, wie immer.

Arschlöcher und Bohemiens

Im selben Jahr, 1986, fand die Fußballweltmeisterschaft in Mexiko statt. In Moskau begannen die »Spiele des guten Willens«. Der Konflikt zwischen Kampuchea und Vietnam dauerte an. Abu Nidal mordete permanent und überall, mit offensichtlichem Vergnügen. An der Wall Street kam es zu einem Kursrutsch. Die UdSSR erließ ein Gesetz, das privatunternehmerische Tätigkeit erlaubt. Andrej Sacharow kehrte aus der Verbannung zurück. Mein Absturz setzte sich fort!

Im Sommer geriet ich auf eine Party bei jener Natalie aus dem dritten Studienjahr, die zu den erwähnten variantenreichen Blutsaugern der Theaterschule gehörte. Man durfte ihr Zimmer nur auf Zehenspitzen betreten, weil dort jemand auf dem Fußboden lag und schnarchte, bombensicher in einen Teppich eingewickelt.

Waldnymphen rauchten die Möbel. Wasserstoffperoxidhexen vom benachbarten Friedhof stopften eine bedauernswerte Oboe mit Gras. Die ganze Wohnung roch nach Gift.

»Ich bin mit einem Flitzer, einem Spritzer, einem Zweisitzer durchgebrannt, ich hing an seinem Hals wie eine Stoffpuppe. Mit einem Wort, mein ganzes Leben, das kannst du dir nicht vorstellen, ist Spielfilm und Trickfilm gleichzeitig!«

Die Stimmen klangen versoffen und erregt. In der Küche fand ich einen koreanischen Greis vor, der eine grausige Junkbrühe kochte. Dann polterten zwei Typen in Soldatenmänteln in die Wohnung.

Ich wusste, dass Männer sich in drei Kategorien einteilen lassen: Byron, Villon und Rimbaud.

1. Villon war der Typ des kapriziösen Säufers, der den Damen die Pfoten abschleckte. So einem gestattete man Rüpeleien, Schläge, bestialischen Körpergeruch und auf Bahnhofsbänken verpennte Nächte.

2. Der Byron-Typ war akkurat und zurückhaltend, aber pausenlos melancholisch. Die Byrons nisteten sich vorzugsweise in Bibliotheken ein und liebten Reproduktionen von Gustave Doré. Sie ernährten sich von Buchrücken.

3. Der Rimbaud-Typ, das waren schmächtige, burschikose und launenhafte Halbwüchsige mit veritablem Größenwahn, unglaublich narzisstische Jungs. Sie tranken vorzugsweise Cognac und schnaubten geziert in karierte Stofftaschentücher.

Die Mädchen teilten sich in Dichterinnen, Hausmäuse und schlaffe Trauerraupen.

Zottelige Jungen fielen unter keine dieser Kategorien. Sie waren dumm wie afghanische Windhunde. Ihre Haare waren keine Haare, sondern Wuschel, oder sogar widrige Wischel und quirlige Quiffs. Sie redeten, indem permanent einer den anderen unterbrach. Einer begann einen Satz, ein anderer beendete ihn.

»Im Anfangsstadium konvergierten wir mit dem Werk von …«

»… Stockhausen und Hindemith. Unsere letzte Platte besteht aus Klopfen an Heizkörpern.«

Ich streifte durch die Räuberhöhle, registrierte die summenden Dummheiten und kostete den Geist der Zersetzung. Im engen Wohnungsflur diskutierte man Fassbinder, in der Küche delektierte man sich ungeniert an Godard.

Endlich war ich zu Natalies Schlafzimmer vorgedrungen. Dort herrschte Halbdunkel. Auf dem Bett wälzte sich ein betrunkenes Pärchen. Ich schlüpfte ins Zimmer – rosa Federn,

Vasen, Tücher – eine wahre Vorhölle. Ohne mich um die beiden zu kümmern, stellte ich mich vor den trüben Spiegel. Was ich sah, ließ mich zurückprallen: Am Spiegelrahmen steckten Tomatengedichte. In TOMATENHANDSCHRIFT geschriebene!
Es waren dieselben Worte, die so lange schon mein Gehirn erfüllten und alles Überflüssige verdrängt hatten, das heißt, das Gehirn selbst! In meinem Kopf brach ein Schwall kalter Wut los. Auf einem schmutzigen Fetzen Zeitungspapier stand die vertraute Telefonnummer.
Minutenlang stand ich nur da und las mechanisch alle Gedichte, die dort hingen. Wissenschaftliche Begriffe vermischten sich mit botanischen Spitzfindigkeiten. Die jungen Leute wälzten sich auf dem Bett herum, als wäre nichts geschehen. All das hatte keinen Bezug zur Realität. Ohne richtig zu begreifen, was ich gleich tun würde, kehrte ich ins Wohnzimmer zurück.
»Ich möchte euch ein Gedicht vorlesen!«
Die Gitarren verstummten. Jemand nieste. Der Mann unter dem Teppich stöhnte im Schlaf. Natalie sah mich an, wie Betrunkene oft schauen, zärtlich und ein wenig spöttisch.
»Das Gedicht heißt ›Ziffern‹!«
Ich stand mitten im Zimmer, das sich wie rasend um mich drehte. Im Gewirr der Gesichter schwirrten glühende Zigaretten, Dämonen und Prostituierte. Mein Körper war scharf wie ein Messer, meine Fäuste geballt, dass sie weh taten. Mit lauter Stimme deklamierte ich Tomaterichs Telefonnummer, dann sang ich sie, ganz zuletzt schrie ich sie noch einmal und machte eine tiefe Verbeugung.
Alle amüsierten sich köstlich. Die Gastgeberin war weiß wie ein Laken. Ich griff mir Mantel und Rucksack, knallte die Tür hinter mir zu und stand auf dem Treppenabsatz. Raubgierige Stille empfing mich. Meine Beine waren wie

aus Stein. Erst Natalies Schrei riss mich aus der Erstarrung: Du hast dein Notizbuch vergessen! Die Kante des Buchrückens traf mich im Genick.
Nachdem ich mich bei Marisemjonna mit einer schweren Angina ins Bett gelegt hatte, taufte sie meine Bekannten Gossendreck. Olga Pistole äußerte sich kompakter, aber enthusiastisch: Arschlöcher und Bohemiens. Doch mir ging meine Heldentat mit dem Gedicht »Ziffern« nicht mehr aus dem Kopf!

Als ich wieder zu mir kam, stellte sich heraus, dass sich in der Zwischenzeit vieles verändert hatte. Olga Pistole hatte sich in einen paralytischen Dissidenten verliebt. Lawrik gab ein Underground-Magazin heraus. Nina hatte spitzgekriegt, dass sie mit Leo Trotzki verwandt war, und Dürer war von Saxophon und Elektronik auf Zimbal und Theremin umgestiegen.
Im Neglinka-Bezirk hatte ich mir ein Haus ausgeguckt, in dem man auf der obersten Etage nächtigen konnte, wenn man sich in seine Pelzjacke wickelte. Im Vorderhaus war es warm und sauber. Und vor allem brauchte man nicht bis an den Stadtrand zu Marisemjonna zu zockeln.
In dieser Zeit ging ich oft zu Dürer in seinen Probenkeller und hörte mir seine Qualophonie an. Seit einiger Zeit trieb er sich in den Clubs herum, schamanierte, war vollständig auf Frauenkleider umgestiegen und erging sich in Weissagungen über die Zukunft des Films und über die Musik der Zukunft.
Vereinzelte Fans hatten sich bei ihm eingefunden – ein Häufchen von Halbirren. Einer davon schmökerte in Heiligenviten und bekreuzigte sich in alle Himmelsrichtungen. Der Zweite, genannt Rotzbremse, schrammelte auf der Gitarre herum und suchte seine Dulcinea. Dabei handelte es sich offenbar um eine Büfettdame bei den Moskau-

er Filmstudios, deren gesamter Wortschatz sich auf »aha« beschränkte. Dafür hatte er ihr mehrere »Balladen« gewidmet.

Mit diesem Trio trieb ich mich mehrere Monate hintereinander herum. Einmal nahmen sie mich zu einem struppigen Mädchen mit.

»Sie ist Philosophin«, erklärten sie mir. »Und sie studiert an der Moskauer Staatlichen Universität.«

Kaum hatten sie mir das mitgeteilt, rutschte mir schon das Herz in die Hose.

»Sängerin ist sie auch noch!«

SIE hatte eine Stimme wie ein Schmetterling, wie eine Rasierklinge, sang Lieder über die sexuelle Konterrevolution und zupfte auf ihrer Gitarre, als wollte sie Steinchen aus Buchweizen lesen. Man konnte sie sich gut in zwei Hypostasen vorstellen: als Hausfrau und als Katze, die durch heftiges Kampfgetümmel streift, eine Katze, die sich an Gewehre schmiegt, an Leichen, sogar an Gewehrkugeln. Ich hatte Angst, dass das Gefühl, das ihr Gesang hinterließ, plötzlich zerplatzen könnte wie eine Weihnachtsbaumkugel. Um ein Haar hätte ich mich in dieses Mädchen verschossen! Aber damit war meine Verliebtheit auch schon vorbei.

Jetzt schien mir die Zeit des wahren Lernens zu beginnen. Ich half Lawrik bei seiner Verlagsarbeit, schrieb ein paar ziemlich eigenwillige Artikel, organisierte eine Ausstellung in einem Keller und stürzte mich mit Hilfe von Dürer und seinen bocksbeinigen Freunden in das Studium der musikalischen Avantgarde.

»Rock ist abgegessen! Rock ist der Versuch, über große Themen in einer Talmisprache zu reden!«

»Rock – das sind wir!«

Die Konzerte fanden in den Clubs der Wälzlager-Industriearbeiter, der Erdölarbeiter und der Schuster statt. Der Geruch nach Urin und Feuchtigkeit, der Geruch der gelben Glühbirnen!

In diesen Clubs ging es entzückend abartig zu. Die Bezeichnungen der Konzerte, der Gruppen und einzelnen Stücke spielten mit bürokratischem Slang, sie waren provozierend und gespickt mit Rätseln. Statt Instrumente kamen Konservendosen, Sägen und Sperrholz zum Einsatz. Die Musiker verspotteten die Zuhörer, sich selbst und die Musik. Das Publikum brüllte, Bücher und Hämmer flogen auf die Bühne, die Leute versuchten, so gut sie nur konnten, die Musiker zu beleidigen.

Einmal landete ein Ohr auf der Bühne. Ein echtes Menschenohr, das man einer Leiche abgeschnitten hatte. Weder der Werfer noch der Besitzer des Ohres wurden gefunden. Aber vor allem, die Musik selbst verhöhnte alles, was hier geschah!

In der Regel blieben alle bis zum Schluss. Dann fingen die Clubleiter an, die armen, bedauernswerten Musikbesessenen in hohem Bogen rauszuschmeißen, Freaks, von denen ein guter Teil nicht wusste, wo er die Nacht verbringen sollte. Deshalb zogen sie weiter in diverse Ateliers oder Kommunalwohnungen. Hochkultivierte Menschen schliefen wie die Sardinen in der Büchse, kurierten morgens ihren Kater mit Gedichten von Tarkowski und brachen das Fasten mit »Baltyka«-Bier.

Während alles dröhnte und polterte, plärrte und ächzte, trug ich jenes zärtliche Gefühl in mir, das mich durch eine hypnotische Kraft dazu trieb, Wörter zu Dichtungen zusammenzufügen. Auf die gleiche Weise trieb es alle diejenigen zu mir, die nicht die Poesie an mir wahrnahmen, sondern nur das Schimmern junger Haut. Ich hatte Angst zu atmen. Ich wusste, dass die schwarzen Schatten der Wolfshunde mich verfolgten. Sprechende Baumstämme und sprechende Bücher liefen hinter mir her, das Rohmaterial, aus dem der Verstand besteht. Sie ließen mich vor Ehrfurcht erschauern und versetzten mich in einen fiebrigen Wahn. Auch wenn sie längst verstummt waren, zitterten diese Vorstellungen noch lange in mir nach.

Ehrwürdiger Pfeffer

Nachdem er mich klanglich abkonterfeit hatte, erlaubte mir Dürer plötzlich, mich in seinem Probenkeller einzunisten. Meine Bedingung war absolute Unberührbarkeit. Zur Strafe präsentierte er mich generös einem Moskauer Original jener großartigen, wilden, rasenden, im Glanze großer Hoffnungen schwelgenden Zeit.

Eines Tages zog er das Nachthemd seiner Oma an, das er nur auf der Bühne trug, und sagte:

»Heute gehen wir zum Ehrwürdigen Pfeffer!«

Wir kamen an der Metrostation Agrochemitscheskaja an, als dort der Zug gerade einen Menschen in zwei Teile zerschnitten hatte, passierten die Allee der Interplanetarischen Metallschuster und gelangten in eine vollständig braune Wohnung.

In der braunen Wohnung war alles braun: das Klavier, die Bücher, die Luft und der Qualm der braunen Zigaretten ihres Kettenrauchbewohners. Er selbst sah aus wie eine mittelgroße Schildkröte mit langen Extremitäten. Sein Mund verzog sich zu einer Grimasse, die man für ein Lächeln halten konnte.

Den Musiker völlig ignorierend, verschlang mich der Ehrwürdige Pfeffer mit Blicken und stellte mir pausenlos Fragen, ließ mir nicht eine Sekunde Zeit zum Luftholen. Ich antwortete und schämte mich dabei wahnsinnig für meine Frechheit. Vor lauter Verlegenheit flocht ich ununterbrochen die Fransen der Plüschtischdecke zusammen und wieder auseinander, bis der Hausherr anfing zu toben:

»Lassen Sie meine Tischdecke in Ruhe, sonst weise ich Ihnen die Tür!«

Aus purer Neugier blieb ich, und das Interview wurde auf freundschaftlichste Art fortgesetzt. Es enthielt höchst unverschämte Fragen:

»Haben Sie Hegel gelesen? ... Sind Sie schon lange in Moskau? ... Haben Sie Ihre Jungfräulichkeit schon verloren?«

»Ehrlich gesagt, nein.«

»Oha«, sagte er.

»Ich verstehe gar nicht, warum das wichtig sein sollte! Im Übrigen habe ich die grässliche Jungfräulichkeit nur deshalb noch nicht verloren, weil ich einen Menschen liebe, für den die Jungfräulichkeit genauso uninteressant ist wie für mich!«

Ehrwürdiger Pfeffer machte keinerlei Anstalten, mich zu fragen, was das denn für ein Mann sei und ob er tatsächlich existiere. Das kränkte und wunderte mich. Bis jetzt hatte ich gedacht, das sei das Einzige, worüber man wirklich reden könne. Anscheinend lebte der Ehrwürdige Pfeffer in seiner eigenen Dimension. Was auf der Welt geschah, interessierte ihn nur am Rande.

Unter wiederholter Anspielung auf die Gemüseproblematik ließ ich mich noch lange über Kreativität im Allgemeinen aus. Ich äußerte mich dahingehend, dass die Kunst etwas Ähnliches sei wie der Vestalinnentempel. Ich sagte, dass der Künstler kein Geschlecht haben könne, dass die Genitalien uns nur gegeben wurden, damit wir uns in der Sauna blamieren könnten, und so faselte ich immer weiter.

Und dann schaute ich den Ehrwürdigen Pfeffer triumphierend an und sagte:

»Ich habe beschlossen, für immer Jungfrau zu bleiben. Alles Irdische und Schmutzige lenkt nur vom Wesentlichen ab, von der schöpferischen Arbeit, der ich mein ganzes Leben

weihen will … und dem Tod«, fügte ich bescheiden hinzu.
Dürer, der unserem Gespräch gedankenschwer gefolgt war, wurde plötzlich rappelig und sprang auf.
»Na gut, ich muss jetzt los.«
Damit schmiss er sich in seine Jacke und schoss aus der Wohnung.
Dann erzählte ich dem Ehrwürdigen von der Kunstschule und dass ich schon lange Gedichte schrieb und von den Dichtern, die mir gefielen.
Er wackelte mit dem Kopf und sagte: »Sehr gut« oder »Hmhm«. Das heißt, er hörte mir aufmerksam zu. Manchmal kam es mir so vor, als wäre ich in eine psychotherapeutische Sitzung geraten. Zum Schluss erzählte ich ihm von unserem Manifest, insbesondere vom letzten Gebot.
»Das ist alles sehr richtig«, sagte der Ehrwürdige Pfeffer und nagte an seinen Lippen.
Ich strahlte.
»Andererseits müssen Sie sich bemühen, Ihre verdammte Jungfräulichkeit irgendwann loszuwerden, sonst bleiben Sie in der analen Phase stecken.«
Wir schwiegen ein wenig, dann fragte er:
»Wie alt waren Sie, als Sie anfingen, Gedichte zu schreiben?«
»Zwei.«
»Ah, sehr gut. Fürchten Sie sich vor dem Tod?«
Auf alle Fragen antwortete ich ehrlich, ich ließ mir ein paar Sekunden Zeit zum Überlegen.
Vor dem Tod fürchtete ich mich damals nicht. Zu jener Zeit konnte ich den Tod nicht vom Schlaf, die Wirklichkeit nicht von der Fiktion unterscheiden.
Endlich gab der erneut gefüllte Teekessel den Pfiff zu einem weiteren Wettschwimmen. Der Hausherr sagte, er erwarte Gäste. Wie sich herausstellte, hatte er Zeit im Überfluss,

denn das Staatsarchiv, in dem er arbeitete, war wegen eines Wasserrohrbruchs geschlossen.
Er stand auf, zog seine langen Glieder unter der Tischdecke hervor und schlang sie um das kleine Klavier. Dann drehte er sich zu mir um, brach in ein wildes Lachen aus, das so abrupt endete, wie es begonnen hatte, und verkündete feierlich:
»Ich werde Ihnen nun eine Inquisition-Komposition vorspielen!«
Das Klavier war verstimmt. ♯♯ und ♭♭ kamen sich ins Gehege. Das Gesicht des Ehrwürdigen Pfeffers zog sich mal in die Breite, mal in die Länge, und das Zimmer, samt allen Gegenständen, die sich darin befanden, verzog sich mit.
»Nun, wie hat es Ihnen gefallen?«, fragte er, als er sein Spiel beendete hatte.
Ich druckste herum.
»Grauenhaft, nicht wahr?«
»Was heißt grauenhaft, es war unerträglich! Es war vollkommen bescheuert! Es hat mir wahnsinnig gefallen«, sagte ich begeistert.
Es klingelte zaghaft an der Tür, und in der Wohnung erschien ein gottserbärmlich fröhlicher Junge. Jedes Auge strahlte in eine andere, unbekannte Richtung. Er musste in meinem Alter sein.
»Das ist mein Schüler De. Be. Silberblick«, stellte der Ehrwürdige Pfeffer ihn vor.
Die Stimme des Ankömmlings klang gequetscht. Vor Verlegenheit konnte ich mich nicht entscheiden, in welches Auge ich schauen sollte, wenn ich mit ihm sprach. Schließlich entschied ich mich kurzerhand für das linke und hielt mich den ganzen Abend lang diszipliniert daran.
Exakt eine halbe Stunde später erschien ein weiterer Schüler des Ehrwürdigen. Der junge Mann mit dem Namen Ra-

dieschen trug eine sehr dicke Brille, sein Kopf erinnerte an eine Runkelrübe, und seine Augen sahen aus wie Blutegel in Zitronensoße.
Anscheinend hatten sie vor, etwas extrem Wichtiges zu besprechen, und schon trieb es mich wieder hinaus auf die Straße. Aber der Ehrwürdige gebot mir mit seinem hypnotischen Willen, mich nicht von der Stelle zu rühren.
Der dritte Gast erschien, als die Sonne schon tintige Schatten warf. Sein Gesicht hatte einen höchst eigenen, konditorischen Ausdruck. Er kam frisch vom Frisör. Vor allem aber kam er im Pyjama, über den er einen Großvatermantel geworfen hatte.
Er fuhr sich elegant mit einem Finger einmal um den Kopf herum, ließ die Absätze klacken und erklärte:
»Topfschnitt!«
Silberblick steckte seine Stockbeine unter die vermoderte Tischdecke und zog ein dickes Manuskript aus einem Einkaufsnetz. Da endlich begriff ich, dass ich tatsächlich in ein hochgradig bedeutsames Ereignis geraten war. Das alles wirkte jetzt wie die Versammlung einer Geheimsekte.
Silberblick erhob sich zu ganzer Größe und verkündete mit Fistelstimme:
»Fröhliche Wasserleiche! Trockene Oper.«
In Wirklichkeit war es keine Oper, sondern ein Poem. Das Poem brachte mich in Rage, aber das ließ ich mir nicht anmerken. Es handelte sich um konventionell gereimte Verse, was der »tomatischen« Doktrin gänzlich zuwiderlief.
Über das Antlitz des Ehrwürdigen Pfeffers schwamm ein beseligtes Lächeln. Radieschen und Topfschnitt wippten mit den Füßen zum Rhythmus des Gedichts und schauten verträumt zur Glühbirne auf. Der Ehrwürdige steckte eine Zigarette nach der anderen in sein gelbes Mundstück, als schöbe er frische Kohle in seinen poetischen Ofen nach. Silberblick fistelte weiter.

Als die Lesung vorbei war, fiel mir ein dicker Stein vom Herzen.
»Das war das Gruseligste, was ich je gehört habe!«, sagte Topfschnitt lebhaft, und Silberblick blühte auf.
Alle meine Gedanken arbeiteten jetzt im wuchernden Gemüsegarten der Liebe. Ich stellte mir Petersilie und Mohrrüben, Auberginen und Patisson-Kürbissse vor. Aber vor allem stellte ich mir vor, wie Tomaterich gelesen hätte. Wahrscheinlich hätten sie ihn gelobt: »Das war original gequirlte Scheiße.«
Dann kam Radieschen an die Reihe und verkündete bescheiden, aber mit Würde:
»Ich werden Ihnen jetzt ein paar ganz neue Sachen vorlesen.«
Silberblick setzte sich, Radieschen stand auf, stieß mit dem Kopf an die Glühbirne und begann zu näseln:
»Der Judaskuss! Eine erotische Komödie!«
Aber alles nimmt einmal ein Ende. Auch dieser quälende Abend, an dem die Vampire Blut mit Kohlensäure tranken, war irgendwann vorbei. Die drei Avantgardisten, die schnell verstanden hatten, dass ich zum feindlichen Lager gehörte, zogen verächtlich von dannen. Der Ehrwürdige Pfeffer hatte an diesem Abend verstanden, dass ich keinen Platz für die Nacht hatte, und ließ mich im Futteral seines Diaepiskops wohnen. So jedenfalls habe ich es später immer erzählt. Wohin Dürer verschwunden war, bleibt auf ewig ein Rätsel.
Nachts weckte mich ein Schrei aus dem Nachbarzimmer. Ehrwürdiger Pfeffer schrie, er liebe eine gewisse Pauline aus Westberlin, aber die Weltpolitik hindere sie daran, sich zu vereinigen, und dann fing er an zu weinen. Ich zwang mich, unter meinem dünnen, eisigen Plaid einzuschlafen. Wie verhext fiel das Thermometer ausgerechnet jetzt auf siebzig Grad Frost.

Am nächsten Tag gab ich dem Ehrwürdigen Pfeffer mein Werk »Die sieben Stufen des Todes« zu lesen, dem ich sogar eine Illustration beigefügt hatte – die »Schlange im Sarg«

Er lobte mich überschwenglich, insbesondere für die »Dritte Stufe des Todes«. Ich war glücklich.
Kurz darauf teilte ich Krokodilzew mit, dass ich keine Initiation brauche.
»Wieso brauchen Sie keine Initiation? Seit wann das denn?«
»Weil der Ehrwürdige Pfeffer es gesagt hat. Und ein Opa auf dem Boulevard auch. Der, der mir Swedenborg gegeben hat. Es ist alles schon in mir drin, hat er gesagt.«
Daraufhin sackte der Große Prophet in sich zusammen, ließ die Ohren hängen und segnete mich für mein weiteres Schaffen.

Marisemjonna rief an und offenbarte mir die furchtbare Wahrheit über Maestro Thorwaldsen.
Natürlich wusste ich, dass einmal im Monat in seiner Wohnung mit dem Canaletto ein orientalisches Gelage veranstaltet wurde. Ich hatte gelegentlich daran teilgenommen. Thorwaldsen legte einen Smoking an und begab sich auf den Leningrader Markt. Zwischen den reich beladenen Verkaufsständen, zwischen Pyramiden aus Dörraprikosen, Kischmisch und anderen getrockneten Leckereien suchte er einen Koch. Der Koch musste unbedingt Usbeke sein. Dann ließ er ein Schaf zu sich nach Hause in den vierten Stock bringen und in der Badewanne schlachten. Während das Schaf geschlachtet wurde, saß Thorwaldsen in der Kü-

che und stöhnte, nannte sich einen Mörder, ließ die Tränen rinnen, raufte sich die Haare, schwadronierte über die Endlichkeit des Lebens und griff sich ans Herz. Dann schluckte er Beruhigungsmittel und raste durch die Wohnung auf der Suche nach Cognac.

Während das Schaf zerlegt und in kleine Stückchen zerteilt wurde, trank er zu Tode betrübt seinen Cognac. Wenn alles fertig war, kam er wieder zu sich, und mit der Miene eines Mannes, der eine schwere Krankheit überstanden hat, pflanzte er einen schweren Kasan auf den Herd. Der Kasan begann zu brutzeln, und Thorwaldsen, der den Schafsmord inzwischen verdrängt hatte, brachte dem Usbeken bei, wie man Plow zubereitet.

Dieses Mal jedoch hatte er wegen des Schafes einen ernsthaften Herzanfall gehabt. Ich besuchte ihn in der Kardiologie. Zu meiner grenzenlosen Verblüffung fand ich im Krankenzimmer ein Schaf vor! Jene Frau, die ihm damals gerne das Leben gerettet hätte, hielt es an der Leine.

»Ich habe beschlossen, dieses Vieh zu adoptieren. Mit Plow ist Schluss!«, hörte ich die Stimme des Kranken. »Mit Fleisch überhaupt ist Schluss! Wenn ich aus dem Krankenhaus komme ...« Er konnte den Satz nicht beenden, weil in diesem Moment eine Krankenschwester hereinkam und furchtbar anfing zu schreien, hier sei kein Zoo.

Als die Landstraßen filzig wurden und sich der Schnee in einen Pelzmantel verwandelte, der nicht mehr kristallin und feindselig war, sondern flauschig und puderzuckrig, befiel mich die Unruhe. Die Lastwagen knirschten mit ihren ungewaschenen Kiefern, die teuflischen Augen der Busse leuchteten, die Boulevard-Ringe erwürgten die Stadt. Ich sah, wie die Finsternis sich vom Mittelpunkt, von der Schwärze des winterlichen Kreml her, ausbreitete wie radioaktive Strahlung und mit schwarzer Flamme auf den Sperlingsbergen glühte.

Nachts hockte die kalte, zähe Angst auf meinem Kopfkissen, und nicht einmal die Nähe all dieser fabelhaften Menschen konnte sie vertreiben. Zuerst war die Angst autonom, undefinierbar und ohne Bezug zu irgendwas. Eine leichte Brise wehte sie in den trockenen Garten des Wahnsinns, wo weder Radieschen noch Tomaten wachsen. Später ging mir auf, dass die Angst keinen Namen hat. Sie ist immer sie selbst.

Ich wohnte mehrere Monate beim Ehrwürdigen Pfeffer. Er hielt die Balance zwischen Seriosität und Absurdismus, wie ein erfahrener Seiltänzer. Nicht eine Sekunde lang vergaß er, dass allen Dingen ein Kern aus Sinnlosigkeit und Unzuverlässigkeit innewohnt. Eines Tages fragte er mich, ob ich nicht zu meinen Eltern zurückwolle.

Das war eine Ohrfeige. Zu den Eltern zurück? Von Angehörigen habe ich nichts zu erwarten! Und der Schwur im Park des Ruhmes, in der Nikolajewskaja-Einsiedelei, im ugrischen Hain, auf Askolds Grab, direkt an der Rotonde, den Musen auf ewig dienen zu wollen?

»Ich mache mir einfach nur Sorgen um Sie. Ihre Eltern bestimmt auch.«

»Ich will leben wie Rimbaud, ich will wie er meine Angehörigen in den Staub treten.«

Der Hals wurde mir eng.

»Angehörige, das ist so etwas wie Bienenbrot, das die Bienen anlegen, um ihre Königin zu versorgen. Die Königin aber gebiert ein Werk, eine Schöpfung. Das Werk, die Schöpfung, das ist es, was mich interessiert! Das ist eine Form von Unsterblichkeit. Aber eigentlich pfeife ich auch auf das Produkt. Letztlich richtet sich auch das Werk an den Menschen, das heißt, es bedient die Eitelkeit.«

Aber Ehrwürdiger Pfeffer wehrte ab.

»Was wollen Sie denn machen? Sie sind noch so jung, Sie müssen Ihr Leben in den Griff kriegen.«

»Ich muss etwas dafür tun, dass ich noch zu Lebzeiten Unsterblichkeit erlange!«
»Unsterblichkeit ist Quatsch!«
»Eine organisierte Existenz, Reproduktion, sinnloses Sterben, das alles interessiert mich nicht. Ich möchte mein Leben überschreiten.«
Wieder wandte der Ehrwürdige Pfeffer ein, ich müsse doch über meine Zukunft nachdenken.
»Das Leben einer Frau ist nun mal schwerer als das Leben eines Mannes.«
»Ich pfeife darauf, dass in mir eine Gebärmutter wächst, eine Art Vase mit Ohren, wie das Anatomielehrbuch behauptet. Nein, ich will leben wie Rimbaud.« Stolz richtete ich mich auf.
»Ich fürchte, das wird Ihnen nicht gelingen. Die Gesellschaft wird sie zwingen zu gebären. Denn sie haben doch Zöpfe. Die Gesellschaft hat Ihnen ja schon Zöpfe geflochten!«
Das fand ich jetzt ziemlich vertrackt, denn damit hatte er verdammt Recht.
An diesem Abend packte ich zusammen, was in einem Koffer Platz fand, und zog auf die Drei Bahnhöfe um, wo drei Obdachlose mich mit Bier bewirteten.

Freiheit

Am nächsten Tag fuhr ich mit Kopfschmerzen zu meiner Lehranstalt, alle meine Habseligkeiten mitschleppend. Das Erste, was mir in die Augen sprang, war ein angepinnter Zettel: »Studenten, die bereit sind, Blut zu spenden, werden für zwei Tage vom Unterricht befreit!« Das war ein unglaublicher Glücksfall! Ich stürzte zum Sekretariat. Dort drängten sich schon die Studenten an der Tür und wedelten mit irgendwelchen Papieren. Kurzerhand kramte ich ebenfalls ein Blatt Papier hervor, und so gelang es mir, mich hineinzuschummeln.

»Könnten Sie mich bitte in die Spenderliste eintragen?«

Die Sekretärin schaute mich durch grob fabrizierte Wimpern an.

Zwei Stunden später erschien eine Blutsaugerbrigade in der Schule. Es formierte sich eine Schlange. Einige versuchten, sich ohne Anmeldung einzuschleichen. Alle, denen man Blut abgezapft hatte, verließen den Sanitäts-Stützpunkt in gehobener Stimmung. Endlich wurde ich aufgerufen. Ich hielt meine Vene hin und überließ mich angenehmen Träumen. Ich dachte, jetzt verbreitet sich mein violettes Blut durch unzählige Adern und vergiftet die Menschheit mit heroischem Blödsinn. Die Krankenschwester drückte eine Fontäne aus der Kanüle, ich spürte einen Stich im Arm, und dann »hing ich an der Nadel«. Sanft drückte man mir Watte auf die Einstichstelle, überreichte mir meinen Spenderpass, und ich war entlassen. Kaum war ich wieder in die lebendige Menge eingetaucht, kam die Sekretärin auf mich zugelaufen. Ihre Wimpern zitterten schuldbewusst.

»Erschrecken Sie nicht. Sie haben morgen früh um neun Uhr einen Termin beim Rektor. Es geht um Ihre Studienleistungen.«

Dieses Mal rief ich Thorwaldsen an und erklärte ihm, ich hätte beim Kampf mit den Windkanülen viel Blut verloren.
»Könnte ich vielleicht ein Weilchen bei Ihnen unterkriechen?«
»Aber ja, natürlich, natürlich. Das Schaf habe ich allerdings nicht mehr.«
»Wo ist es denn hin?«
»Verspeist. Aber ich war's nicht.« Und er seufzte schwer.

Da ist sie, die Drohung der Freiheit! Die Straßen glitzerten vom knackigen, frisch im Frostofen gebackenen Schnee. In meinem Herzen pochte junge Gleichgültigkeit.
Um neun Uhr schlug die Glastür des gottgefälligen Studiariums hinter mir zu, und ich stellte mich dem Gericht!
»Madame, schauen Sie sich doch mal an, wie sind Sie denn angezogen? Gehen Sie auf eine Beerdigung?«
Sicherheitshalber schaute ich auf den Fußboden. Dann denken die Leute, der Angeklagte (ein Mörder, zum Beispiel) empfinde Reue. Und wenn man sich auf die Spitzen seiner abgetragenen Stiefel konzentriert oder auf eine Unebenheit in der Wand, dann erträgt man jede Standpauke.
»Wirst du dich am Riemen reißen?«
»Das werde ich.«
»Weißt du, dass bald Prüfungen anstehen?«
»Das weiß ich.«
»Liebst du das Theater?«
»Ich liebe es.«
»Und die Heimat?«
»Liebe ich auch.«

»Und Stanislawski und Nemirowitsch-Dantschenko?«
»Und Anton Pawlowitsch Tschechow?«
»Und Puschkin, Dostojewski und Tolstoi?«
»Und wenn du sie doch liebst, warum kannst du dich dann nicht ein bisschen am Riemen reißen, verdammte Scheiße?«
Natürlich hatte ich absolut nicht vor, mich am Riemen zu reißen. Hier, im Kreise der Dämonen, war niemand in der Lage, mir zu helfen. Man hackte mir in die Leber, riss ganze Fleischstücke aus mir heraus, brandmarkte mich mit Stumpfsinn und Gleichgültigkeit. Ich aber dachte an die junge Seele Nietzsches, die sich niemals dem ermüdenden Guten unterworfen hätte!
»Bist du dir der Untauglichkeit für deinen Beruf bewusst?«
»Natürlich.«
»Ist dir deine allgemeine Untauglichkeit für die irdische Existenz bewusst?«
»Selbstverständlich.«
»Und was gedenkst du zu tun?«
»Ich denke über Selbsttötung durch den Strang nach.«
»Recht so.«
Gäbe man ihnen die Macht, sie würden mich bei lebendigem Leibe verbrennen und meine Asche ins Klo schütten.
»Du wirst jetzt einen Antrag auf Exmatrikulation stellen, auf eigenen Wunsch. Hier hast du einen Stift.«
Und ich schrieb:
»Ich, Madonna Pesaro, geborene Elephantina, wohnhaft Römischer Pantheon, Böhmisches Pathephon, bitte hiermit ...«
Zwanzig Minuten später trat ich auf die erleuchtete Straße hinaus, und sie blieben zurück in Sorge und Kümmernis.
Jetzt wälzte sich mir die Welt entgegen. Die Uhr auf dem Telegraphenamt war eingefroren, sie zeigte viertel nach

zweiundsiebzig. Der Halleysche Komet näherte sich, erreichte sein Perihel, stieß einen Pfiff aus und plumpste in einen Meteoritenschwarm. Ich ging Richtung Kusnezki Most, kam am Kontor der ungarischen Fluggesellschaft Malév vorbei, in deren Schaufenster Stewardessen lustige Fratzen schnitten, und warf einen Blick in ein Antiquariat.

»Vielleicht sollte ich noch einmal ganz von vorn anfangen? Bloß wie?«

Die graue Scheibe des Mondes hing über der verschneiten Silhouette des Bolschoi-Theaters. Man konnte die Krater sehen.

»Mein Opa ist keine Gedenktafel geworden, mein Papa kein Shakespeare. Warum also ich?«

Aus den Gullys stiegen weiße Dschinnen. Die Passanten sahen aus wie Schornsteinfeger, aus schwarzem Papier ausgeschnitten. Heulend vor künftigem Glück, dachte ich an die Freiheit. Und niemand machte sich einen Kopf darüber, dass die Verantwortung auf meinen mageren Schultern lag. Verantwortung für wen? Für die Literatur? Für die Menschheit? Für das Planetensystem? Was hätte Tschechow dazu gesagt? Hätte er die Brille aufgesetzt und gesagt: Das Leben ist eine Plattitüde?

In diesem Moment kam ein großer schwarzer Hund angetapst. Er hielt mich für einen Mülleimer und hob die Pfote.

Ich stand wie vom Donner gerührt.

»Warum haben Sie das getan?«

»Ich wollte Sie aus ihrer Erstarrung erlösen.«

Das Frauchen entschuldigte sich. Sie sah aus wie eine Maus mit riesigen Augen. Es wurde eine kurze und aberwitzige Bekanntschaft daraus, aber sie rettete mich vor dem endgültigen Absturz.

In dem berühmten Haus Nirnsee, auf dessen Dach sich früher ein Aufnahmestudio der Filmproduktionsgenossenschaft

W. Wengeri und W. Gardin befand, hingen die Zimmerchen wie Quarktaschen über den Treppenaufgängen. Die Maus arbeitete als Übersetzerin aus dem Persischen. Ohne Umschweife berichtete sie mir von ihrer pathologischen Angst vor der Farbe Weiß. Ich brachte ihr armenische Basturma mit, sehr trockenes, weinrotes Fleisch mit einer Kruste aus blauem Bockshornklee. Das zweite Mal verschlug es mich in ein Milchgeschäft.

»Na, was hab ich da in der Tasche? Welche Farbe?«

Ich sah, wie sich ihre Wimpern sträubten. Eine Tür schlug zu. Fersen schurrten über den Boden. Mit einem Stück Käse in der Hand lief ich meinem Opfer hinterher. Es wäre mir ein Leichtes gewesen, sie einzuholen, aber ich blieb absichtlich hinter ihr zurück. Sie sprang von einem Treppenabsatz zum andern, raste wimmernd die langen, frei über dem Abgrund schwebenden Verbindungsstege und Korridore entlang. Ich brüllte wie ein Tiger. Endlich hockte sie sich auf den Boden, presste die Hände ans Gesicht und gab sich geschlagen. Ich stimmte ein Triumphgeheul an und hob zum Zeichen des Sieges das Stück Käse in die Höhe. Halbtot vor Lachen und Müdigkeit machten wir im Steinbruch des Hauses ihre winzige Wohnschatulle ausfindig. Die Wände wackelten unter den Fäusten der tauben Ballerina nebenan. Wir erstarrten, und unsere beiden kühnen übermütigen Herzen standen einen Augenblick lang still.

Die Hochzeit

Zwei Nächte schlief ich auf dem Teppich, zusammen mit einem riesigen Köter, der mich mit seinem friedlichen Atmen beruhigte, dann begab ich mich nach Kiew zum Heiraten.

Wieder klopfte der Zug. Wieder verband er Punkt A mit Punkt B – zwei Hälften eines riesigen Landes.

Knöpfchen kam mit einem ganzen Henkeltopf voller selbstgemachtem Kefir und wohnte selbstverständlich bei uns. Immerzu bestaunte er alle möglichen Sachen, den Farbenkasten, die Staffelei. Er befühlte mit den Fingerspitzen die seit Langem eingetrocknete Palette, betrachtete misstrauisch meine Stillleben aus der Schule. Seine Erörterungen über die Toxizität der Farben brachten mich auf die Palme.

Es kam der Tag der Hochzeit. Weil wir das Standesamt beschummeln mussten, führten wir ein richtiges Theaterstück auf. Unsere Gäste gaben den griechischen Chor. Wir waren die Oberschurken auf der Proszeniumsbühne. Nachbarin Violetta Tarassowna lieh mir ein peinliches Kleid, das an mir hing wie ein Sack an einer Birke. In diesem Kleid hatten, grob gerechnet, schon sieben Personen vor mir geheiratet. Alle Ehen wurden geschieden. Für einen lächerlichen Preis ergatterten wir auf dem Markt ein Paar grauenerregende Schuhe. Maman rannte mit einem Faden zwischen den Zähnen herum. Überhaupt, sie war in entschieden panischem Zustand und verarbeitete jeden zu Hackfleisch, der es wagte, ihr während dieser großen Tage des SCHWINDELS ins Gehege zu kommen. Sie lotste mich ins Bad und fauchte mich an, ich solle den Bräutigam nicht so rüpelhaft behan-

deln. Alle ließen giftige Witze ab. Papa tobte sich gewissenhaft aus.
»Der Staat ist selber schuld. Er zwingt uns ja förmlich, zu betrügen. Wenn wir in einem ordentlichen Land lebten, könnten wir ohne Probleme von einer Stadt in die andere ziehen«, räsonierte er.
Der einzige Mensch, der das alles mit einer übernatürlichen Ernsthaftigkeit ertrug, war Knöpfchen. Unser Gegacker ging ihm zum einen Ohr rein und zum anderen wieder raus. Mein Bräutigam hatte sich einen neuen schwarzen Anzug gekauft und dazu Schuhe, die als Stöckelschuhe durchgehen konnten. Er stand die ganze Zeit vor dem Spiegel, kämmte sich den Schnurrbart mit einem winzigen Puppenkamm und bat Mamadrela um eine Nagelschere für die Drahtborsten in seiner Nase. Mein Sackkleid gefiel ihm natürlich überhaupt nicht.
»Du heiratest doch zum ersten Mal, oder?«, fragte er und zog die Augenbrauen auf schrullige Weise nach oben.
»Na und? Was willst du damit sagen?«
»Ja, möchtest du denn nicht eine schöne Braut sein?«
»Ich?«
Solche Art Unterhaltung trieb mich die Wände hoch.
»Willst du denn nicht irgendwann mal richtig heiraten?«
»Das Thema können wir in der nächsten Sitzung besprechen.«
Zugegeben, ich behandelte ihn ziemlich von oben herab, aber man bekam diesen frommen Unsinn einfach nicht aus seinem Kopf heraus.
Alle, die Nachbarn, die Freunde, waren von diesem Spiel so fasziniert, dass sie sogar anfingen, Geschenke vorzubereiten. Natürlich keine echten, sondern Scherzgeschenke, aber trotzdem. Tarassowna brachte ein ganzes Paket Kosmetik mit und erteilte mir den Rat, mir damit am Hochzeitstag das Gesicht komplett zuzukleistern.

»Warum das denn?«
»Um nicht aufzufallen. Die Braut muss tiptop sein.«
»Wozu?«
»Weil man uns verpetzen könnte.«
»Weshalb verpetzen?«
»Wegen der fiktiven Heirat.«
Ich hatte mich noch nie geschminkt. An unserer Schule hatte ich immer aussehen wollen wie der Tod, aber ich war zu feige dazu gewesen!
»Komm, ich schminke dich, wie es sich gehört. Wir üben«, beharrte Violetta Tarassowna.
Nach einer guten Dreiviertelstunde entkam ich ihren Greifarmen in voller Kriegsbemalung.
»Das Wichtigste ist der blaue Lidschatten über den Augen. Ohne blauen Lidschatten kann man heutzutage nicht auf die Straße gehen.«
Dafür war ich auf einmal bester Laune. Ich sah aus wie ein Clown. Meinem Bräutigam gefiel es.
»Jetzt siehst du endlich wie ein Mensch aus«, sagte er zufrieden.

Im Standesamt stand eine Nilpferdkuh in blauem Samt vor uns. Sie ließ ihr Hängekinn beben und stellte dumme Fragen. Während sie salbaderte, schloss ich die Augen und stellte mir vor, mein Tomätchen stünde neben mir.
Und wenn dies nun wirklich unsere Hochzeit wäre, Tomätchens und meine? Er trüge seine braune Lederjacke und ich ein wunderschönes langes, schwarzes Kleid mit langem Trauerschleier. Meine Lippen wären mit Kohle bemalt, meine Haare mit getrockneten Würmern geschmückt. Vor uns stünde ein Tiermensch und fragte:
»Frau Havaria Dostojewzewa alias Elephantina, möchten Sie Tomatensoße ibn Pasternak ibn Alexander Sergejewitsch Puschkin ibn Russland zum Mann nehmen?«

»Blöde Frage, na klar.«
»Keine Ausdrücke, bitte.«
»Tomatensoße, wollen Sie Elephantina geborene Dostojewzewa zur Frau nehmen?«
»Blöde Frage, na klar.«
Dann erklärte die Nilpferdkuh den Kefirpilz und mich zu Mann und Frau und bellte laut: »Küssen!« Und da drängte sich Knöpfchen an mich, um mich abzuknutschen, weil er so eine Gelegenheit nur einmal in seinem Leben bekam. Und als er da auf Zehenspitzen stand und seine Lippen sich näherten, da brachte ich diese blödsinnige Hochzeit fast zum Scheitern, weil sich mir plötzlich der Magen umdrehte und Mamas Borschtsch auf Knöpfchens neuem Anzug landete. Die Nilpferdkuh war ziemlich verdattert, aber die schlagfertige Violetta Tarassowna rettete uns, indem sie im kritischen Moment nach vorne stürzte:
»Sie braucht Wasser, die Braut ist schwanger. Sie hat eine Intoxikation!«
Da zerschmolz die Nilpferdkuh in einem glücklichen Lächeln. Und nachdem das Erbrochene vom Anzug des Bräutigams und von meinem Leichentuch abgeputzt war, fing mein Papandrelo auf einmal an zu schluchzen. Irgendwann, schniefte er, vielleicht in hundert, vielleicht in zweihundert Jahren, würde ich doch noch mal richtig heiraten. Da hätte ich fast das zweite Mal gekotzt.
Gleich nach der Hochzeit gaben wir die Ringe den Nachbarn zurück, einem uralten Ehepaar, das sie uns ausgeliehen hatte, und Knöpfchen fing an, mich zu nerven, ich hätte ihm den Feiertag verdorben.
Dafür hatte ich jetzt eine echte Moskauer Aufenthaltserlaubnis in der Tasche, und die Moskauer Miliz saß mir nicht mehr im Nacken. Um das Maß voll zu machen, bot mir Knöpfchen an, bei ihm zu wohnen. Aber ich zog das staatliche Puschkin-Museum vor.

Leben im Museum

Die Erdbevölkerung näherte sich 1987 der Fünf-Milliarden-Grenze. Tibet protestierte gegen China. Die Amerikaner setzten im Persischen Golf Kampfdelphine ein. Die Wall-Street erlebte ihren Schwarzen Montag. Die Kommunistische Partei Chinas eröffnete ihren XIII. Parteitag. Man feierte das siebzigjährige Jubiläum der Oktoberrevolution. Die Bevölkerung Äthiopiens verhungerte. Die UdSSR und die USA schlossen einen Vertrag über die Reduzierung von Kurz- und Mittelstreckenraketen. Unter dem Ärmelkanal wurde ein Tunnel gegraben. Die Hamas wurde gegründet. Der Dollar fiel auf den niedrigsten Stand seiner Geschichte. Michail Gorbatschow wurde zur Person des Jahres gekürt. Joseph Brodsky erhielt den Nobelpreis »für ein literarisches Schaffen von umfassender Breite, geprägt von gedanklicher Schärfe und dichterischer Intensität«.

Zum Frühlingsanfang herrschte in Moskau Kriegsmarinewetter. Der öffentliche Verkehr ersoff im Winterrotz. Zuerst lebte ich auf einer Hundedecke. Mit einem riesigen Köter wanderte ich durch den Bezirk der Patriarchenteiche, dort, wo ich mich an fremdem Wohlergehen wärmte. Bei der Villa Rjabuschinski spürte ich deutlich den Geschmack der Schokoladenpralinen im Mund, mit denen Stalin Maxim Gorki vergiften ließ.

Dank der Unterstützung eines Restaurators zog ich im Staatlichen Puschkin-Museum ein. Das Leben in dieser Stadtvilla gefiel mir. Tagsüber musste ich das Haus verlassen. Nachts stürzte ich in die italienische Renaissance. Mit einigen der Meisterwerke schloss ich Freundschaft, mit anderen stehe ich bis heute auf Kriegsfuß. Außerdem gehörte ich ja selber Tizians Pinsel an, weil ich eben jener Junge bin, dessen anrührendes Gesicht uns von einem seiner Gemälde anschaut.

In dem Museum herrschte beständig eine gleichmäßige Sommertemperatur. Man konnte nackt herumlaufen und aus vollem Halse singen. Ich fühlte mich wie am Strand. Ich tanzte, machte Faxen, schwang Reden und lachte. Ich hatte großartige Gesprächspartner. Condottieri beschützten mich, ich betete heimlich zu Rembrandt und heulte im Überschwang der Gefühle vor Matisse. Und natürlich empfand ich auch mich als Teil der Sammlung.

Viele Jahre später stand ich einmal im Saal der Philosophen im archäologischen Museum in Neapel.

»Reisen Sie alleine oder mit Ihrer Familie?«, fragte mich ein Museumswärter.

»Das hier ist meine Familie«, sagte ich und deutete auf die Marmorköpfe im griechischen Saal.

Am Abend, als ich aus dem Puschkin-Museum verjagt wurde, stand ich mit meinem Koffer auf dem Twerskoi Boulevard und überlegte fieberhaft, wo ich diese Nacht unterkriechen könnte. Wieder und wieder blätterte ich mein Notizbuch durch, von vorn nach hinten und von hinten nach vorn, blieb bei jedem Namen hängen und fand doch jedes Mal tausend Gründe, warum ich bei dem oder bei jener nicht aufkreuzen durfte. Die Namen der Freunde erregten meinen Widerwillen. Dürer hätte sich gefreut, wenn ich ihn angerufen hätte. Das passte mir absolut nicht. Krokodilzew stand nicht mehr auf meinem Speisezettel. Zur Not könnte ich zum Bahnhof oder in einen Außenbezirk fahren und in einem Hochhaus Unterschlupf finden. Normalerweise war es in den Treppenhäusern warm, und niemand würde mich dort entdecken. Man macht es sich an einem Heizkörper bequem, legt sich die Handtasche unter den Kopf und knöpft sich den Mantel fest zu. Lesen kann man mit einer Taschenlampe. Das einzig Unangenehme ist der Uringeruch. Aber Geruch ist nur eine SCHWACH DIFFERENZIERTE, INTEGRALE IMPLIKATION DER REZEPTOREN DES NERVUS TRIGEMINUS UND DES VOMERONASALEN ORGANS!

Obwohl es Frühling war, verhieß der Abend nichts Gutes. Ich fror. Unruhe und Hoffnungslosigkeit wanderten mit mir mit. In Erwartung eines Wunders setzte ich mich unter eine Laterne, wickelte meinen Hals schön fest in einen Schal, nahm ein Buch und begann zu lesen.
»Was machst du denn hier?« Diese Stimme gehörte der heiligen Olga Pistole.
»Ich sonne mich. Siehst du das nicht?«
»Netter Zeitvertreib.«
Sie setzte sich neben mich, rieb sich die Hände und sagte, ich solle mitkommen zum Geburtstag einer gewissen Zahnbohrella. Olgas rosige Wangen glänzten wie Speckschwarte vor guter Laune und Zufriedenheit.
»Bei Zahnbohrella gibt es was zu fressen.«
Ich enthielt mich detaillierter Nachforschungen, wer diese Zahnbohrella sei, und plötzlich vermisste ich meinen Koffer. Während ich in die Lektüre dieser dummen Tragödie versunken war, hatte jemand meinen Koffer mit allen meinen Sachen, Dokumenten und Papieren geklaut. Im ersten Moment war mir, als hätte mich jemand geohrfeigt.
»Was ist los?«
»Ich glaube, mir ist gerade meine gesamte Identität abhandengekommen.«
Wir schauten unter der Bank nach, stellten alles auf den Kopf und suchten die Umgebung ab.
»Wie blankgeleckt.«
»Macht nichts, Elephantina, morgen früh, wenn die Sonne

aufgeht, erwachst du als neuer Mensch«, witzelte Pistolettina.
Ich dagegen dachte, dass es besser wäre, überhaupt nicht mehr aufzuwachen. Mit dem Koffer waren alle meine Manuskripte verschwunden, zum Beispiel der Sammelband »Preisen und Verdammen!«. Die »Sieben Stufen des Todes« waren vielleicht nicht das reifste Werk, das stimmt, aber es steckte eine Menge Arbeit darin. Und dann der »Nobelpreisroman«! Und die Gedichte des großen und des kleinen »Gemüse-Zyklus«! Mir war zum Heulen.
»Die Zahnbohrella ist Schauspielerin. Sie studiert an der Filmhochschule«, sagte Olga Pistole mit kreuzfideler Stimme und wischte mir mit ihrem vollgerotzten Taschentuch die Tränen ab.
»Mimen-Mimosen, Gürtelrosen, Unterhosen! Das kann mir gestohlen bleiben!«, stöhnte ich und schob ihre Hand weg.
Der Geburtstag wurde in einer Kommunalwohnung gefeiert. In dem Zimmerchen war es sehr eng. Ständig kamen neue Gäste, sie pflanzten sich an die Wände, auf die Vasen, auf die Lampen, auf das Büfett, auf das Porträt eines unbekannten Mannes. Sie hingen an den Gardinen. Im Mittelpunkt der Versammlung thronte ein Mann, der zur Gitarre einen buschigen Schnurrbart trug und mit dem Bettelblick eines ehrlichen Katers »immer«, »ich schwör's« oder »auf gar keinen Fall!« sagte. Er sang vom Unwiederbringlichen und bekreuzigte sich so schwungvoll, dass die Fliegen tot in alle Richtungen flogen. Die Gäste hielten pathetische Monologe, in denen sie Tränen, Rosen oder die Polowetzer Tänze beschworen, und konsumierten Ethanol.
Olga Pistole redete hitzig auf die Zahnbohrella ein, die sich schließlich durch die schreiende und schwitzende Menge zu mir durchquetschte und mir ins Ohr brüllte:
»Das ist von der Theatergarderobe.«

Sie sah mich an wie ein Mädchen, das fragwürdige Hoffnungen verkauft. Ein gewichtiges Schlüsselbund fiel mir in die Hand.
Ein Wunder nahm seinen Lauf!
Begleitet vom Trommelwirbel meines Herzens, überwand ich die polare Wucht des Windes in strömendem Plastikregen und fand mich in der Theatergarderobe ein. O liebes Heim, irdische Heimstatt, Höhle des Urmenschen! Dies war der schönste und feuchteste aller Moskauer Keller.
Der Theaterfundus befand sich im Bezirk der kulinarischen Gassen: Brotgasse, Tischdeckengasse und so weiter. Wenn man bedenkt, dass ich keinen roten Heller in der Tasche hatte und aus dem letzten Loch pfiff, schien das der pure Hohn. Davon abgesehen war ich von meiner neuen Behausung unsäglich entzückt. Ich schlief in einer Truhe mit alten Kostümen, die nach Staub und Schimmel rochen. Meine Füße hingen am unteren Ende heraus, durch zwei Öffnungen, die ich selbst hergestellt hatte. Den Deckel musste ich schließen. Als »Pyjama« dienten mir die Gewänder der Mary Stuart, deren Kragen allerdings lange nicht mehr gestärkt worden waren. Pünktlich um sieben Uhr morgens kam ein Wärter vorbei, um den Raum zu kontrollieren. Dann musste ich ganz still liegen, durfte mich weder bewegen noch atmen und musste meine letzten Reserven an abenteuerlicher Unerschrockenheit zusammenkratzen.
Ein paar Mal kam Nina zu Besuch. Grün vor Neid, steckte sie sich gleich mit der romantischen Lepra der Obdachlosigkeit an. Einmal kam Lawrik vorbei und brachte mir ein Buch. Zwei-, dreimal tauchten ein paar kleinkalibrige Literaten auf, um ihr obligates Gesöff zu picheln.

Einmal konnte ich vor Kälte nicht einschlafen. Ich stand auf, machte Licht und begab mich auf die Suche nach der Pelzstola aus *Fräulein Julie*.

Jemand kratzte an der Tür. Ich erschrak, weil ich dachte, dass der Wächter vielleicht das Licht bemerkt hätte. Zu meiner Überraschung trat aber jene Schauspielerin durch die Tür, meine Retterin, die Zahnbohrella. Ich hätte sie fast nicht erkannt. Ihr Gesicht schillerte in allen Regenbogenfarben, vor allem aber in der des Blutvergießens. Sie brachte eine mächtige feuchte Sturmbö von der Treppe mit herein und brach sofort in hemmungsloses Schluchzen aus.

»Er liebt mich wirklich!«

Ihr ramponiertes Antlitz um drei Uhr nachts war der unwiderlegbare Beweis seiner Liebe.

»Er ist eifersüchtig, verstehst du? Ich liebe ihn! Ich hasse ihn! Beides gleich!«

Ich hatte nicht die geringste Ahnung, um wen es ging und wer hier wen hassliebte. Die Liebe war für mich in diesem Augenblick etwas Unnötiges, Überflüssiges. Ich fror. Die Zahnbohrella fiel mir um den Hals, beschmierte mich mit Opferblut und suchte in meinen Augen nach Verständnis und Mitgefühl.

»Hast du schon mal geliebt?«

»Wie bitte?«

Sie krallte sich mit ihren Fingernägeln in meine Schulter und fragte, ob ich mich jemals leidenschaftlich nach jemandem gesehnt hätte.

Die Jugend an sich ist schon berauschend, man braucht keinen Alkohol. Die Hormone heizen den Organismus an. Es schleudert dich hin und her. Mal lächelst du albern, dann heulst du ohne Grund. Du redest krauses Zeug. Du hängst dein Herz an den Erstbesten. Und es treibt dich um wie die Hexe auf dem Besen.

»Die Dichter lieben die körperlosen Schatten«, log ich stolz und dachte mit Bitterkeit an mein Tomätchen.

»O Gott, wie ich ihn liebe! Ich liebe ihn! Verstehst du?«

»Wen denn eigentlich?«

Sie wollte sich nicht festlegen.
»Ich hasse ihn von ganzem Herzen! Ich bete ihn an! Ich bringe ihn um!«
Sie fuchtelte mit den Händen wie ein Dirigent. Dann sprach sie den Monolog der Phaedra aus dem gleichnamigen Stück von Racine.
Eigentlich kannten wir uns ja gar nicht, außer dass ich ihr zum Geburtstag eben diese *Phaedra* geschenkt hatte, das Einzige, was mir nach dem Verschwinden meines Koffers geblieben war. Zudem hatte sie mich vor einem kümmerlichen Dasein auf den nasskalten Moskauer Straßen bewahrt. Jetzt war ich an der Reihe. Bereitwillig machte ich mich daran, sie zu retten.
Zuerst wusch ich ihr unter dem Wasserhahn das Gesicht. Jetzt hatte es Ähnlichkeit mit einer exotischen Blume, die alle paar Minuten die Farbe wechselt.
Dann machte ich Wasser heiß, und wir tranken Tee aus Holzspänen.
Eine halbe Stunde später stand der Urheber ihres Unglücks vor der Tür. Ihr Angebeteter war ausgerechnet jener Schnurrbart, der zur Gitarre singen konnte.
Ich war so überreizt, dass meine Hände anfingen zu jucken. Der mitternächtliche Held bekam von mir ein dickes Veilchen aufs Auge gedrückt. Zum Dank lächelte er mich an und nahm mich fest in den Arm.
»Ist sie hier?«
»Ja.«
Er war völlig aufgewühlt und verzweifelt.
»Sie ist hier! Was für ein Glück! Wie wunderbar!!«
Erst jetzt bemerkte ich, dass er eine Art Reisigbesen in der Hand hielt, der einen Blumenstrauß darstellen sollte. Sie flatterte herbei in dem rasch übergestreiften Kleid der Lady Macbeth, das man wegen fortgeschrittener Löchrigkeit ausgemustert hatte, und sogleich fiel er auf die Knie und

flehte sie weinend an, zu ihm zurückzukehren. Sie schwieg. Es war wie in einem schlechten guten Drama.

Schließlich schickte ich das Karnevalspärchen nach Hause und legte mich schlafen.

Kaum hatte ich es mir in der Truhe bequem gemacht, als es schon wieder an der Tür klopfte. Zuerst dachte ich, die Liebenden seien noch einmal zurückgekommen. Sie waren es aber gar nicht. Vor mir stand ein zerlumpter Obdachloser mit nassen Füßen und grinste mich zahnlos an. In seinen Augen glühte ein wildes Feuer.

»Bist du hier die Chefin?«, krächzte er.

Der ungebetene Gast drückte einfach die Tür auf, stürzte herein, und seine Hände schlossen sich um meinen Hals. Ein Kleiderständer mit Lumpen fiel krachend um. Jemand brüllte. Dann umklammerte mich urin- und wodkagetränkte Stille in tödlichem Ring.

Da sah ich auf einmal alles wie aus weiter Ferne. Meine Seele schwebte frei über der Stadt, über den leuchtenden spitznasigen Türmen, über den Ministerien und über den in ihren Kokons schlafenden Menschen. Dann hörte ich Gepolter im Treppenhaus. Die Tür quietschte. Aus den Augenwinkeln bemerkte ich ein Lichtlein, dann krachte ein Theaterarmleuchter auf den Hinterkopf des Obdachlosen nieder. Er kippte wie ein Sack zur Seite und blieb stöhnend liegen. Über ihm stand eine Nymphe im Pelzjäckchen.

»Was ist denn hier los?«

Die Stimme war mir schmerzlich vertraut. Ein Engel mit Mückengesicht. Haare wie Sprungfedern.

»Bist du in Ordnung?«

Und dann war auf einmal Olga Pistole da und fing an, uns anzuschreien, was für dumme Gänse wir seien, und vor allem, was für eine dumme Kuh ich sei.

»Du bist die dümmste Nuss auf der ganzen Welt!«

»Warum denn?«

Der Obdachlose regte sich. Olga brüllte ihn an. Er hielt sich mit gelben Fingern den Kopf. Eine stinkende Pfütze breitete sich unter ihm aus. Nina kreischte vor Ekel, er habe sich eingepisst und man müsse ihn rausschaffen. Ich zog mein Mary-Stuart-Kleid zurecht, stellte mich auf meine wackligen Beine und ließ die Katzenaugen eines toten Menschen über meine Besucher schweifen.
»Halt den Mund!«, zischte Olga Pistole, um meinem nichtsanktionierten Aufschrei zuvorzukommen.
»Der KGB ist schon wieder hinter dir her. Sie haben eine Vorladung geschickt!«, sprudelte Nina hervor.
Jetzt war mir die Lust auf Schlafen vergangen. Mein Herz ratterte wie eine Spielzeugmaus. Als Erstes schleppten wir den kraftlosen Besucher ins Treppenhaus.
»Du musst hier verschwinden«, sagte Nina gepresst. »Sie wissen, wo du dich versteckt hältst.«
»Aber ich verstecke mich doch gar nicht. Ich wohne hier!«
»Diesmal ist es wirklich ernst«, versicherte Pistoletta.
»Man jagt deine Tomate.«
Mein Herz sank mir in die Magengrube, und auf einmal bemerkten wir den Brandgeruch.
Theater brennen wunderschön. Vor allem Theatergarderoben. Warum lief Nina auch mit einer brennenden Kerze durch die Stadt? Das war doch völlig unlogisch. Nein, das war logisch. Sie dachte, in einem Keller gebe es kein Licht. Der Penner. Wo kam der her?
Also, das Theater brennt. Papandrelo geht zum Direktor. Er schleudert mich in einen lichterloh brennenden Vorhang. Hier im Feuer kann ich ein paar Stunden stehen bleiben, kann mich tief in den Geruch der Tragödien hineinschnuppern, mit meinem inneren Auge geheimnisvolle und schreckliche Bilder betrachten. Sie brausen wie ein Flammenrausch aus Samt an mir vorbei. Meine wirklichen Augen schauen durch den Spalt im Mutterleib der Bühne

direkt in den Zuschauersaal. Die Stühle, tagsüber leer und von der Notbeleuchtung nur trüb erhellt, sehen aus wie die Zähne eines riesigen sphärischen Mundes. Wenn die Vorstellung beginnt und der Saal sich mit Husten und Flüstern füllt, ist der Zauber verflogen.
Hier, auf der lichterloh brennenden Bühne, steckt Nina den Kopf in die Schlinge und stößt mit dem Fuß den Stuhl um, auf dem sie steht. Olga Pistole zieht Boxerhandschuhe an. Dürer erscheint in einem Nachthemd mit einem ganzen Strauß Luftballons. Maman lässt ein Maschinengewehr rattern. Der Ehrwürdige Pfeffer schleckt eine Ikone ab. Die Dichter liegen auf dem Tisch eines Tierarztes.
Seltsam, dass es unter all diesen buntgescheckten Geschöpfen keinen einzigen Menschen gibt! Auf der Bühne fehlt radikal die Gemüsegottheit!

Die Zeit war vergangen, aber die Jugend war immer noch da. Damals verstand ich noch nicht, dass die Zeit mit ihrem riesigen Vorrat unglaublich verschwenderisch umgeht. Sie gleitet ohne jedes Hindernis durch uns hindurch, löscht eine Schicht nach der anderen aus.
In Nordafrika, in Tunesien, dort, wo die Sahara anfängt, stehen auf den Friedhöfen Grabmale aus Draht. Sie werden niemals vom Sand verschüttet. Die Sandstürme gehen einfach durch sie hindurch, ohne auf Widerstand zu treffen, und rollen wie Luftballons in die Tiefe der glühenden Erde, dorthin, wo es nur Sand und Allah gibt. Diese durchlässigen Grabmale sind eine großartige architektonische Erfindung. Auch wir werden zu solchen durchlässigen Grabmalen, die der Zeit keinen Widerstand mehr leisten.

Küsse deine Schwester!

Vor der Küste der Krim kollidierten 1988 ein amerikanisches und ein sowjetisches Kriegsschiff. In Kanada fanden die Olympischen Spiele statt. In Sibirien rebellierten Studenten. Dokumente gelangten an die Öffentlichkeit, die die Beteiligung des österreichischen Präsidenten an Deportationen während des Zweiten Weltkrieges belegten. Acht Sputniks wurden auf einer Trägerrakete ins All geschickt. Die Zerstörung der Ozonschicht ging weiter. Saddam Hussein machte Jagd auf die Kurden. In Moskau bildete sich eine demokratische Partei. Mitterand siegte über Chirac. Der sowjetische Afghanistan-Krieg wurde beendet. Zwischen der UdSSR und den USA trat der INF-Vertrag über die Begrenzung nuklearer Mittelstreckenraketen in Kraft. Estland erklärte seine Unabhängigkeit. Holland wurde Fußballweltmeister. In Moskau fand eine Auktion von »Sotheby's« statt. Der iranisch-irakische Krieg ging zu Ende.

Und da kam der schreckliche Tag, an dem Olga Pistole mir die Nachricht überbrachte. Nina war zwei Tage zuvor aus dem Fenster gesprungen oder von jemandem gestoßen worden. Zeugen gab es keine.

»Die Beerdigung ist am Donnerstag.«

Dann liefen wir durch die Stadt, schweigend und mit hängenden Köpfen, ohne ein Wort, schauten nicht einmal auf. Nachdem wir eine halbe Stunde lang ziellos herumgewandert waren, landeten wir auf dem Zwetnoi Boulevard.

»Niemand weiß warum. Nichts weiß man.«

Wir kauften Tschebureki. Setzten uns müde auf eine Bank.

Der Tod duldet keine Kommentare. Der Tod ist ein Faktum.

Zum ersten Mal sah ich Olga Pistole weinen. Ihr fettes Gesicht war rot und verschwitzt. Ich wollte schreien, aber in meiner Kehle fand sich kein einziger Laut. Stattdessen nahm ich Pistole fest in die Arme. Sie schnappte nach Luft und verstummte.

Am Donnerstagmorgen kaufte ich Rosen und fuhr zur Beerdigung. In der winzigen Kirche in der Nähe der Metrostation Poljanka überwältigte mich eine besondere Empfindung des Lichts, das wie klebrige Schlangen durch die Öffnungen im Dach hereinkroch. Die Kirchgänger, berauscht von Myrrhe und Ehrfurcht, waren wie an Fäden mit dem Zentrum der Kuppel verbunden, von der ein GROSSES GESICHT herabschaute. Genau unter ihm stand, von tanzenden Kerzen umgeben, ein Sarg, winzig wie ein Vogelhäuschen, mit einem trüben Fensterchen darin. Fremde Greisinnen keuchten um ihn herum. Es war eine ganze Horde alter Weiber in bunten Tüchern. Eine schob mich zur Seite und hielt mich davon ab, zu dem Podest vorzudringen. Vor dem Gottesdienst hatte man Gelegenheit, sich von der Verstorbenen zu verabschieden. Die Alten warfen sich über den Sarg, umarmten und küssten ihn. Sie stöhnten und fauchten. Sie bekreuzigten sich. Sie schubsten sich gegenseitig weg.

»Sie war noch so jung! Und jetzt ist sie tot! So jung war sie!«

Die Trauergäste stellten sich in einer Reihe auf. Jeder küsste das trübe Fensterchen. Eine Hand drückte mich zu dem Sarg hinunter.

»Du musst sie küssen! Fester küssen musst du sie! Mit dem Mund! Küsse deine Schwester!«

Ich trat näher an den Sarg heran. In der Dunkelheit unter dem Glas schimmerte ein blasses fremdes Gesicht. Es war derart winzig, dass ich erschrak: Das kann doch unmöglich Nina sein! Dann zog man mich an beiden Ellenbogen fort, und die Alten machten sich wieder über den Sarg her. Heulen und Bellen hallte durch die Kirche. Es schleuderte mich auf die Straße hinaus. Ich sah weder Ninas Oma noch Lawrik, noch Olga Pistole, ich raste einfach davon, sprang über Häuser, Trolleybusse, Plätze und Kreuzungen hinweg. In der Metro war es wie immer. Tote mit gelben Gesichtern schaukelten einträchtig im Rhythmus der Fahrt. Eine metallische Stimme sagte die Stationen an. Hamsterkäufer stiegen zu. Und ganz allmählich brachte mich dieses friedliche Bild in den monotonen Alltag zurück.

In der Vergangenheit bewegt sich die Zeit nicht

In jenem Jahr, 1988, hat Michail Gorbatschow die Perestroika verkündet. Die Rehabilitierung politisch Verfolgter ging weiter. Eine Reihe politischer Reformen wurde verabschiedet. Die Strafpsychiatrie wurde abgeschafft. In den USA begann der Kampf gegen das Rauchen. Die Kosovo-Serben forderten Schutz vor albanischen Separatisten. Margaret Thatcher warnte die Länder Europas vor einer politischen Union. In Deutschland gab es Proteste gegen die Weltbank und den Internationalen Währungsfonds. Pinochet verlor die Wahlen. In Litauen wurde Litauisch Amtssprache. Die Lettische Volksfront wurde gegründet. London verbot Radio- und Fernsehauftritte der IRA-nahen Sinn Fein in Großbritannien. Das Internet wurde von einem »Wurm« befallen. In den USA gewann Bush senior die Präsidentschaftswahlen. Die Sowjetunion schickte das »Buran«-Shuttle ins All. In Aserbaidschan fanden Pogrome gegen Armenier statt. In Tiflis traten Studenten in den Hungerstreik. Die Amerikaner erfanden den Tarnkappenbomber. In Pakistan wurde eine Frau Premierminister. Die 27. Space-Shuttle-Mission wurde gestartet. Arafat erkannte das Existenzrecht Israels an. Die UNO kämpfte gegen Drogen. Al-Qaida wurde gegründet. In Lockerbie fand ein Bombenanschlag auf ein amerikanisches Verkehrsflugzeug statt. Italien gründete die nationale Raumfahrtagentur ASI!

Kiew war wunderschön. Ich wohnte bei meinen Eltern. Die Stadt floss über von Grün und Hitze. Mama kochte Marmelade. Menschen starben an Radioaktivität. Kolja Lisogub saß in seiner staubigen Bude in der Saksaganski-Straße in einem Haufen von phantastischen Manuskripten und Kinderspielzeug. Das Grau auf seinem Haupt nahm zu, und in seinem Bart bildete sich ein ziegenartiges Element, das an den gespaltenen Huf aus dem trübseligen Märchen von Aljonuschka und Iwanuschka erinnerte. Wie immer machte er ein extrem beleidigtes Gesicht.

»Und, wie steht's an der poetischen Front? Schlecht?«, fragte Kolja hoffnungsvoll.

»Du sagst es«, antwortete ich aus Höflichkeit.

Der unruhige Ausdruck in seinem Gesicht verschwand, er entspannte sich.

»Andrjuscha ist hinüber, hast du schon gehört?«

Mir stockte das Herz. Ich wartete, dass er weitersprach.

»Er weilt nicht mehr unter uns.«

Kolja schwieg und ließ den Blick gleichgültig ins Leere schweifen.

»Was soll das heißen?«

Kolja schüttelte verdrießlich den Kopf. Die Knie wurden mir weich.

»Der Junge ist nicht mehr unter uns«, wiederholte Kolja und beobachtete mich mit unverhohlenem Sadismus.

In diesem Moment stürmten seine Kinder ins Zimmer.

»Schscht!«, zischte er sie an. Sein Nachwuchs, verdattert von dem scharfen Ton, trat den Rückzug an.

Die Tränen drückten von innen gegen meine Wangen und warteten nur auf das Signal, um sich in einem mächtigen Strom zu ergießen.

»Ja, so ist das …«, sagte Kolja traurig. »Ein amerikanischer Professor aus Harvard hat ihn angerufen, und da ist er abgehauen, futsch und weg. Unser Andrjuscha bringt jetzt den Amerikanern das Dichterhandwerk bei.«

Kolja zog geräuschvoll die Luft ein, ihm war sichtlich alles egal. Ich brachte nur ein verunglücktes Stöhnen heraus, so erleichtert war ich, dass Tomaterich noch am Leben war. Kolja glotzte mich mit seinen ohnehin vorstehenden Augen an.

»Was ist los mit dir?«

»Das ist noch von heute Morgen. Gestern Abend fing mein Magen an zu zwicken, und das ging den ganzen Tag so.«

Ich ließ mich noch lange über das Zwicken aus, sprach wie ein Automat mit völlig fremder Stimme fremde Wörter und freute mich unbändig, dass mein Tomatchen nicht gestorben war.

Als ich Kolja verließ, hätte ich sterben können vor Stolz darüber, dass er jetzt Professor geworden war, und dass er bald in der ganzen Welt bekannt sein würde. Aber es war sehr bitter und sehr traurig, dass ich ihn jetzt wahrscheinlich wer weiß wie viele Jahre nicht mehr sehen würde. Darin lag etwas Schicksalhaftes und Ungewisses.

Auf dem Schewtschenko-Boulevard spürte ich plötzlich, dass mir die Tränen unaufhaltsam aus den Augen flossen. Ich ließ mich auf eine Bank fallen, auf der eine ältere Dame saß und Tauben fütterte, und versuchte mich an unser Künstlermanifest zu erinnern, insbesondere an das letzte Gebot. Stattdessen schluchzte ich hemmungslos.

Irgendwann nahm ich mir vor, diese Zeit zu rekonstruieren, sie wieder lebendig werden zu lassen. Mir wurde jedoch sehr bald klar, dass dies eine unlösbare Aufgabe war. Denn es gibt weder Anfang noch Ende. Es gibt keine Hierarchie der Ereignisse und es kann sie nicht geben. Vor dem Massiv der Zeit sind alle Ereignisse gleich und gänzlich ununterscheidbar. Sie folgen aufeinander wie Wellen. Jedes Erlebnis wird von dem ihm folgenden verschluckt. Vom Schmerz bleibt nur eine Nichtigkeit. Du schaust in die Vergangenheit wie durch ein Teleskop, aber dieses Teleskop ist trügerisch. Manche Dinge kommen näher heran, als seien sie vor einer Stunde geschehen, andere verlieren sich im Di-

ckicht der Jahre. Und wenn du dich auf einmal selber durch dieses Teleskop betrachtest, wirst du zu dem, der du früher warst, du kriechst in deine eigene Haut zurück, löschst deine Erfahrung und zerstörst die Reife.
In der Vergangenheit bewegt sich die Zeit nicht, sie lebt nicht, in der Vergangenheit ist die Zeit kein Film, sondern eine Fotografie. Und wenn die Zeit zu einer Fotografie geworden ist, ist sie flach. Und wenn sie erst einmal flach ist, dann kann man einen Mantel daraus nähen.

Dank an die Alfred-Döblin-Stiftung für
das Aufenthaltsstipendium im Alfred-Döblin-Haus
in Wewelsfleth, an das Hawthornden Castle,
The International Retreat for Writers in Schottland,
und an meine Lektorin Katharina Raabe.

Inhalt